제 7권
아바간성의 두 영웅

고조선 역사대하소설

九夷原
구이원

무곡성 【武曲星】 지음

삼현미디어

# 서 문

"현재를 지배하는 자가 과거를 지배하고 과거를 지배하는 자가 미래를 지배한다."
조지오웰이 '1984'에서 했던 말이다.

고조선, 고구려 시대 우리의 활동 무대였던 구이원(九夷原: 캄차카 반도에서 곤륜산맥에 이르는 광활한 영토)을 잃어버린 것은 애석한 일이나, 고향을 잃고도 기억하지 못하는 우리의 모습을 경계하며 옛 선조의 기상과 포부를 회복하길 바라는 마음으로 '구이원'을 집필하게 되었다.
시대는 단군 조선 말기와 해모수가 부여를 세웠던 시절이며, 고조선의 제후국
오가(五加: 백호국, 청룡국, 주작국, 현무국, 웅가국)와 동호국(國), 흉노국, 번조선, 마한(- 막조선), 동예, 동옥저, 북옥저, 읍루, 구리국, 낙랑국 협객들의 의협행을 모티브로 구이원의 모습을 그려보고자 하였다.

조선의 유학자들은 춘추필법(春秋筆法)의 요지 중 하나인 「중국을 자랑하고 오랑캐의 것을 깎아 내린다」는 원칙으로 서술된 중원의 역사를 비판 없이 그대로 수용함으로써 스스로 선조들을 비하시켜 왔다.
중국의 사서는
우리 땅에 명멸했던 나라들을 예맥(獩貊: 돼지), 흉노(匈奴: 가슴부터

노예), 동호(東胡: 동쪽의 오랑캐), 물길(勿吉: 기분 나쁜 놈), 선비(鮮卑: 분명히 비천한 놈) 등으로 적어왔고
특히, 부여 제후국을 '오가(五加: 우가, 마가, 구가, 저가)'로 기록하고 있다.
이는 고조선과 부여의 문명이 낙후되고 미개한 사회여서가 아니라 중원 사가들이 오가(五加)를 '소, 말, 개, 돼지'라고 낮추어 기록한 것이기에,
필자는 이 책에서 백호가, 청룡가, 주작가, 현무가, 웅가로 이름을 바로 잡았다.

쏟아져 나온 '홍산문화'의 유물과 고구려 고분 벽화의 장엄한 사신도를 보면, 상고시대 배달국과 조선이 고도의 문명국이었음을 알 수 있다.
진시황의 폭정으로 도탄에 빠진 중원의 백성들을 구하고 협객 형가의 복수를 하기 위해,
철기병의 호위 속에 순행 중인 진시황의 마차를 120근 철퇴로 박살낸 창해신검 여홍의 의거가, 중원을 통일한 후 기고만장한 진시황의 간담을 서늘하게 하고,
이를 본 중원의 백성들이, 신(神)처럼 여겼던 진시황을 더 이상 두려워하지 않고 들불 같은 항거를 일으키게 되었음을 알아야 할 것이다.

구이원(九夷原)의 푸른 하늘에 주작(朱雀)이 날아오를 날을 기다린다.

## 주작도

아득히 장백산 산록부터 서풍이 강하게
불어오는 몽골의 메마른
하늘가까지
지배하던 신국(神國)의 수호자

고대의 하늘을 날아서 벽화 속에서 잠이
든다

어둡고 캄캄한 석실의 무덤 속에서
길고 긴 시간의 지층을 뚫고
오늘에 깨어나
세계 도처에 흩어진 신국(神國)의 후예들
에게
불멸의 영광된 시간을 기억하게 하고

홍익인간(弘益人間)의 꿈이
모든 들과 산으로 사해(四海)로 무한우주
공간으로 퍼져나가고
저 멀리 북두칠성과 우주의 질서를 교감
하던
혼(魂)을 일깨우노니

불새가 향나무 불속에서 장엄히 몸을
태우고

아름다운 새로 다시 태어나 영원을 날앗듯이
너희 겨레도 모든 회의와 나약함을 죽여 버리고
사소한 어려움
반목과 질시를 태워버리고

불새처럼 영원할 것을 기억해주고자 함이니.

# 목 차

프롤로그

## 제 7권  아바간성의 두 영웅

| | |
|---|---:|
| 주작국(朱雀國) | 1 |
| 유배지 고범도 | 44 |
| 처방전 | 98 |
| 문어방 | 125 |
| 대협 다치 | 147 |
| 위기의 해모수 | 168 |
| 여홍, 아바간성 소도를 구하다 | 196 |
| 적보월의 복마곡(伏魔曲) | 215 |
| 대웅성(城)의 소년 선협들 | 221 |
| 도굴왕 비마(匪魔) | 262 |
| 중립지대 구탈(區脫) | 271 |
| 추마산 철연방(鐵燕幇) | 309 |

# 프롤로그

환웅천황이 하늘에서 내려오시기 전, 세상은 말 그대로 혼돈의 세상이었다.

마귀, 요괴, 축생과 인간이 뒤섞여 살며 사람과 짐승의 구별이 없었고, 수간이 빈번하게 행해지다 보니 반인반수의 요괴인간들까지 돌아다녔다.
인간들은 수백만 년을 하늘의 이치와 인간의 도리 그리고 선(善)과 악(惡)을 모르고 오직 추위와 굶주림, 공포 아래 야수(野獸)처럼 살아갔다.
이를 보다 못한 어지신 환웅이 온 우주를 지배하시는 아버지 한울님께 청(請)하여 세상에 내려가 다스릴 포부를 말씀드리고 천부인을 받아
4대신장 풍백, 우사, 운사, 뇌공과 삼천인을 이끌고 신시(神市)를 세우셨다.
환웅께서는 제일 먼저 백두산 천평에 천정(天井)을 파고 나라 이름을
배달국이라 하시며 「홍익인간 이화세계: 세상을 이롭게 하고 이치로 세계를 다스린다」를 개국이념으로 선언하셨다.

이에 구이원(九夷原)의 모든 사람들이 환호하며 환웅천황을 따랐으나
천황을 처음부터 싫어하고 증오하며 저주하는 무리가 있었으니, 그

들은 그동안 혼돈의 세상을 지배하며 거짓과 악행을 일삼던 가달마황과 그를 추종하는 마왕(魔王), 요괴(妖怪), 귀신, 야수(野獸), 식인귀 등으로, 어떻게든 신시(神市)를 파괴하려 했으며 선량한 인간들을 죽이거나 잡아먹고 노예로 부리며 천황의 교화(敎化)를 방해했다.

마침내 이로 인해 선계의 환웅천황과 마계의 가달마황 사이에 인류 최초의 정마전쟁(正魔戰爭)이 일어났다.
그러나 헤아릴 수 없는 긴 세월을 뿌리내린 악의 무리가 너무도 많아
혈전은 수백 년간 교착상태를 이어갔고, 흑마법까지 쓰는 마왕과 요괴들로 인하여 그 피해는 차마 눈뜨고 볼 수 없는 지경에 이르렀다.
이에
천황은 천계의 환인천제께 상주하여, 우주의 칠백 누리를 수호하던 해사자와 원수 게세르 그리고 10천간장(將)과 12지신장(神將)을 데려왔다.
해사자는 태양을 실은 마차(馬車)를 운행하던 마부로 능히 일월성신(日月星辰)의 주천(周天)을 헤아리고 무기는 불 채찍을 사용하였으며,
게세르는 수백 만 천병을 통솔하던 자로 금검(金劍)과 천궁(天弓)을 사용하고
10천간장(將)은 모두 지략이 높고 용맹하며, 12지신장(神將)은 불패의 장사들이었다.
천황이 이들로 하여금 사람들에게 수행법과 단공(丹功), 선(仙)무예를 가르치게 함으로써 선계의 힘이 마도(魔道)의 무리를 압도하게 되었다.
마지막으로 천황과 가달마황의 결투는 건곤일척의 승부였는데 천황은 천부신공(天府神功)으로 가달마공을 펼치는 마황과 자웅을 겨루

었다.
싸움은 개벽 이래 정마(正魔)간의 가장 큰 격투였다. 하늘은 천둥과 벼락이 칠일칠야(七日七夜)를 내리쳤고, 땅은 속불이 터져 갈라지고 꺼졌다. 사람들과 마귀, 요괴, 짐승들은 모두 숨을 죽이고 떨며 싸움이 끝나기만을 기다렸다.

드디어 천황이 가달마황의 머리를 잘라 비밀스러운 절지(絶地)에 묻고,
피와 오장육부는 항아리에 담아 해저(海底)의 화옥(火獄)에 가두고 봉인하여 동해의 용왕이 지키도록 하였다.
그리고
신장(神將)들에게 명하여 가달을 따르며 악을 행하던 마왕, 마귀, 요괴, 귀신, 식인귀, 괴수들을 끝까지 추적하여 제거하도록 하였는데,
이때 살아남은 일부 가달의 무리들은 사람이 살 수 없는 북쪽 동토의 땅으로 쫓기고 도망쳐서 흑림(黑林)의 어둡고 추운 지하 동굴과 황량한 계곡, 늪지, 호수에 숨어 선계를 증오하며 수천 년을 견뎌왔다.
그동안 구이원의 배달국과 조선은 수천 년을 은성(殷盛)하며 태평성대를 누렸고,
가달 무리는 보이지 않아 사람들은 이 세상에서 그들이 영원히 사라진 줄 알았으나
마도(魔道)는 없어지지 않았으며 오히려 그 수가 불어 가달마황을 신(神)으로 받드는 가달마교를 조직해 세상을 차지하려고 넘보고 있었다.

삼신교(- 仙敎)가 문란해진 조선 마지막 47대 고열가 단제의 조선은 열국시대에 접어들었고 가달마교의 세력은 최고조(最高潮)에 달

했다.
소설 '구이원'은 당시 조선(朝鮮) 열국의 선협(仙俠: 협객)들의 이야기이다.

## 주작국(朱雀國)

때는 가을, 주작성(城)은 성벽 전체를 붉은 바위로 쌓아 늘 신비로운 빛을 띠고 있었다.
붉은 봉황이 부활을 위해 몸을 태우 듯, 형형색색의 단풍이 타오르고 있었고 시인이나 묵객(墨客: 글씨를 쓰거나 그림을 그리는 사람), 선협들은 말할 것도 없고, 열국(列國) 각지에서 구경꾼들이 구름처럼 몰려들었다.

「 태양을 닮은 불사조(不死鳥)의 성(城)
　칼을 차고
　금빛 깃을 꽂은 협객(俠客)들이 호탕
　하게 웃으며 드나든다
　초원의 사슴과
　높은 나무 둥지 아기 새들이 호기심
　가득한 눈으로 바라본다　　　　」

주작국의 가한은 우두(羽頭)였다. 우(羽)씨는 배달국 조이(鳥夷)의 후예들이다.
조이족(族)은 머리에 쓰는 관뿐만 아니라, 검(劍) 고리의 깃털로 신분의 상하를 구분했다. 금빛 깃은 가한의 신분을 표시했다. 한 달간 사냥을 갔다 유성궁(宮)에 돌아온 가한에게, 염방이 미인을 하나 바쳤다.
"가한,
남부를 순시하다 발견한 여인으로 요작미(妖鵲尾)라고 합니다. 미색과 가무가 제법 볼 만 하옵니다. 곁에 두시고 여독을 푸시기 바랍니다."
우두가 보니 과연 늙은이의 가슴을 설레게 하는 보기 드문 미인이었다.
"너의 충성심이 갸륵하구나. 내 잘 기억해두마."
우두는
당장 첫날부터 시중을 들게 했다. 그녀는 춤과 노래를 잘했으며, 품어보니 천하에 둘도 없는 명기(名器)였다. 늙다리에 신혼 같은 밤을 보내고 나니 몸은 새살이 돋은 것 같고 마음도 한껏 젊어진 것 같았다.
우두는 사자 염방에게 큰 상(賞)을 내리고 요작미를 첩으로 들였다. 얼마 후, 요작미가 회임하여 아들을 낳자 크게 기뻐하며 이름을 우녕(羽寧)이라 지었다.
"하하하하, 장차, 이놈을 크게 쓰리라."
손자 같은 아들을 본 가한은 요작미의 처소에 틀어박혀 나올 줄을 몰랐다.
그리고 요작미를 비(妃)로 임명하고, 염방의 공을 치하하며 대사자로 승진시켰다.

태자 우광(羽光)은 이 소식을 듣고 동생 우화(羽華)를 태자궁으로 불렀다.

"염방이 가한께 미인을 바쳤다는구나."

우화가 이 말을 듣고, 눈을 크게 뜨고 주먹을 불끈 쥐며 부르르 떨었다.

"아니, 아버님도. 지금 연세가 몇이신데 또 후궁을 들인단 말입니까? 자식도 스무 명이 넘지 않습니까?"

우광이 창밖으로 눈을 돌렸다.

"음..

지금 우리 주작국의 재정은 좋지 않다. 단지 국제 항로의 요지가 있어 겨우 버티고 있을 뿐, 몇 년째 계속되는 가뭄에 백성들이 유랑민으로 전락하고 있다.

가한께서는 이들을 구휼할 생각은 안하시고 사냥과 계집, 음주가무로만 세월을 보내시는구나. 이러다가 은(殷)나라처럼 망할까 걱정이다."

우화가 이마를 찡그리며 물었다.

"형님, 그 여자는 어떤 사람입니까?"

"요작미(妖雀尾)라 하는데, 조선의 가무뿐 아니라 조(趙), 한(韓), 위의 노래와 춤도 잘 한다는군.

가한께서 요작미에 취해, 정무(政務)를 마이(馬耳)에게 맡기고 다른 후궁들은 눈길 한 번 주지 않는다고 하네."

"재상에게 맡겨요? 요작미는 어느 집 여잡니까?"

"어느 댁 여인이 아니고, 염방이 남부를 순시하다 발견했다고 하더군."

우화는 분개했다.
"놈은 백성을 보살피러 간 것이 아니고 채홍사(採紅使)로 계집을 찾아다녔군요.
염방은 재물을 밝히기로 소문난 자입니다. 그자가 미인을 바칠 때에는 분명 목적이 있을 겁니다.
그리고 요작미는 나이가 너무 많습니다. 내명부에도 법도가 있습니다.
궁(宮)에 들어오려면 열여덟은 넘지 않아야 하는데, 스물다섯에 들어오다니요.
그리고 그 나이까지 처녀로 있었다는 것도 이상합니다. 제가 요작미를 한번 조사해 보겠습니다."
우광은 대답 대신 팔짱을 끼고 눈을 감았다. 우화의 말을 긍정한다는 뜻이었다. 자기도 뭔가 의심스러웠고, 염방에 대해서는 여러 가지 들은 것이 있었다.
염방은 나라의 물산과 상업을 관장하는 '사자'의 자리에 있었다. 종과 사병이 수백이 넘었으며, 저택은 염방을 만나려는 상인들로 문턱이 닳아 없어질 정도라고 들었다.
"음"
태자가 눈을 감은 채 아무 말도 없자 우화가 답답한 듯 한마디 했다.
"수하들 이야기로는 요즘 호가, 용가의 인물들이 부쩍 더 염방의 집에 드나든다고 합니다."
"뭐?"
우광이 눈을 번쩍 뜨자, 노한 빛이 쏟아졌다. 다른 때라면 어느 가(加)든 상관이 없었으나,

지금은 오가(五加)가 서로를 견제하며 넘보는 시기였고, 특히 용가(龍加) 가한 사오의 야심(野心)은 누구나 알고 있는 터였다.

"알았다. 네가 요작미를 조사해 봐라. 아무도 모르게 조심해야 한다."

"네, 명심하겠습니다."

우화가 물러가고 우광이 우두커니 서서 창밖을 보며 새들이 지저귀는 소리를 듣고 있었다. 잠시 후, 태자비 오희(梧姬)가 다과상을 들고 들어왔다.

"나리, 마침 좋은 훈화차(茶)가 들어와서 타 왔어요. 맛을 좀 보셔요."

"훈화차?"

"예, 여인국의 차(茶)랍니다."

신녀국의 차(茶)라는 말에, 우광이 자리에 앉아 찻잔을 들자 그윽하고 은은한 향(香)이 가슴에 끓어오르고 있던 화를 사르르 가라앉혔다.

"음, 좋은 차군"

태자의 말에 오희의 얼굴이 밝아지며 미소가 흘렀다. 입술 사이로 가지런히 드러난 치열이 고왔다.

"저하, 무슨 일이라도 있습니까?"

"당신도 들었을 게요. 요작미라는 여자를."

오희가 미간을 찌푸렸다.

"아, 네. 저도 알고 있습니다. 요작미가 가한의 총애를 받자 궁(宮) 안의 시녀들이 모두 요작미와 친해지기 위해 안달이라고 들었습니다."

태자가 한숨을 쉬었다.

"음.. 나라는 어려운데 점점 더 국정을 외면하시니."
"어머님이 돌아가신 후로는 나랏일에 통 관심을 두지 않으신다면서요?"
"당신도 알다시피 가한의 성격이 보통이 아니잖소.
어머니가 계실 때에는 그나마 어머니 말씀은 들으셨는데, 돌아가시고 나자 더 이상 간(諫: 고치도록 말함)할 자도 없고 간하여도 듣지 않으셨소이다."
"네, 정말 걱정이에요."


한편, 태자궁에서 나온 우화는 심복 손광, 수단, 저후를 난하루로 불렀다.
난하루(灤河樓)는 시장 서쪽에 있었다. 우화는 학문을 좋아하는 우광과 달리 무예를 좋아했다. 어릴 적부터 도적의 토벌뿐 아니라, 연(燕)과의 전쟁에도 참가했다.
그의 주위에는 무예가 뛰어난 자들이 많았다. 그 중, 손광은 장창(長槍)의 고수로 한 때 도적들과 어울리다 우화의 토벌군에 죽게 되었으나,
그의 무예를 아낀 우화가 긴히 쓰고자 살려주었고 그때부터 과거를 청산하고 우화를 그림자처럼 따랐다.
수단과 저후는 「운사(雲師)」가 세운 무려선문 출신으로, 공작군(軍) 군관이었으나,
술에 취한 장군 호독니가 부하들을 패는 걸 말리다 쫓겨난 후, 강호를 떠돌다 우화를 만났다.

수단은 열두 개의 비수를 잘 던져 '십이비검(十二飛劍)'으로 불리었고, 저후는 무려선문의 운룡검법에 정통한 자였다. 우화는 세 사람에게 요작미 이야기를 들려주었다
"앵무전(殿)에 요물이 들어앉았다. 가한이 치마폭에 빠져 헤어나질 못하고 있으니 걱정이다."
손광이 뱁새눈을 치켜떴다.
"왕자님, 무슨 말씀이신지 소인(小人)들은 아직 감이 오질 않습니다요."
우화가 수단과 저후를 돌아보자 두 사람도 가만히 고개를 끄덕였다.
"염방이, 요작미라는 여인을 가한에게 바쳤는데 스물네 살이라고 한다.
열여덟 살 이하만 입궁이 가능하나, 요작미는 모든 절차를 무시한 채 들어왔다. 노래와 춤이 뛰어나고 조, 한, 위의 가무(歌舞)도 잘하여 가한이 푹 빠졌다는구나.
염방이 남부를 순시하다 건진 여자라는데, 출신을 아는 자가 아무도 없다. 너희들이 조사해봐라. 사소한 것이라도 하나도 빠뜨리지 말고."


세 사람은 여러 경로로 사람을 놓아, 염방의 사람들과 접촉하기 시작했다.
손광은 염방의 첩 도도의 여종 귀님이 시장의 한 비단 상점에 드나드는 것을 알아냈다. 그는 종업원 말희가 귀님과 고향이 같아 친하다는 걸 알고 말희에게 은밀하게 금덩이를 쥐어주며 요작미에 대해

알아봐달라고 했다. 그리고 어느 날 손광은 말희로부터 놀라운 이야기를 들었다.

"요작미는 염방이 끼고 살던 첩이랍니다. 노예상 와단에게 황금 오십 냥을 주고 사왔다고 하지만 거짓말일 거래요. 와단은 염방의 집을 문턱이 닳도록 드나든 자로, 뭔가를 청탁하기 위해 바쳤을 거랍니다.
아! 그리고 요작미가 여기 오기 전, 누구 자식인지 알 수 없는 아이가 둘이나 있다는 것 같았어요. 이것이 제가 알아본 전부예요. 내가 한 말은 비밀로 해주셔요. 나는, 나리도 그 누구도 만난 적이 없습니다."

손광이 물었다.
"아이들은 어디에 있나?"
"그건 아무도 모릅니다."
"음, 알았네. 나는 자네를 만난 적도, 여기 온 적도 없네. 수고했네."
하고 은자를 듬뿍 쥐어준 후 우화에게 달려가 보고했다. 우화는 분노했다.
"와단은 또 누구냐?"
"네, 노예상인입니다."
"이놈 저놈 데리고 살고, 자식이 둘이나 있는 계집을 가한께 바치다니! 내 이놈을."
우화는 염방을 계속 감시하라 이르고, 수단과 저후에게 목양성으로 가서 요작미에 대해 더 자세히 알아보라고 지시했다.
목양성(- 대련)의 항구는 왕검성(번조선), 달지성(마한/ 평양), 남갈사성(동옥저), 가륵성(북옥저)과 제, 오, 월, 탐라, 왜에서도 배가 들어와 교역의 이익을 톡톡히 보고 있었으며 늘 열국(列國)의 상인들로 붐볐다.

상선(商船)을 따라 상인들과 뱃사람이 몰려들었고, 주루의 기녀들은 배가 들어올 때마다 손님을 받기에 바빴다. 성은 밤마다 환락의 거리로 변했다. 제국은 기울어가고 있었으나 항구(港口)의 밤은 흥청거렸다.

수단과 저후는 노예를 팔고 사는 곳을 수소문했다. 노예시장은 항구의 서쪽에 있었다. 한나절을 돌아다닌 끝에 노예상(商) 와단을 찾았다.

와단은 원래 흉노인(人)으로 말, 소, 양 등을 조나라에 팔던 가축 상인이었다.

한 번은 인도하기로 한 가축을 끌고 조나라에 들어가다, 도적떼에게 수천 마리를 빼앗기고 수십 명의 목부(牧夫)들까지 잃은 후 이곳으로 도망쳐 와단으로 이름을 바꾸고 노예상인(奴隷商人)이 된 것이다.

그는, 멀리 안식국(- 페르시아) 신독국(- 인도)까지 왕래하여 검은 피부의 노예도 취급하고 있었는데,

상품성(商品性)이 좋은 노예를 가진 도적이나 해적들과도 거래를 함으로써 몇 년 지나지 않아 목양성 최대의 노예상으로 자리를 잡았다.


그 날, 와단은 부하 셋을 데리고 포구에서 들어올 배를 기다리고 있었다.

와단은 자기를 찾아온 수단과 저후에게 물었다.
"무슨 일로 나를 찾소?"
저후가 말했다.
"1년 전, 사자 염방이 황금 오십 냥을 주고 산 요작미에 대하여 알고 싶소이다."
와단이 퉁명스럽게 대답했다.
"허.. 1년 전의 노예를 어찌 기억하겠소? 소를 파는 자에게 1년 전 일을 묻는 것과 같소. 요즘 세상에 노예와 가축이 무어 다르겠소? 기억이 나지 않소이다."
두 사람은 맞는 말이라고 생각했다. 노예는 가축과 다를 것이 없었다.
전시(戰時)에는 영토 못지않게 노예의 확보가 중요했다. 노예를 얻기 위해 전쟁을 하는 경우도 많았다. 노예가 있어야 국토를 경영할 것 아닌가. 사람이 없는 땅은 불모지(不毛地)일 뿐이다. 노예는 고대(古代)에 생산을 하는 자본재였다. 수단이 다시 한 번 정중하게 물었다.
"기억을 잘 더듬어보시오. 미인이라 생각 날 것이오. 스물네 다섯인데 노래와 춤이 뛰어나오."
와단이 냉랭하게 대답했다.
"미인이라!
노예상들은 누구나, 노예들을 목욕시키고 예쁜 옷을 입히고 귀걸이, 팔찌, 발찌에 화려한 비녀를 꽂아 단장을 한 후 진열대 위에 올려놓지요.
그래야 좋은 값을 받지 않겠소. 잘 꾸며 놓으면 예쁘지 않은 것들이 어디 있겠소.

요작미(妖雀尾)가 누군지 도무지 생각이 나질 않소. 그만 귀찮게 하고 돌아들 가시오."
와단이 짜증을 내며 턱짓을 하자 부하들이 나서서 수단과 저후를 가로막았다.
그들은 모두 태양혈(穴)이 솟아 한 눈에 외가의 고수들로 보였다. 왼편에 선 사각턱의 사내가 칼을 만지작거리며 눈을 부릅뜨고 말했다.
"이제 그만 돌아들 가시지?"
수단과 저후는 할 수 없이 입맛을 다시며 객잔으로 돌아왔다. 저후가 말했다.
"수단, 와단이 모른다고 잡아떼는 걸 어떻게 생각하나?"
수단이 콧방귀를 뀌었다
"흥.. 수소문을 하다, 들은 바가 있네. 와단은 흉노 출신으로 보통 놈이 아니라더군. 노예장사를 아무나 하겠나? 그리고 뒤를 봐주는 세력이 있다더군."
"앞으로 어떻게 해야겠나?"
"글쎄.."
늦게까지 이야기를 나누다 자리에 누운 수단은 바로 잠이 들었으나, 저후는 얼마간 뒤척이다, 객잔의 담장으로 접근하는 발자국 소리를 들었다.
'불청객!'
저후가 수단을 깨우는 동시에 창밖으로 나가 우거진 나뭇가지 위로 부엉이처럼 몸을 숨기자
수단도 이불을 뒤집어쓰고 잠든 것처럼 해놓고 벽장에 몸을 숨겼다. 이어,

십인(十人)의 복면 객(客)이 담을 넘었고 그들 중 두 명이 소리 없이 방문을 열고 이불을 향해 몸을 날리며 사정없이 칼을 찔렀다.
"푹!"
"푹!"
그리고 이불을 제쳤다.
"엉?"
"앗"
놀란 자객이 고개를 드는 순간 어둠을 가르며 세 개의 비도(飛刀)가 날았다.
"윽!"
"헉!"
이불을 찌른 둘과 문 앞을 지키고 있던 자의 이마에 비도가 박혔고, 동시에 살쾡이처럼 뛰어내린 저후의 검이 그 뒤의 또 다른 자객 둘을 가르고 지나갔다. 마당에 서있던 우두머리가 크게 놀라며 소리쳤다.
"쳐라!"
흑의인들이 수단과 저후를 공격했다. 상당한 솜씨를 지닌 자들이었으나
무장(武將), 수단과 저후의 상대가 될 수는 없었다. 다시 세 명이 고꾸라지자
"안되겠다!"
하며
누가 먼저랄 것도 없이 칠흑 같은 어둠 속으로 내달렸다. 저후가 쫓으려 하자 수단이 붙잡았다.
"저후."

"아니, 저들을 잡아야 배후를 밝힐 것 아닌가?"
"후후, 내버려 두게. 우리는 어제 왔네. 살수를 보낼 자가 와단이 아니면 또 누구겠는가?"
저후가 끄덕였다.
"그렇군. 날이 밝으면 와단을 잡아 족쳐야겠군!"
이어 자객들의 복면을 벗기고 살펴보니, 모두 왼편 가슴에 '붉은 문어'가 그려져 있었다. 저후는 붉은 문어문신이 무엇을 의미하는지 몰랐다.
그때 소란이 가라앉고 살수들이 도망친 것을 본 객잔주인과 객실에 묵고 있는 사람들이 몰려나왔다. 객잔주인이 붉은 문어를 보고 소리쳤다.
"문어방!"
두 사람이 객잔주인을 보고 물었다.
"문어방?"
"그렇소,
이들은 중원의 해적입니다. 멀리 외딴 섬에 근거지를 두고 상선만을 습격하는 걸로 알고 있는데 오늘, 여기까지 올라오다니 뜻밖입니다."
"음"
다음날, 수단과 저후는 와단을 찾아갔으나 상점은 참외만한 자물쇠가 잠겨있었다. 두 사람은 인근 주점으로 가 노예상 와단이 사는 곳을 물었다.
"서문 밖, 조야산(山) 기슭의 '구폐장(狗吠莊)'에 산다고 들었습니다. 금방 찾을 수 있을 겁니다."
수단이 이마를 찡그리며 반문했다.

"구폐장은 개가 짖는 집이라는 뜻 아니오. 무슨 이름을 그렇습니까?"
"하하하. 이상하다니요. 한량들이 아주 좋아하는 이름입니다. 「구폐장」은 다음날 아침 개가 짖을 때까지 연애하는 곳이랍니다. 다른 나라에까지 소문이 나서, 멀리서 작심(作心)하고 찾는 사람들도 많습니다."
"기룬가요?"
상인은 두 사람이 이곳 사람이 아닌 것을 알고 자세히 이야기 해주었다.
"구폐장은 목양성 제일의 기루(妓樓)입니다. 겉으로는 무민(無憫)이라는 여자가 운영하는 것으로 되어있으나, 실제 주인은 노예상 와단입니다.
구폐장에는 조정의 대신들도 비밀리에 놀다가는 밀실이 있다고 합니다만, 조심하십시오. 그곳에 강호를 누비는 고수들도 있다고 들었습니다."
수단, 저후는 조야산으로 향했다. 구폐장은 높은 담으로 둘러쳐 있었고
담 너머로 '고래등' 같은 2층 건물들이 보였다. 둘은 감탄이 절로 나왔다.
"대단하군!"
"언제 이런 곳이 생겼을까? 경당(扃堂)이나 도관(道館)들은, 나라에 돈이 없어 수리도 못하는데 이런 몹쓸 곳은 화려하게 꾸며놓았구먼!"
두 사람은 대강 건물을 살펴보고 꽉 닫혀있는 대문 앞으로 다가갔다.

"이리 오너라."
수단과 저후가 문을 두들기자, 문이 열리며 싸울아비 같이 생긴 문지기 둘이 나타났다.
바위처럼 단단해 보이는 어깨가 예사 문지기는 아니라는 것을 짐작하게 했다.
"우리는 와단 장주를 만나러 왔소."
왼편의 문지기가 수단과 저후에게서 풍기는 분위기를 보고 정중하게 물었다.
"혹, 관저에서 나오셨습니까?"
"아니오. 우리는 관원이 아니고, 장주에게 몇 가지 물어 볼 게 있어서 왔소."
관원이 아니라는 말에 문지기가
"그 사람은 이곳에 없소이다. 항구(港口)에 있는 상점으로 가보시오."
하며 대문을 닫으려 하자 저후가 얼른 왼발을 끼워 넣으며 문을 막았다.
문지기가 발을 밀어내려 했으나 쇠몽둥이가 끼워진 듯 움직이지 않았다.
수단이 미소를 지으며
"우리는 바로 거기에서 오는 중입니다. 상인들이 이곳을 알려주어서.."
거친 수염이 난 자가 짜증이 난 듯
"우리는 모르니 그만 돌아가시오."
하며 다시 힘을 쓰자, 저후가 거침없이 대문을 밀고 안으로 들어섰다.

"어딜 감히?"
하나가 가슴으로 막으며 오른손으로 저후의 목을 짚어갔고, 다른 한 놈이 수단의 무릎을 걷어차려는 순간 저후와 수단이 주먹을 날리자 두 놈이 사정없이 나가 떨어졌다.
"쿵!"
"억!"
그때 검은 도포를 입은 난장이와 기골(氣骨)이 장대한 무사 세 명이 나타났다.
난장이는 대머리였으나 턱과 코밑으로 위엄 있어 보이는 수염이 나 있었다.
난장이를 제외하고는 세 사람 모두 장검을 차고 있었다. 난장이는 수단과 저후를 향해 공손하게 읍(揖)한 후 오른쪽 귀를 내밀며 물었다.
"저는 총관 노마(駑馬)라고 합니다. 운사권(雲師拳)을 쓰는 두 분은 어디에서 오신 누구신지요?"
저후가 답했다.
"주작성에서 온 저후와 수단이라 하오."
"주작성? 오, 그런데 멀리서 무슨 일로 오셨습니까?"
"장주를 만나러 왔소. 어제 항구에서 잠깐 만났었소. 장주에게 물어 볼 말이 있소이다."
노마가 매우 안 됐다는 표정을 지으며 대답했다.
"지금 안계십니다. 일이 있어서 새벽에 배를 타고 제나라로 가셨습니다. 후일 다시 오시지요."
저후가 흠칫 하며 물었다.
"언제쯤이나 돌아오십니까?"

노마가 말했다.
"흐흐흐흐흐, 우리 장주님은 한 번 배를 타고 나가시면 언제 돌아오실지 짐작하기 어렵습니다. 이번에도 서너 달은 족히 걸릴 것입니다."
곁에서 지켜보던 수단이 거칠게 나서며
"장주가 구폐장의 은밀한 곳에 살고 있다는 것을 알고 왔으니 잔말 말고 어서 장주에게 안내하시오."
하자,
노마의 안색이 갑자기 새까맣게 바뀌며 개가 으르렁 거리는 소리를 질렀다. 작은 몸뚱이와 다르게 자못 사람을 압도(壓倒)하는 기운을 뿜어냈다.
"아니, 이놈이? 네 놈들의 체면을 세워주고 있는데 고집을 피우는구나.
발해삼살(渤海三殺)! 말이 안 통하는 놈들이다. 너희들이 처리하라."
고 소리쳤다.
발해삼살이라는 말을 들은 저후와 수단은 놀랐다. 발해삼살은 발해만(灣) 일대를 휩쓸고 다니는, 짝을 찾아보기 힘든 악한(惡漢)들이었다.
'이들이 구폐장에?'
순간,
삼살이 검을 뽑아들며 저후와 수단을 막아섰고, 노마의 눈짓에 문지기들이 창이 겨누었다.
저후, 수단이 날렵하게 물러서며 검을 뽑자 2대 5의 싸움이 시작되었다.
삼살의 검이 날자 문지기들의 창이 저후와 수단의 무릎을 치고 들어갔다.
저후와 수단은 가볍게 창을 피하며 발해삼살의 검을 맞부딪혔다.
"창창창창!"
"깡깡깡깡!"
일곱이 뒤섞여 싸운 지 이십여 합, 문득 저후의 검이 바람에 도는 낙엽처럼 뒤집히자
"큭!"
소리와 함께 발해이살이 쓰러졌다. 눈이 부시도록 변화무쌍한 쾌검이었다.
순간 수단이 교룡처럼 회전하며 두 자루의 비도를 날리자, 고통스러운 비명이 터져 나왔다.
"악!"
"윽!"
일살과 삼살이 목을 부여잡고 쓰러졌고, 두 명의 문지기가 천둥에 놀란 토끼처럼 황급히 물러섰다.
삽시간에 수족 같은 삼살을 잃은 노마가 이성을 잃은 듯 난폭하게 손을 휘두르자, 검붉은 바람이 저후와 수단을 덮쳐갔다. 수단이 소리쳤다.
"흑혈장(黑血掌)!"
두 사람이 흩어지는 구름처럼 삼장 뒤로 재빠르게 몸을 뺐다. 수단이 말했다.
"흑혈방은 이십년 전에 멸망했는데, 거기서 운 좋게 살아남은 놈이냐?"
흑혈방은 발해만 일대에서 온갖 악행을 저지르다 이십년 전 무려선문과

주작국(國), 번조선, 마한 선협들의 연합공격으로 모두 소탕되었는데 다시 목양성(城)에 등장했으니 놀라지 않을 수 없었다.
당시 어린 나이였던 수단, 저후는 그 싸움에 참여했던 스승 태을선사(太乙仙師)와 사숙들로부터 들은 바가 있었다.
"별 걸 다 아는구나. 자세한 건 저승에 가서 무려의 귀신들에게 물어 보거라!"
하며
또 다시 흑혈장을 발출하자, 수단과 저후가 온힘을 다해 손바람을 쏟아냈다.
무려선문의 절기 '운룡장(掌)'이었다. 세 가닥의 장풍이 중간에 부딪치자
"꽝!"
하고 거목(巨木)이 꺾이는 소리가 나며 흙먼지가 구름처럼 솟구쳤다.
잠시 후 세 사람의 모습이 드러났다.
노마는 눈을 찡그리며 앉아 있었고, 저후는 입가에 피를 흘리고 있었으며, 수단은 한쪽 무릎을 꿇고 있었다. 세 사람 모두 부상을 입은 것이다. 요란한 싸움에 구폐장 사람들이 몰려오는 소리가 들려왔다.
수단이 돌아서며
"저후, 돌아가세."
하자,
저후도 총관 노마를 노려보며 재빨리 구폐장을 벗어났다. 저후가 말했다.
"난장이의 흑혈장이 대단하더군. 둘이 함께 상대하지 않았으면 큰일

날 뻔했어."
"허..
그러게 말이네. 이런 곳에 흑도의 고수(高手)가 숨어 있을 줄이야. 나라가 어지러우니, 악도들이 거침없이 움직이고 있네. 왕자님께 빨리 알리세."


2년 전 호부사자 염방의 별채. 염방은 요작미의 허벅지를 베고 누워 있었다.
'허벅지 하나는 대단해. 정말 탄력 있고 감촉이 좋거든. 주작성 내(內) 어떤 여자도 이리 편안하진 않을 게야.
최고야. 이년의 허벅지 사이에 내 다리를 끼우고 자면 왜 그리 잠이 잘 오는지. 여하튼 이 계집은 나의 둘도 없는 보물이야 보물! 흐흐흐흐.'
눈을 감고 실실 웃는 염방의 귀를 요작미(妖雀尾)가 입술로 가볍게 물었다.
요작미의 뜨거운 입김이 염방의 목덜미를 자극하자 또 다시 회가 동했으나 참아야만 했다. 곧 조정에 나가야 하고 지난 밤 아주 진을 빼지 않았는가. 염방이 눈을 지그시 감고 욕정을 참으며 신음소리를 냈다.
"음"
"대감, 무슨 기분 좋으신 일이라도..."
"나야, 너만 보면 항상 좋지"
요작미의 입에 간특한 미소가 떠오르다 사라졌으나, 염방은 미처 보지 못했다.
요작미가 간드러진 목소리로 속삭였다.
"그렇게 좋으시면 상(賞)을 좀 주셔요. 대감을 온 정성을 기울여 모시잖아요."
염방이 '상?' 하고 뭔가를 한동안 생각하다 눈을 번쩍 뜨며 앉더니, 입을 헤 벌린 채 일어나 방안을 이리저리 왔다 갔다 하며 비실비실 웃었다.
이상하게 생각한 요작미가 가만히 불렀다.
"대감"
하고 불러보았으나, 염방은 생각에 푹 빠진 게 정신 나간 사람 같았다.
사람들은 사자 염방을 탐욕스럽고 주색을 밝히는 자로 알고 있었으나, 사실 색과 재물(財物)보다 더한 정치적 야심(野心)을 감추고 있었다.
'흠.. 진정한 충신은 좋은 게 있으면 혼자 즐기지 않고 주군에게 바친다고 가달마경에 적혀있다. 쯧쯧쯧쯧... 내 어찌 이 생각을 빨리 못했던고.'
기막힌 계집을 가한에게 바치면 나의 기반이 더욱 탄탄해지리라. 그럼 가한도 좋고 나도 좋고 요작미도 좋으니 일석삼조가 아니겠는가.
낄낄낄낄낄낄.'
염방이 허리를 구부리고 요작미의 얼굴을 빤히 들여다보았다. 요작미는, 상을 달라고 해서 혹 염방의 비위를 건드린 건 아닌지 은근히 걱정됐다.
요작미가 급히 허리를 비비 꼬며 더 예쁘게 보이기 위해 얼굴 가득 미소를 지었다.

염방이 속삭였다.

"흐흐흐, 너에게 큰 상을 내리고 싶은데 네가 과연 그 상을 받아보겠느냐?"

"호호호, 무슨 상인데 그러셔요. 대감, 저의 성을 잊으셨나요? 요씨들은 재주가 많답니다. 제가 못 받을 리가 있나요. 빨리 주기만 하셔요."

"그으래?"

"네에"

"잘 들어라. 너를 궁으로 보내 가한을 모시게 하고 싶다. 가한의 총애만 얻으면 너는 비빈이 될 수도 있다. 내 첩으로 사는 것보다 천배는 나을 것이니라."

요작미의 얼굴에 화색이 돌았다. 자기도 모르게 목젖이 보일 정도로 입이 벌어졌다. 그리고 양 손을 들고 작은 주먹을 꼭 쥐며 소리쳤다.

"왕궁(王宮)이요? 정말요? 아이, 좋아라!"

염방이 싸늘한 표정으로 말했다.

"그러나,
네 목숨을 걸어야 할 것이다. 만일 나와 와단과 살을 섞었다거나 자식이 둘이나 있다는 게 밝혀지면 너는 물론 나도 와단도 모두 죽음을 면치 못할 것이다."

"네, 명심하겠습니다. 대감."

요작미는 요괴(妖怪)의 본능을 가진 듯 기회를 포착할 줄 알았다. 과거,
제나라 임치의 늙은 애꾸가 운영하는 칼국수 집에서 노예로 일하던

시절,
장을 보러 나갔다가 자신에게 눈을 떼지 못하는 와단에게 접근해 어떻게든 자기를 사가도록 설득했다.
"저는 칼국수 식당 노옌데 허구한 날 밀가루를 뒤집어쓰고 칼국수를 만들어요. 객주님, 저를 사서 기루에 보내주시면 돈을 많이 벌어 드리겠어요."
와단이 말했다.
"넌, 너무 비싸."
"돈은 기예를 팔아 갚을 터이니 빌려서라도 사주셔요. 애꾸 늙은이와 정말 같이 있기 싫어요."
담대한 요작미에 끌린 와단은 임치의 거상(巨商)에게 돈을 빌려 계집을 샀고,
기루에 넣어 돈을 벌게 했는데 사내들을 다루는 재주가 좋아 얼마 지나지 않아 와단이 빌린 돈을 다 갚았다. 요작미를 본 사내들은 모두가 온 정신을 빼앗겼다. 요작미는 아무에게나 술시중을 들지 않았다.
먼저 와단으로부터 손님의 정보를 듣고 자기의 마음에 들었을 때만 술을 따르고,
한 달여를 사내들의 애간장을 녹이고 먼지 털 듯 돈을 털어낸 후에야 합궁을 하였기에 그녀가 빨아들이는 하룻밤 화대(花代)는 엄청났다.
요작미는 누구 자식인지도 모르는 딸과 와단의 아들을 낳았다. 그런데 자식을 둘이나 낳았는데도 와단이 잘 먹여서 그런지 요작미는 더욱 요염해졌다.
그러던 어느 날 염방이 요작미(妖雀尾)를 마음에 들어 하자, 주작국

(國)에서 노예장사를 허락받기 위하여 염방에게 첩으로 주었던 것이다.
염방의 말에 요작미가 자세를 바로하고 비장한 표정으로 조아리며 대답했다.
"예, 대감. 저의 영원한 주인은 대감이옵니다. 만일 일이 잘못되면 혀를 깨물어 스스로 목숨을 끊겠습니다."
"음, 알았다. 내 당장 일을 추진해 보마. 그리고 궁에 들어가면 나를 위해 일을 해다오. 네가 할 일은 궁(宮)에 들어간 후 알려주겠다."
"명을 받들겠나이다."


염방은 그날부터 비밀리에 요작미를 별채에 들여놓고, 사람을 불러 말씨와 걸음걸이 등 궁중의 예법(禮法)을 가르친 후 가한에게 바쳤다.
궁에 들어간 요작미는 가한의 총애를 독차지 했다. 그리고 1년이 지나 우녕까지 낳자 가한은 요작미를 비(妃)에 임명하고 거처할 앵무전을 지어 주었다.
어느 날 염방이 조용히 찾아왔다.
"마마, 그동안 평안하셨습니까?"
"어서 오셔요. 대감."
염방이 깜짝 놀라 오른손 검지를 입에 갖다 대며 요작미의 말을 막았다.
"대감이라니! 조심해라. 누가 들으면."

"호호, 대사자님이 너무나 보고 싶었고. 반가워서 그랬어요. 주의할 게요."

요작미가 품으로 파고들며 염방을 침상으로 이끌었다. 가한은 이미 늙어 한창 물이 오른 요작미를 만족시켜주지 못하여 늘 갈증이 있었다.

타고난 오입쟁이 염방을 보자마자, 요작미는 염방을 안고 마음껏 뒹굴고 싶었다.

염방도 아랫도리가 불끈불끈 달아오르고 회가 동했으나 밖에 시비들이 있어 어쩔 수 없이 꾹꾹 눌러 참으며 요작미의 등을 점잖게 다독였다.

"장차 큰일을 위해 참으셔야 하옵니다. 마마, 그동안 너무도 잘 해오셨습니다. 오늘 제가 이리 온 것은 급히 상의드릴 것이 있어서입니다."

염방의 말에 요작미가 품에서 나와 방석을 내 주고 좌정한 후 물었다.

"급한 일이라니요?"

"지금, 태자 우광과 우화가 부하들을 시켜 마마의 뒤를 캐고 있습니다. 와단이 있는 구폐장까지 찾아와 소란을 피우다 돌아갔다고 합니다."

요작미의 얼굴이 근심으로 가득해졌다.

"큰일 아닙니까?"

"우광과 우화를 제거해야 할 것입니다. 궁 밖의 일은 제가 알아서 하겠습니다.

마마는 먼저 가한을 움직여 어떻게든 우광을 폐위시키고 마마의 아들 우녕 왕자님을 태자로 삼으실 노력을 하십시오. 조정에서는 제가 돕겠습니다."
우녕을 태자(太子)로 바꾸자는 말에 요작미는 속으로 크게 기뻤다. 이는 우녕을 낳은 후, 누구에게도 말 못하고 상상만 해보았던 꿈이 아니던가.
'우녕이 가한이 되면 난 태후가 될 것이고 우녕이 어리니 내가 섭정을 해야 할 것이다. 그럼 내가 국왕이 된 거나 마찬가지 아닌가. 아.. 그리만 될 수 있다면!'
"호호호, 저는 대사자님만 믿고 시키시는 대로 하겠어요."
다음 날부터 요작미는,
염방이 준 금구슬과 패물(佩物)을 뿌려 궁(宮)의 비빈들을 자기편으로 만들며 궁녀들을 시켜 태자궁의 일거수일투족을 감시하기 시작했다.



태자비 오희는 현무국 가한 유위해의 딸이었다. 유위해는 아들, 딸 하나씩을 두었는데 유학명(有鶴明)의 여동생 유오희(有梧姬)가 바로 태자비다.
현무국은 '아사달 싸움'에서 영토의 상당 부분을 빼앗기고 오가 중(中) 국력이 가장 많이 약해져있었다. 이를 본 용가의 가한 사오는 현무국(國)을 용가에 편입시키기 위해 호시탐탐(虎視眈眈) 노리고 있었다.
유위해는 용가를 견제하기 위해 주작국 우두의 아들 우광에게 딸 오희를 시집보냈다.
우광과 오희는 얼굴 한 번 보지 않고 결혼을 했으나 다행히 성격이 잘 맞았다.

당시, 조선은 오가로 나뉘어 다스려지고 가한들은 단제가 임명하게 되어있었으나 단제가 없는 작금(昨今)의 조선은 각기 타(他) 열국들을 병합하기 위해 광분하는 전국시대에 돌입해 있었다.

오희는 시집온 지 삼 년이 지났으나 태자와의 사이에 자식이 없었다.

심성(心性)이 고운 오희는 스스로, 태자 우광에게 첩을 둘 것을 권했다.

"제가 산신(産神)의 점지를 받지 못하고 있으니 너무 죄송스럽습니다. 나라의 근간을 안정시키려면 후사가 있어야 하니, 첩을 두시어요."

그러나 태자는 거절했다.

"염려하지 마시오. 우린 아직 젊으니 급할 것 없소. 차분하게 기다려봅시다. 더구나 가한께서 저리 정정하신데 후사 걱정은 시기상조요."

오희는 어머니 난지부인에게 안부편지를 보내 이러한 자기 심정을 토로했다.

현무국 왕비 난지(蘭池)는 딸의 안타까운 마음을 짐작하고 가한을 찾아가 청했다.

"가한, 제가 태자와 오희에게 회임에 좋은 약(藥)을 보내주겠습니다"

단약 제조에 있어서는 오가 중 현무가가 으뜸이었다. 가한이 고개를 끄덕였다.

태자비가 자식을 낳지 못하면 장차 그 자리가 위태로워진다는 것을 잘 알고 있는 그였다.

"그리하시오. 그리고 오희의 약만 짓지 말고, 가한의 보약도 함께 보내시오."
왕비는 즉시 오성산(五星山) 의선방(醫仙房) 상지선인(上池仙人)을 불러 사정을 이야기 했다.
"약선(藥仙), 의선(醫仙)들과 상의하여 가한과 오희의 약을 지어 올리시오."
상지선인은 오희의 이야기를 전해 듣고 명산을 돌아다니며 캔 기화요초와 수백 년 묵은 약초로 회임(懷妊)을 위한 약을 지어 난지부인에게 올렸다.
왕비는 상궁 운영에게, 약(藥)을 편지와 함께 오희에게 전하라 지시하고
대귀궁(大龜宮) 신귀군(神龜軍)의 위관 채신과 하후를 불러 운영을 호위하라고 하였다.
명을 받은 채신과 하후는 운영을 호위하여 주작성으로 떠났다. 주작국은 용가를 통과하면 빠르게 갈 수 있었으나 용가와 사이가 좋지 않은 점을 고려해, 오가(五加)의 중앙에 있는 웅가국(國)으로 돌아갔다.
오가의 중심에 위치하고, 황도(皇都) 장당경을 수호하는 제후국이어서 그런지 웅가는 비교적 중립적인 태도를 보이고 있었다. 채신과 하후는 대귀성을 출발한지 나흘 뒤 웅가국 청사성(靑絲城)의 역참에 들었다.
청사성은 웅가의 변경에 있었으나 뽕나무가 많이 자라 양잠이 발달한 성이었다.
조금만 더 가면 주작국이었다. 당시 조선은 마정제도(馬政制度: 역참)가 발달하였다.

조선은 구이원 전역에 일정 거리마다 역참을 두게 하여, 장당경에서 파발이 뜨면 닷새가 체 지나지 않아 서변의 끝 알타이산(山)에 도착했다.

성에 도착한 운(雲)상궁 일행은 시간이 남자 시장을 돌아보고 역참 객사로 왔다.

채신과 하후, 상궁은 객사에서 저녁을 먹고 내일을 생각해 일찍 잠자리에 들었다.

여독(旅毒)으로 모두가 잠에 깊이 빠져 들 때

"불이야!"

하고

다급한 소리가 들리며 밖이 소란스러웠다. 채신과 하후, 운상궁이 내다보니 머물고 있는 역참 마당 건너편의 객사가 통째로 불에 타고 있었다.

아직 채신의 건물까지는 옮겨 붙을 것 같지 않았으나 빨리 불길을 잡지 않으면 안 될 것 같았다.

성 안의 사람들이 저마다 물동이와 바가지로 물을 떠와 불을 끄고 있었다.

이를 본 채신 등이 급히 달려 나가자, 객사(客舍)의 대들보 위에 웅크리고 숨어있던 한 흑의인(黑衣人)이 이들을 지켜보며 음산하게 웃었다.

"흐흐흐흐흐"

흑의인이 고양이처럼 소리 없이 내려와 운상궁이 머무는 방으로 잠입했다.

그는 화섭자를 꺼내 족등(足燈)을 밝혔다. 족등은 검은 천에 가려져 빛이 새어나가지 않았으며, 등(燈) 아래 발등만 겨우 비쳐주고 있었다.
이어 상궁의 짐을 뒤지다 비단보 함(函)을 발견한 그는 회심의 미소를 지으며 품속에서 뭔가를 꺼내 첩약(貼藥)마다 일일이 첨가하기 시작했다.
그는 이런 일이 매우 익숙한 듯, 얼마 지나지 않아 작업을 모두 끝내고, 함에 들어있던 모양 그대로 똑같이 넣은 뒤 비단보에 묶어 짐 속에 넣었다.
"으흐흐흐흐"
일을 마친 흑의인은 만족스럽게 웃으며 연기처럼 어둠속으로 사라졌다.
불은 사람들이 모두 달려들어 진화한 끝에 새벽녘에는 잔불까지 모두 잡았다.
채신, 하후와 상궁도 뜬 눈으로 밤을 새우고 한 시진 정도 눈을 붙인 후 주작국으로 들어갔다. 다음날, 세 사람은 도성(都城) 주성에 들어가 오희를 만났다.
채신과 하후가 오희를 보자 군례를 올렸다. 오희도 두 위관과는 안면이 있었다.
"공주님, 그동안 별고 없으셨습니까?"
운상궁은 오랫동안 난지부인을 모셨고 오희를 어릴 때부터 키우다시피 해온 사람이었다. 오희는 어머니를 본 듯 반가워하며 눈물을 글썽였다.
"운상궁, 어서 오세요. 오느라 고생이 많으셨죠?"
운상궁이 예를 올린 후
"별 말씀을요.
상지선사가 조제한, 가한님과 태자님 그리고 공주님이 드실 보약을 가져왔습니다.
선사가 아사달산(山)에서 캔 복령(伏靈)을 넣은 약이랍니다. 왕비마마께서 명(命)하시길, 며칠 머물며 약을 달이는 법을 공주님께 알려 드리라고 하셨습니다."
하며 보약이 든 함을 바쳤다. 시집 온 후 어머니를 한 번도 뵙지 못한 오희는 약을 받아들고 눈물을 폭폭 쏟으며 어머니가 계신 북쪽 하늘을 향해 절을 올렸다.
"아.. 어머니, 보고 싶어요."
그날 운상궁은 시녀들에게 약 달이는 방법을 알려주고 닷새 후 돌아갔다.
오희가 우두에게 친정에서 보낸 약을 올렸다. 가한은 크게 기뻐하며 내관에게 명했다.
"아사달산(山)에 자란다는 천년 묵은 복령에 대해 들어 본 적이 있다. 고맙다. 태의방에 보내 잘 달이도록 하라."
태의방(太醫房)의 어의 황려는 가한의 약을 정성스럽게 달여 올렸다.
그러나 가한이 약을 복용한지 열흘이 되는 날 새벽잠을 자다 갑자기 두통과 함께 열이 오르며, 목이 타고 가슴을 바늘로 쑤시는 고통을 느꼈다.
요작미가 급히 어의 황려를 불렀다.
"가한, 몸에 독이 침범하였습니다."
가한이 놀라며 물었다.
"중독이라니? 이 달에는 사냥을 나가지 않아 독충(毒蟲)과 뱀에 물리거나 독초에 스친 일도 없었다. 그런데 중독이라니 무슨 소리냐?"

"가한의 옥체에 드러나는 증상과 맥으로 볼 때 중독이 틀림없사옵니다."
"그럼, 빨리 해독을 해야 할 것 아니오?"
황려가 황송한 얼굴로 대답했다.
"해독을 하려면 먼저 어떤 독에 중독이 되었는지 알아야 하는데, 아직 알 길이 없사옵니다."
요작미가 발끈했다.
"아니, 어의라는 사람이 모르면 어떻게 해요! 혹, 가한께서 달여 드신 보약은 살펴보았나요?"
"네, 약재를 살펴보았으나 독초는 보이지 않았습니다. 그리고 여기 도착하자마자, 약을 달인 찌꺼기를 살펴보았습니다만 아무 이상이 없었사옵니다."
요작미가 발을 동동 구르며 어의에게 소리를 질러댔다.
"무슨 어의(御醫)가 그 모양이오? 가한께서 잘못되시기라도 할까 두렵소. 침이라도 한 번 놓아주세요."
황려가 머리를 조아렸다.
"마마,
원인을 모르는 상태에서 침을 놓을 수는 없습니다. 통증을 잠시 줄여드리고 방도를 찾아보겠습니다."
어의의 이야기에 요비는 달리 방도가 없었다.
"그럼, 통증이라도."
"알겠습니다. 즉시 약을 지어 올리겠습니다."
황려는 약을 지어와 가한에게 들게 했다. 약을 먹은 가한이 잠이 들었다.
다음날 가한은 도성의 의선(醫仙)들을 모두 불러 진찰하게 했으나 누구하나 자신 있게 나서는 자가 없었다.
어의가 지은 약의 기운이 떨어지자 통증은 갈수록 심해졌고, 이에 화가 치민 요작미(妖雀尾)가 쌍욕을 해댔다.
"아니, 의통(醫通: 의리醫理에 통함)했다는 의선들이 어찌 다 그 모양입니까? 만일 가한께서 잘못되시면 다시는 진맥을 못하도록 모두 손을 잘라버리겠어요!"
이 말에 놀란 의선들이 머리를 감싸고 앵무전을 도망치듯 나왔다.
저녁 때, 시녀 분분이 요작미에게 말했다.
"마마, 제가 며칠 전 신발을 사러 궁(宮)밖에 나갔을 때 들은 이야기인데, 장하(長河)객잔에 의술이 뛰어난 도인이 머물고 있다는 말을 들었어요. 혹, 도인이 지금도 객잔에 있다면 한 번 보라고 하면 어떨지요?"
요작미가 분분을 보고 나무랐다.
"떠돌아다니는 돌팔이를 데려와 가한을 치료하겠다는 말이냐. 안 된다!"
분분이 핀잔을 듣고 머쓱해 할 때였다. 뒤에서 가한의 힘없는 목소리가 들려왔다.
"한 번 데려와 봐라."
가한이 깨어나서 두 사람의 이야기를 들은 모양이었다. 요작미는 즉시 내관에게 명하여 장하객잔에 머물고 있다는 도인을 불러오게 했다.
술시(戌時: 밤 7시 반)가 되어서야 내관이 한 중년의 도인을 데려왔다.

검은 도포를 입은 그는 심한 주걱턱에 이마가 뒤로 깊게 빠져 있었으며 귀는 작고 두 눈은 말의 눈만큼 컸다.
"마마, 저는 건려(蹇驢)라고 합니다."
요작미가 물었다.
"도인은 어느 선문 출신인가요?"
"요즘 선문에 수도를 제대로 한 자가 있습니까? 모두들 빈둥대고 밥이나 축내는 식충들이지요. 저는 그런 게 싫어서 명산을 찾아다니며 독공(獨功)을 했습니다."
당시 조선은 깊은 산속에 들어가 혼자 수도를 하는 사람들이 많았다.
요비는 건려도인에게 즉시 가한을 진찰하게 했다. 건려는 두 눈을 감고 가한의 맥을 짚었다. 그리고 한참 후 가한의 손을 놓으며 요비에게 말했다.
"가한께선 중독되셨습니다."
요비는 퉁명스럽게 말했다.
"그건 나도 알고 있습니다. 내가 알고 싶은 건 바로 그 해독 방법이에요."
"제가 듣기로, 가한께서 뭔 보약을 드셨다고 들었습니다. 그 약을 좀 볼 수 있을까요?"
요비가 남아있는 약재를 가져오게 했다. 건려가 탁자에 펼쳐놓고 하나하나 살펴보다 탄식을 했다.
"허! 이런.."
요비는 깜짝 놀랐다.
"뭐가 잘못됐습니까?"
"나, 참. 잘못도 아주 큰 잘못으로 보입니다만 함부로 말씀드리기에는…"
하고 말끝을 흐리자 가한이 말했다.
"빨리 말하라. 만일 감추거나 속이는 것이 있으면 너의 혀를 자를 것이다."
건려가 놀란 표정으로 무릎을 꿇고 대답했다.
"가한,
이 복령에는, 분간하기 어려울 정도의 강렬한 목기(木氣)가 숨어 있는데 그 기운을 인지하지 못한 채 목기(木氣)의 약재를 배합한 탓으로
'금극목(金克木: 쇠가 나무를 이김/ 도끼로 나무를 찍음)'을 이루지 못하고 목(木)에 꺾이고 만 것이며,
게다가 가한의 보약에는 목기(木氣)의 독성을 강하게 부풀리는 소오과(素烏果)가 들어 있었습니다. 이것은 복령의 독성을 자극하는 것입니다.
지금, 가한을 치료하지 않으면 정신이상이 오고 열흘이 지나면 의식을 잃고 돌아가시게 되옵니다. 가한, 이 약을 모두 버리시기 바랍니다."
가한이 크게 놀라자 요비가 부르르 손을 떨며 조심스럽게 물었다.
"도인, 해독할 수는 있겠소?"
황려가 시원스럽게 대답했다.
"원인을 아는데 어찌 해독이 어렵겠습니까. 그러나 시간이 걸리고 고생스럽습니다."
황려의 말에 가한과 요비는 안심했다. 요비가 물었다.
"고생스럽다니, 어떻게 치료하는데요?"
"네,

열흘 간 해독약을 드시되 침과 뜸을 놓은 후 3개월 동안 심신을 안정시키는 탕약을 드셔야 하옵니다. 이때 맞는 침으로 기력의 소모가 클 것입니다."
요비가 눈물을 폭폭 쏟았다.
"가한, 흑흑흑흑. 제가 대신 맞으면 안 될까요?"
가한은 크게 감동했다.
"요비, 너무 걱정하지 마시오. 치료할 수 있다니 얼마나 다행이오. 건려.. 당장 치료를 시작하라."
"네, 가한"
이후 건려는
유성궁(柳星宮)에 머물며 약을 처방(處方)했고 가한은 조금씩 회복하기 시작했다. 이 소식을 전해들은 태자비(太子妃) 오희가 기겁을 했다.
"어쩌죠. 제가 올린 보약을 드시고 가한께서 저리 되셨다면서요."
우광이 말했다
"장인어른이 독약을 보내셨을 리가 있겠소. 뭔가 다른 이유가 있을 것이오. 아버님을 뵙고 오겠소."
우광은 바로 앵무전으로 문병을 갔다.
"가한을 뵈러왔네."
그러나 내관이 막았다.
"아무도 들이지 말라는 가한의 명이 있었습니다."
"아무나? 아버님이 병이 나셔서 살펴보겠다는데 감히 나를 가로막다니."
내관은 공손하게 머리를 숙였다.
"소인은 그저 명에 따를 뿐이옵니다."

이때 요작미(妖雀尾)가 나타났다.
"태자 저하, 가한은 극심한 고통에 시달리다 조금 전에야 겨우 잠이 드셨습니다.
급한 일이라면 가한께서 깨어나셨을 때 제가 바로 말씀드리겠습니다."
이렇게 말하는 데에는 우광도 할 말이 없었다. 입맛을 다시며 돌아섰다.
"가한께, 내가 문병 왔었다고 말씀드려주세요."
과연 열흘이 지나자 가한은 고통이 많이 사라졌다. 자리에 앉고 일어서며 걸을 수 있었다.
그러나 한 차례씩 침을 맞고 나면 온 몸의 기운이 빠졌다. 요작미의 간병은 극진했다.
요작미는 친히 약을 달이고 수발을 들었다. 모든 탕약을 먼저 맛본 후 가한에게 들게 했다. 어느 정도 회복한 가한이 염방을 조용히 불렀다.
"염방,
은밀히 조사할 것이 있다. 이번에 중독된 것이 현무국에서 보낸 보약 때문이라고 건려가 말했다. 그러나 이는 함부로 발설하지 말아야 한다.
우리가 현무와 혼인을 맺은 것은, 용가와 백호국(國)을 상대하기 위해 취한 원교근공의 일환(一環)이었다. 그런데 현무국(國)에서 보내준 약을 먹고 죽을 뻔했으니,
가볍게 넘어갈 사안이 아니다. 대사자는 이 일의 전말을 비밀리에 조사하라."
"네, 가한!"

염방이 명을 받은 지 며칠 후 가한을 찾았다. 가한은 요작미(妖雀尾)와 내관을 내보내고 물었다.
"그래, 조사해보았느냐?"
"예"
"음.."
"지난번 현무국에서 가한과 태자, 태자비께 보약을 지어 보냈는데 태자 부부가 드신 약은 이상이 없었고 두 분 다 기력이 예전보다 좋아졌다고 합니다. 특히 태자의 얼굴에서는 빛이 날 정도였습니다."
가한이 괘씸한 듯 물었다.
"그렇다면, 그들이 먹은 것은 보약이고 내 약은 독약이었다는 게냐?"
염방이 죄송스러운 표정으로, 허리를 더욱 깊이 구부리며 대답했다.
"황송한 말씀입니다만, 결과는 그러하옵니다."
가한이 주먹을 불끈 쥐었다.
"이놈들이."
"또.."
"뭐가 또냐? 빨리 말하라!"
"우화 왕자가 교류하는, 강호(江湖)의 한량들이 하고 다니는 이야기입니다."
가한이 두 눈을 번득였다.
"뭐라고들 하더냐?"
"말씀드리기가 좀.."
가한은 더욱 듣고 싶었다.
"어서!"

"예, 가한이 주색(酒色)에 빠져 나라가 망해간다고 하면서, 영명한 태자(太子)님이 하루라도 빨리 가한이 되어야 한다고 떠들고 다닌답니다."
가한이 두 눈을 치켜떴다.
"뭐야? 이런 죽일 놈들이 있나. 그래서 나를 해하려 했다는 말이냐?"
"그러나, 가한의 약에 그들이 독을 넣었다는 증거는 어디에도 없었습니다."
가한은 더 이상 아무 말도 못하고 신음(呻吟)을 흘리다 두통이 도진 듯
"아이고, 머리야."
하며 침상에 벌렁 누웠다.
"염방!
우화를 당장, 고범도(孤帆島)로 귀양 보내고 우화를 따라다니며 세상을 어지럽히는 건달들을 채석장과 광산으로 보내 노역(勞役)을 시켜라."
"넵!"
염방은 신이 났다. 즉시 병사들을 보내 우화를 섬으로 쫓아내고 그 수하들을 광산으로 끌고 갔다.
그러나 손광, 수단, 저후는 마침 우화의 명으로 지방에 갔다 오다 이 소식을 듣고 놀라 녹림(綠林: 산적이나 도적의 근거지)으로 도망을 쳤다.
우화를 결딴 낸 요작미는 염방을 시켜, 자기의 과거를 알고 있는 염방의 종이나 구폐장 기녀와 노복들을 죽여 버리거나 돈을 듬뿍 줘서 멀리 쫓아냈다.

우광이 소식을 듣고 놀라 가한을 뵈러 갔으나, 앵무전(殿)의 시녀들은 태자에게 문을 열어주지 않았다. 우광이 화를 벌컥 내고 호통을 쳤다.
"너희들이 감히 나를 무시하는 게냐?"
시녀들이 어쩔 줄 몰라 했다.
"저희들이 어찌 감히.. 저희들은 시키는 대로 할 뿐이옵니다."
이때 요작미가 밖으로 나왔다.
"어인 일이십니까. 태자."
"가한을 뵈러 왔소이다."
요비의 눈꼬리가 치켜 올라갔다.
"가한께서 요양(療養) 중인 것은 모두가 알고 있습니다. 이렇게 소란을 피우시면 가까스로 회복해 가던 병세가 다시 악화될 수도 있습니다. 만일, 가한이 잘못되시면 그 책임을 어떻게 지시려고 그럽니까?"
책임 운운하는 요비의 말에 태자는 기가 죽고 말았다. 태자비의 보약을 먹고 죽을 뻔했으니 할 말이 없었다.
"소란을 피워 미안하오만, 요비께서 태자가 왔다고 말씀 좀 드려주시오."
요비가 말했다.
"기다리셔요. 가한을 깨워 보겠습니다."
"고맙소."
잠시 후 요비가 밖으로 나왔다.
"들어오시랍니다."
태자가 요비를 따라 가한의 방으로 들어갔다. 침상에 앉아 있는 가한의 안색은 더 없이 초췌했다. 중병을 앓다 일어난 환자의 모습이었다.
장인이 보낸 약 때문에 이리 된 것을 보고, 태자(太子)는 면목이 없었다. 할 말이 얼른 떠오르지 않았다. 태자가 가한에게 인사를 했다.
"가한, 어서 쾌차하시기를 기원합니다."
"어쩐 일이냐?"
"아버님이 이리되신 것에 대해서는 달리 드릴 말씀이 없으나, 무슨 다른 이유가 있을 것 같습니다. 제가 시간을 두고 밝혀 보겠습니다."
"내가 죽었다가 살아난 사실 외에 밝힐 사실이 또 있다는 게냐? 네 장인이 보내준 약을 먹고 일어난 일이라서 그냥 덮어두는 것이니라."
"알겠습니다. 그런데 가한, 어찌 우화를 고범도로 귀양을 보내셨습니까?"
가한이 메마른 목소리로 말했다.
"다.. 너를 위해서니라"
"예? 저를 위하다니요?"
"내가 죽어야 네가 가한이 될 수 있다고, 그놈 부하들이 떠들고 다닌다더라. 사실이냐?"
순간, 태자는 몽둥이로 맞은 듯 몸을 휘청거리며 무릎을 털썩 꿇었다.
"가한, 저와 우화는, 나라의 안녕과 가한의 만수무강을 한마음으로 기도하고 있습니다. 어찌 무엄하게도 아버님께 화가 생기길 바라겠습니까?"
가한은 차갑게 웃었다.

"너는 정녕 모르고 있었다는 게냐. 우화가 요비의 신상까지 캐고 다녔다 하더군. 내가 살아난 것은 요비의 헌신적인 노력이 있었기 때문이니라.
너도 처신을 똑바로 해야 할 것이다. 더 이상 우화를 거론하지 말라. 요작미는 빈한(貧寒)한 집에서 자란 가련한 여인이나 마음씨가 곱다.
귀족들처럼 완벽할 수는 없으나, 네 어미가 세상을 뜬 후 궁이 텅 빈 것만 같았는데, 요비가 오고 나서 비로소 내 마음에 안정이 왔느니라.
요비를 모함하는 자는 누구도 용서하지 않을 것이다. 너도 타인의 허물보다는 그 사람의 장점을 보는 데에 더 노력해야할 것이다. 그것이 바로 군왕이 지녀야 할 용인술(用人術)이니라. 자, 이제 그만 돌아가라."
태자는 더 이상 할 말이 없었다.
"편히 쉬십시오, 가한."
하고 앵무전을 나왔다.
우광은
가한이 보약에 대한 오해를 풀지 않고 있으며 노여움을 누르고 있다는 걸 느꼈다. 앵무전에서 나온 태자는 태의방으로 갔다. 황려가 자리를 내주며 맞이했다.
"어서 오십시오. 태자마마."
태자가 말했다.
"이번 일로 고생이 많았소."
"네, 건려가 해독을 할 수 있어 천만다행(千萬多幸)이었습니다."
태자가 입을 꽉 다물고 천장만 바라보고 있자, 황려가 조용히 물었다.
"무슨 하실 말씀이라도?"
태자가 말했다
"똑같은 복령을 넣어 조제했는데 나와 태자비는 괜찮고 어찌 가한만 탈이 났다는 말이오?"
"……"
"상지선인은 조선에서 모르는 자가 없는 의선이요. 그가 복령의 독성(毒性)을 몰랐을 리 없소. 혹, 가한이 드시던 약이 남아 있소이까?"
"네, 요비마마가 모두 내다버리라는 걸, 혹시 몰라서 한 봉지를 빼내 보관하고 있었습니다."
태자가 반색했다.
"잘 되었소. 그것을 내게 주실 수 있겠소?"
"네, 드리겠습니다."
잠시 후,
황려가 비단 주머니를 하나 내주자, 태자가 말없이 받아들고 나왔다.

## 유배지 고범도(島)

우화는 목양성 항구에서 일곱 명의 죄수와 함께 운송선에 실려 고범도(島)로 향하고 있었다.
고범도는 육지에서 멀리 떨어진 외딴 섬으로 중죄수(重罪囚)를 유배시키는 곳이었다. 섬은 수많은 동굴과 미로가 땅 밑으로 거미줄처럼 층층이 나 있어,
천이백 년 전부터 형부(刑部)에서 감옥으로 개조해 죄수들을 가두었다.
사방이 모두 깎아지른 바위절벽으로, 사람이 살 수 없는 무인도였으며 어느 쪽으로도 해변이 없고 서남쪽으로만 출입구 같은 동굴이 나있는 유형지였다.
죄수선의 운송 책임자는 형리(刑吏) 냉모였다. 그는 타고난 형리로 차갑고 잔인한 외관(外觀)을 갖고 있었다. 그의 저승사자 같은 모습을 본 사람은 비록 죄가 없는 사람일지라도 가슴이 오그라들곤 했다.
그는 죄수가 왕자인 것을 알고도 목에 칼을 쓴 채 쇠사슬에 묶여있

는 우화를 사정없이 걷어찼다.
"내, 이십 년간 죄인들을 실어 날랐으나, 고범도에서 살아 돌아온 자는 하나도 없었다. 섬에 가거들랑 옥리들의 비위를 건드리지 말고 얌전히 지내라.
괜히 왕자인척 했다가는 쥐도 새도 모르게 죽여 버리고, 탈옥하다 죽은 것으로 보고할 것이니라."
우화는 끔찍한 고통 속에 이를 악물었다.
'요비와 염방을 너무 쉽게 봤다. 일이 이렇게 틀어지다니. 형님은 어찌하고 계실까.'


사실, 태자 우광은 우화가 형부 감옥에서 목양성 뇌옥으로 이감되었다가 고범도(島)로 옮겨졌다는 사실을 모르고 있었다. 반역죄를 저지른 죄인이라며 우화의 상황 일체를 발설하지 못하도록 염방이 통제한 탓이었다.
조회 때, 염방이 문무 대신들에게 갈가마귀 같은 목소리를 연신 내뱉었다.
"이번 일은 태자님도 연루된 사건입니다. 가한께서 태자님까지 처벌하시겠다는 것을 제가 간곡히 말씀드려 우화만 처벌하고 끝난 것입니다.
자식이 되어서, 어찌 아버지를 독살하고자 할 수 있다는 말입니까? 가한께서
'태자는 향후 소도에서 백일 간 오늘의 일을 깊이 참회하라'는 명을 내리셨습니다."

우광은 할 말이 없었다. 고양이가 쥐새끼 사정을 봐 주었다는 이야기 아닌가. 기가 막히고 분노가 머리끝까지 솟았으나 도리가 없었다.
"고맙소, 대사자"
하고 태자궁으로 돌아왔다.



요작미는 우광의 유약한 성품을 파악하고 있었다. 수족같이 움직이던 우화만 제거하면 다리 잘라진 게(-蟹)처럼 꼼짝 못하리라고 생각했다.
요작미는 우화가 목양성 뇌옥으로 이감되기 전, 형부의 뇌옥장 육우(陸禹)를 앵무전으로 불렀다. 눈 밑에 흐르는 사악한 기운과 독사 같은 인상이 마음에 쏙 들었다.
'흠,
관상이 이 정도는 되어야 내 앞길을 방해하는 자들을 거리낌 없이 처리할 수 있지.'
하며 돈을 듬뿍 건네주고 섬섬옥수(纖纖玉手)로 술까지 따라주며 말했다.
"뇌옥장, 나는 미천한 집안 출신이오. 그래서 비빈들에게 보이지 않는 멸시를 받아왔는데, 우화 왕자까지 나를 내쫓으려고 온갖 음해를 했어요.
가한 중독 사건은 태자와 태자비 오희가 가한을 독살하고 왕이 되려다 실패한 것이오.
우화는 태자의 심복으로 강호의 무사들을 모아 반역을 계획했소이다.

가한의 자식은 스무 명으로 모두 효심이 가득한데 우화만이 불효를 저지르고 있습니다.

조정의 신료(臣僚)들은 나라의 우환덩어리 우화가 죽기를 바라고 있소이다."

뇌옥장 육우는 아름다운 요비가 거금을 주고, 자기의 신세까지 토로해 가며 나긋나긋하게 술까지 따라주자 더할 수 없이 감격했다. 육우는 요비의 처지를 충분히 이해했다. 자기도 높은 자리로 가고 싶었으나,

돈과 줄이 없어 좋은 곳으로는 가지 못하고 간수장으로 흉악한 죄수들만 상대하며 살아오지 않았는가. 육우의 머리가 영악하게 회전했다.

'나는 지금껏 비빌 언덕이 없어서 세상을 한탄하며 살아왔다. 한울님이 내려준 이 줄을 꼭 잡으면 장래가 보장될 것이다. 음.. 요비의 부탁도 별것 아닌 것이, 그동안 내가 밥 먹듯 해오던 일이 아니던가.

신분이 어떻든 고범도에 가서 살아 돌아온 자는 없다. 병에 걸려 죽었다고 보고하면 끝날 일이다. 그야말로 식은 죽 먹기 아닌가 말이다!'

"마마, 왕자가 옥에 들어왔다고 해서 공평해야 할 법을 느슨하게 적용할 수는 없습니다. 제가 옥리 노릇을 하면서 터득한 것이 있습니다.

저는, 죄인들 중에 진심으로 참회하는 자를 여지껏 한 놈도 보지 못했습니다.

하나 같이 누구 때문에, 누가 배반해서, 나는 착한데 누군가의 꼬임

에 빠져서 억울하게 들어왔다고들 하소연 합니다. 이 얼마나 통탄할 일입니까.
'정말 잘못했다'는 양심적인 고백은 한 번도 들어볼 수 없었습니다. 죄수들은 나쁜 짓을 한 자들입니다. 제 소신은 벌 하나에 곤장 백 대, 벌 두 개에 이백 대입니다. 죄인들은 매를 들어야만 잘못을 인정합니다. 우화는 제가 알아서 법대로 처리하겠습니다만 태자님이 좀…"
요작미는 육우의 냉혹한 태도가 마음에 들었다.
"그건 걱정하지 마세요. 그리고 앞으로는 어려운 일이 있으면 대사자 염방님을 찾아보세요. 육우님을 특별히 봐주라고 당부해 놓겠소."
"마마, 감사합니다!"
육우는 든든한 줄이 생기자, 가벼운 발걸음으로 앵무전을 나와 사람이 없는 곳에서 허공을 향해 외쳤다.
"나는 이 기회를 절대 놓치지 않을 것이다!"
육우는 이튿날 형장에 형틀을 설치하고 우화를 매일 같이 불러내 곤장을 때렸다.
"육우, 네가 감히 나를.. 태자님을 불러 달라!"
"아니, 우화. 네가 지금도 왕자냐. 흐흐흐, 너는 반역 죄인에 불과하니라.
그리고 날 원망하지 마라. 나는 너희 같은 귀족(貴族)들이 만들어 놓은 법대로 집행할 뿐이다. 반역자의 면회는 일체 허락되지 않느니라."
우화는 고범도(島)로 유배형이 떨어졌고 목양성 뇌옥으로 이감되었다.

여기에서도 요작미가 옥리를 매수해 죄수 운반선(船)을 기다리는 동안 모질게 매를 맞으며 몇 번이나 의식을 잃었으나, 다행히 목양성주 관현이 뇌옥을 돌아보다 우화를 발견하고 돌봐준 덕에 더 이상의 매는 맞지 않았다. 그러나 몸은 이미 만신창이가 되고 난 뒤였다.
고범도로 출발한지 사흘째 되는 날, 갑자기 바다를 뒤집는 폭풍우가 몰려와 죄수선(船)이 뒤집혔다.
바다에 빠진 우화는 천신만고 끝에 부서진 배 조각을 손발에 묶인 쇠사슬로 건 채 풍랑(風浪)에 떠밀려 다니다 끝내 정신을 잃고 말았다.


"장주님, 깨어났어요!"
의식이 돌아온 우화의 눈에, 자기를 반갑게 들여다보고 있는 오십 줄의 사나이와 젊은 남녀가 들어왔다.
"여긴 어딥니까?"
사나이가 고개를 끄덕였다.
"천운이오. 널빤지 위에서 의식을 잃고 바다 위를 떠다니는 걸 발견했소. 사흘 만에 깨어났소이다."
우화가 일어나 앉아 목과 손발을 만져보았다. 목의 칼과 손은 풀려 있었으나 발은 그대로 사슬에 묶여 있었다. 이를 지켜본 여인이 말했다.
"목과 손은 풀어드렸으나, 당신이 중죄인(重罪人)으로 보여 발은 놔뒀습니다."

우화가 신분을 밝혔다.
"저를 구해주셔서 감사합니다. 나는 주작국(國)의 둘째 왕자 우화입니다. 모함을 받아 고범도로 유배를 가던 중, 풍랑을 만난 것입니다."
이어, 그동안의 이야기를 세 사람에게 들려주었다. 장주는 전후 사정을 듣고 난 후 한탄했다.
"아, 그런 사정이 있었군요. 이러다 우리 신국(神國)의 장래가 어찌될지.
가라무렌강(江) 너머는 흑림이 세(勢)를 키우고, 중원의 강병들이 끝없이 조선을 침범하고 있소. 아! 단제는 없고 오가(五加)는 썩을 대로 썩었으니.
우린 북옥저의 가륵성(城)에서 왔소. 이 배는 오월(吳越)로 가는 무역선(船)이고 나는 갈단이라고 합니다. 여기는 내 딸 선화와 사위 저동아요."
"선화예요"
"저동아요"
"우화라고 합니다. 구해주셔서 정말 감사합니다."
저동아가 우화의 사슬을 풀며 말했다.
"왕자님, 몸이 많이 상했습니다. 회복하려면 시일이 많이 걸릴 것입니다."
우화가 물었다.
"저대협, 지금 여기가 어딥니까?"
갈장주가 말했다.
"목양성(城)에서 남으로 열흘 거리의 해상이오. 내려드리고 싶지만 일정 때문에 어렵소이다. 왕자는 먼저 건강을 되찾도록 하시오. 다녀오는 길에 내려 드리겠소이다."
"아, 시간이 얼마나 걸리나요?"
"6개월은 걸릴 것이외다."
우화는 당장 주작성(城)으로 달려가고 싶었으나, 몸도 그렇고 그들과 함께 지낼 수밖에 없었다.


한편 태자 우광은 신전소도로 가 선랑(仙郞)시절 무려선문에서 함께 수련하던 악발과 칙찬을 찾아 모든 사정을 이야기하고 도와줄 것을 부탁했다. 두 사람 모두 무예의 고수였다. 악발과 칙찬은 크게 놀랐다.
"요작미가 그 정도인지 상상도 못했소. 궁에 요물이 들어왔군. 우리가 조사해 보겠소."
그러나 한 달 후 우광은 칼을 맞은 두 사람의 시체가 도성 밖에서 발견되었다는 소식을 들었다.
수사를 의뢰했으나 누구에게 죽임을 당했는지 알 수 없다는 회답이 왔다.
우광은
'아, 나 때문에 우화가 고범도로 갔고, 악발과 칙찬이 비참하게 죽었다.'
며 우울한 마음으로 두문불출 했다. 이를 본 오희가 말했다.
"제가 친정에 도움을 청해 볼까요?"
태자가 성을 냈다.
"아니, 당신 친정의 보약 때문에 가한이 저리 되셨다고 하는 판에 친정에? 아직도 모르겠소? 여기서 더 잘못되면 당신이나 나나 저 요망한 년의 손에서 살아날 수 없소."
오희는 가한이 위중한 상태에 이르게 된 것에 대해 한 없이 죄송한 마음이 들어 눈물로 하루하루를 보내고 있었다.
"죄송해요, 정말 죄송해요. 흑흑흑, 저 때문에."
오희가 눈물을 떨구자, 우광은 이내 화낸 걸 자책(自責)하며 미안해 했다.
"아니오. 이게 어디 당신 때문에 생긴 일이오? 다 이 나라의 국운 아니겠소?"
오희가 궁 안 사정을 태자에게 들려주었다.
"요비가 류성궁의 비빈과 나인들을 모두 돈으로 매수했다는 소문이에요.
그래서 밀대들이 우리의 일을 낱낱이 고하고 있으며, 요비는 물어오는 정보의 등급에 따라 상을 준다고 합니다. 사정이 이러하니, 막상 친정에 도움을 청하려 해도 그들의 감시망(監視網) 때문에 불가능합니다."
오희의 말에 태자는 가슴이 답답했다.
이 꽉 막힌 정국을 어떻게 풀어가야 할 지 알 수 없었다. 이틀을 방에만 틀어 박혀 있던 우광이 후원을 거닐며 깊은 생각에 빠져 들어갔다.
이때 뒤를 따르던 내시(內侍) 전막이 조심스럽게 물었다. 전막은 어린 내관으로 우광을 오래 모셔왔다.
"태자님, 무슨 걱정이 그리 크신지요?"
태자가 발을 멈추고 전막을 돌아보며
"네가 알바 아니다."

라고 하자 돌연, 전막이 무릎을 꿇었다. 전막이 절절한 눈빛으로 태자를 올려다보았다.

"저는 궁에 들어온 후, 저하만을 모셔왔기에 저하의 걸음걸이만 봐도 즐거우신지 아닌지를 압니다. 근래에 힘들어 하셨는데, 오늘은 더욱 우울해 보이십니다. 저하께서 괴로워하시는 걸 보고 있자니 제 가슴이 찢어지는 것만 같습니다. 정녕, 제가 알면 안 되는 일이옵니까?"

태자는 전막을 지그시 내려다보았다.

전막은 더 없이 충직하고 영리한 소년으로 가난한 농민 출신이었다. 너무도 가난하여 갓 태어난 동생들이 먹을 것이 없어 굶어 죽었고 어머니도 병으로 누워있었다.

그가 여덟 살 때, 왕궁에 채소를 납품하는 사람으로부터 내관이 되면 밥을 굶지 않는다는 말을 듣고, 내시(內侍)가 되기로 결심을 했다.

그 말을 들은 채소 상인이 웃었다.

"흐흐, 궁에 들어가려면 불알을 까야 된다!"

소리에 멈칫했으나, 곧 가축(家畜)들을 거세하는 장면을 떠올린 전막은

'어린 돼지도 견디는데, 나라고 못하겠나...' 하고 결심을 바꾸지 않았다.

그리고 상인으로부터 궁에 들어간 내시들 대부분을 자기 손으로 거세했다는 백정을 소개받았다.

거세하는 날 수염이 덥수룩한 백정이 전막을 발가벗겨 도축 대에 묶은 후, 날이 하얗게 선 단검을 들고 전막의 불알을 쓰다듬으며 물었다.

"얘야, 무지 아플 게야. 어린 네게 칼을 대는 것이 정말 내키지 않는다. 마지막으로 묻겠다. 지금 취소해도 내 결코 뭐라고 하지 않으마."
전막이 또렷하게 대답했다.
"네, 해주세요."
이어, 백정이 가리개로 전막의 눈을 덮고 천을 뭉텅이로 입에 물렸다.
그리고 왼손으로 고환을 만지다 번개같이 칼을 놀려 불알을 써억 도려냈다.
"흐으흑!"
소리를 토하며 전막이 까무라치자, 백정이 피를 멈추고 통증(痛症)을 가라앉히는 흰색 가루를 핵 뿌린 후 고약(膏藥)을 바르고 상처를 싸매 주었다.


그 후, 전막은 궁에 들어와 지금까지 태자를 모셔왔다. 태자는 전막을 보며 생각했다.
'그래, 전막이라면 혹 요비의 감시를 벗어날 수도?'
"그만 일어나라. 그리고 한 시진 뒤 아무도 모르게 내 방으로 들어오너라."
하고 서재(書齋)로 들어갔다. 한 시진 후 전막이 태자를 찾아갔다. 전막을 기다리던 우광이 전막을 자리에 앉힌 후 차를 따라주며 말했다.
"심부름을 한 번 해줄 수 있겠느냐. 나와 태자비를 비롯해 여러 사람의 안위가 걸린 일로, 자칫하면 네 목숨을 잃을 수도 있느니라."
전막이 대답했다.
"이 자리에서 죽으라 하시면 죽을 수도 있사오니, 영을 내려주십시오."
전막의 결연한 태도에, 태자가 서찰과 독약이 든 목갑을 주며 말했다.
"서한을 개주성(城) 성주 '뜨안하'님께 전해라. 만일 요비나 염방에게 잡히면 서찰을 없애고 자결해야 한다. 진정, 네가 할 수 있겠느냐?"
뜨안하는 태자의 외삼촌이었다. 전막도 몇 년 전 그를 뵌 적이 있었다.
"누구나 한 번은 죽습니다. 저를 믿어주시니 감읍할 뿐이오며, 기필코 임무를 완수하겠나이다."
그러나 태자는 마음이 놓이지 않았다.
'나라가 어지러워 도처에 도적들이 날뛰고 있다. 세상 경험이 적은 널 보내다니.'
뭔가를 생각하다 서재에서 금빛 깃털이 달려있는 검(劍)을 들고 나왔다.
"이 검은 내가 너 만할 때, 가한을 모시고 연나라와의 전쟁에 나가 사용하던 검이다. 궁 안에서는 절대 남의 눈에 뜨이지 말아야 하느니."
전막이 받아보니 태자가 어린 시절에 쓰던 검이라 그런지 자기의 손에 꽉 잡혔다.
검을 한 번도 사용해 본 적 없는 전막이었으나, 검(劍)에서 금빛 깃털을 끌러냈다.

당시 주작국은 칼의 손잡이나 창끝에 매단 깃털과 색실로 신분을 표시했다.
금빛 깃은 신분이 높은 자라는 걸 단박에 짐작할 수 있게 하여 떼어버린 것이다.



태자는 전막의 치밀함에 고개를 끄덕였다. 전막이 잠시 생각한 후 말했다.
"저하, 저는 여태 검을 써 본 적이 없습니다. 아무래도 불편할 것 같습니다."
맞는 말이었다. 어릴 때 궁에 들어와 청소와 심부름 등 잡일만 하고 살아온 아이가 아닌가.
"그렇지."
잠시 고민하던 태자가
"할 수 없군."
하며 말했다.
"너는 부족한 게 없는 궁에서만 살아 세상의 무서움을 모른다. 강호로 나가면, 네 안위는 우리 주작국의 운명에 중대한 일이 될 것이다.
너는 무공을 모르니, 주작가의 신법 '운룡보(雲龍步)'와 일초의 검법을 전수해 주겠다.
그러나 일초만으로는 적과 싸울 수 없으니, 위기의 상황이 아니면 절대 펼치지 말라. 알겠느냐?"
태자 저하의 말씀이 옳았다.

"예, 절체절명의 위기가 아니면 펼치지 않겠습니다."
다짐을 받은
태자가 보법을 펼쳐보였다. 용(龍)이 구름을 감고 날듯 부드러운 몸놀림이 역동적으로 이어지자, 전막은 주먹을 꼭 쥔 채 화석(化石) 같은 자세로 집중했다.
문득 태자의 검이 용(龍)의 신음과도 같은 파공음을 일으키며 환영처럼 날았다. 무려선문의 비술(祕術) 분광검(分光劍: 빛을 베는 검)을 펼친 것이다. 검(劍)의 궤적을 따라 번쩍- 하고 나누어진 빛이 허공으로 사라졌다. 찰나의 순간 빛을 가른 듯 보이는 절정의 쾌검이었다.
일찍이 주작국(國)의 비운(悲運)을 헤아린 태을선사가 우광에게 전수한 비장의 검초였다. 발검과 운검을 포착할 수 없었던 전막은 검(劍)이 남긴 그림자에 시선을 빼앗긴 채 넋을 잃고 서 있을 수밖에 없었다.
"보았느냐?"
전막이 고개를 저었다.
"보지 못했습니다."
태자가 아주 천천히 세 번을 반복했다. 전막의 두 눈이 찢어질 듯 커졌다.
"보았느냐?"
"봤습니다."
"펼쳐 봐라."
전막이 수십 차례를 반복한 끝에 어느 정도 안정된 검로(劍路)를 그리자, 태자가 만족스러운 표정으로 몇 가지 동작을 잡아주며 말했다.

"제법 영리하구나.
일찍이 이 초식을 배우고 한 번도 펼쳐 볼 기회가 없었는데, 네게 전수하게 되다니. 쉬지 않고 연마하면 큰 성취를 이루게 될 것이니라.
네가 궁을 나가면, 모친이 위독해 고향으로 보냈다고 해놓을 것이다.
그리고 밖에서는 '까발이'라는 이름으로 행세하라. '까발이'는 서역의 상인에게 들은 무사의 이름인데, 그의 운을 잠시 빌려보는 것이니라."
그날 밤, 전막은 시장의 점원 복장을 하고 궁녀들과 내시들만 출입하는 서북 문으로 빠져나갔다. 다음날 아침 한 내관이 요비를 찾았다.
"태자의 어린 시종이 어제 밤 궁 밖으로 나갔다고 합니다."
요비가 눈썹을 치켜떴다.
"왜, 즉시 알리지 않았느냐?"
"마마께서 주무시는.."
요비가 말을 끊었다.
"음, 어디로 갔는지는 알아보았느냐?"
"아침에 알아보니 고향의 어머니가 위독해서 급히 떠났다고 합니다."
종종 볼 수 있는 일이었으나 요작미는 의심이 버썩 들어 중얼거렸다.
"요즘, 꿈자리가 좋지 않아.."
하며 몇 자 적어, 대사자 염방의 저택으로 전서구(傳書鳩)를 날렸다.

주작성에서 개주성(城)까지는 관도를 따라 말을 달리면 나흘 길이었다.
전막은 궁을 나와 밤새도록 달려 다음날 오후 석대자촌(村)에 도착했다.
궁에서 떡을 갖고 나왔으나 벌써 다 떨어져 이제는 객잔에서 사 먹어야 했다.
석대자촌은 구려하(九黎河: 서압록, 현재의 요하)의 지류 기반하(河)를 끼고 있었다.
나루터에 배를 기다리는 사람들이 있었으나, 배가 언제 올지 아는 자는 없었다.
가까이 '나루터'라는 허름한 주막이 있어 들어서니, 구석에서 식사를 하고 있는 5인의 무사와 다른 두 탁자에서 밥을 먹고 있는 사람들이 보였는데, 배를 기다리다 끼니를 때우는 듯 했다. 다섯 무사의 인상은 특이했다.
각기 늑대 코, 뾰족 턱, 직사각형 얼굴, 말 다리, 원숭이 팔을 가진 자들이었는데, 하나 같이 사악한 분위기를 풍기고 있었다. 그들은 전막이 들어서자 한 차례 낄낄 거렸을 뿐 별 신경을 쓰지 않는 듯했다.
전막은 그들의 반대쪽 벽으로 가서 자리를 잡았다. 주모가 다가와 주문을 받았다.
"뭘 드시려오?"
"네, 국밥 하나 말아주세요."
"술은?"
"……."
전막이 의젓하게 고개를 저었다. 평소 보았던 태자의 모습을 흉내

낸 것이다.

식사를 마친 전막이 나루터로 갔으나, 배는 여전히 오지 않았고 십여 명이 배를 기다리고 있었다. 그 가운데 삿갓을 쓴 자가 전막의 검을 유심히 쳐다보았다. 주막에서 혼자 밥을 먹던 강호인이 분명했다.

전막은 되도록 사람들과 눈을 마주치지 않기 위해 멀리 강만 바라보았다.

잠시 후 주막에서 본 무사 다섯이 나타났고, 2각이 지나 배가 도착했다. 강을 오가는 사람들이 많은 곳인지, 오십 명이 탈 수 있는 큰 배였다. 배는 오래지 않아 건너 나루에 도착했다. 사람들은 서둘러 갈 길들을 갔다.

전막은 내내 긴장을 늦추지 않았으나 무사들과 삿갓을 쓴 자 모두 강(江)을 건너자마자 급히 사라졌다. 전막은 개주성(城)을 향해 신나게 말을 몰았다.

위험지역을 벗어났다는 생각에 너무도 상쾌했다. 반 시진이 지나, 한적한 숲을 관통하고 있을 때였다. 느닷없이 튀어나온 자들이 전막의 앞과 뒤를 막았다. 고삐를 급히 당겨 말을 세우고 보니 주막에서 본 무사들이었다.

전막은 가슴이 철렁 내려앉았으나 태연한 척 또박또박 천천히 말했다.

"뉘신데 길을 가로막으시나요?"

그들 중 대장으로 보이는 '늑대코'가 징그러운 미소를 지으며 물었다.

"우리는 흑산오랑(黑山五狼)이라고 한다. 너는 지금 어디로 가고 있느냐?"

전막은 얼핏 목양성 인근의 큰 산을 떠올리며 물었다.
"그건 왜 묻나요?"
늑대코가 차갑게 말을 뱉었다. 그의 코가 말을 할 때마다 벌렁거렸다.
"킁킁, 이놈 봐라? 어른이 물으면 빨리 대답해야지. 그렇지 않고 목이 붙어 있을 것 같으냐."
며 칼을 흔들었다. 톱처럼 생긴 칼이었는데, 톱날 하나하나가 늑대이빨처럼 날카로워 보였다.
전막이 호기롭게 대꾸했다.
"어른이면 어른다워야죠. 선비의 나라에서, 무작정 길을 막고 겁을 주다니요?"
전막의 말에 다섯이 서로를 쳐다보며 웃겨 죽겠다는 듯 낄낄 거렸다.
"맹랑한 놈, 별소리를 다 하는구나. 전막, 우리는 벌써부터 너를 기다리고 있었느니라. 태자의 서찰을 내놓으면 네놈의 목숨만은 살려주마."
전막은 가슴이 철렁 내려앉았다.
'큰일 났다. 주막에서부터 이상하더라니.'
그러나 그렇다고 순순히 이들이 시키는 대로 할 수는 없는 일이었다.
전막이 큰 소리로 웃어 제쳤다.
"하하하...아하하하..."
흑산오랑은 애송이 전막이 느닷없이 웃자 어이가 없어 서로를 쳐다보았다.
뾰족 턱이 말했다.

"네놈이 죽고 싶어 환장을 한 모양이구나!"
전막이 웃음을 멈추었다.
"나는 전막이 아니고 '까발이'라고 합니다. 어머니가 병이 나셔서 수암성(城)으로 가는 중입니다. 댁들이 찾는 전막이 아니란 말이에요."
악한들의 얼굴색이 홱 변했다.
"이놈!"
소리와 동시에 우악스러운 손이 전막의 뒷덜미를 잡아 바닥으로 던졌다.
"쿵!"
"윽!"
전막을 내던진 자는 직사각형 얼굴의 사내였다.
"놈을 뒤져봅시다."
"긴손, 말굽! 뒤져라."
"네"
하며 '긴손'과 '말굽'이라는 자가 전막을 바로 눕히고 뒤지기 시작했다.
"아유, 살려주세요. 저는 정말 까발이에요. 어머니가 위독해 약을 지어 가는 거예요."
"참 시끄럽네. 닥쳐라!"
말굽이 부채만 한 손으로 뺨을 후려치자, 코피가 터지며 얼굴이 퉁퉁 부어올랐다.
"악!"
긴손과 말굽이 전막을 샅샅이 뒤졌으나 약 몇 첩과 얼마간의 돈 그리고 옷 몇 벌이 전부였다.

화가 난 '늑대코'가 코를 킁킁거리며
"어디에 감췄느냐? 토막을 쳐 늑대 밥으로 던져버리기 전에 내놓아라."
고 하자
전막이
"영웅님, 모..목숨이 중요하지 그깟 편지가 중요하겠습니까. 저는 전막이 아니고, 까발이어요. 어르신들은 지금 새.. 생사람 잡고 계신 겁니다.
정 못 믿겠으면 수암성(城) 밖 하장촌(村)의 저희 집에 함께 가보지 않으시겠어요?"
라고 대답했다.
이에 '늑대코'가 전막을 모질게 걷어차며 한참을 이리저리 굴렸으나,
전막은 목숨이 두 개나 있는 것처럼 이를 악물고 실토하지 않았다.
이에 뾰족턱이 홧김에 죽여 버리자고 하자 직사각형이 고개를 흔들었다.
"놈이 거짓말을 하고 있으나 죽으면 모두 허사가 되니, 일단 염대감께 끌고 갑시다."
늑대코가 기다리라며 손을 저었다.
"킁킁"
생각을 좀 해보자는 신호였다. 이때 '말굽'이 말 등에 걸쳐 있는 전막의 검을 끌러 내렸다.
"스윽"
날이 뭉툭했다. 오랫동안 사용하지 않은 검이었으나, 쉽게 구할 수 없는 검이었다.

말굽이 눈을 치켜떴다.
"이건, 어디서 났느냐?"
"아, 네.
도성에서 약방에 들렀다 오는 길에, 행색이 남루한 어느 무사에게서 샀습니다.
부인과 처가(妻家)에 가다가 갑자기 산기(産氣)기 있어 여관에 들었는데. 당장, 숙박비도 필요하고 미역국이라도 끓여줘야 해서 싸게 파는 거라고 했어요. 그래서 제가 오십 전에 산거예요. 저는 무공을 몰라요.
그분 사정도 딱했고, 저도 무림(武林)을 종횡하시며 이름을 떨치시는 흑산오랑님들처럼 검(劍) 한 자루 갖고 싶어 큰 맘 먹고 산겁니다.
나라에서도 국법(國法)으로 집집마다 갑옷과 무기를 갖추도록 하고 외적의 침략으로 나라의 명을 받으면 들고 나오도록 되어있지 않나요?"
전막의 말은 그럴듯했다.
"흐흐흐, 이놈. 어쩜 그리 청산유수냐. 똥개인 줄 알았더니 여우가 둔갑한 게로구나?"
"어르신, 제가 왜 여우예요. 저는 농사꾼이에요!"
"이 새끼가."
하며 말굽이 걷어차자, 전막이 1장 밖으로 날아가며 피를 토했다. 전막은 극심한 통증으로 눈을 꽉 감았다. 늑대코가 손을 저으며 말했다.
"큭큭.. 큭! 그만하고 놈을 말에 실어라. 염대인에게 끌고 가자."
말굽이

전막을 말에 태운 후, 말고삐를 자기 말에 묶고 출발하는 순간, 훅 훅! 소리와 함께 들이닥친 비수가 말굽의 등 한 가운데에 푹 꽂혔다.

"큭!"

말굽이 그대로 낙마(落馬)하며 즉사했다. 늑대코와 뾰족턱, 직사각형, 긴손은,

평생을 함께 한 말굽이 느닷없이 눈앞에서 유명(幽明: 저승과 이승)을 달리하자, 눈이 홱 돌아가며 미친 듯이 무기를 뽑아들고 악을 썼다.

"어떤 놈이냐! 나와라!"

잠시 후,

숲에서 삿갓을 쓴 무사가 나와 흑산사랑(黑山四狼)의 3장 앞에 서자 양 허리에 꽂힌 11자루의 비수(匕首)가 냉기(冷氣)를 흘리며 번득였다.

"십이비검!"

"사랑(四狼)! 네 놈들의 죄악이 이미 하늘에 닿았는데, 오늘 또 죄 없는 아이를 괴롭히고 있구나. 놓아줘라. 그렇지 않으면, 너희들의 숨통을 끊어 하늘의 법이 지엄(至嚴: 매우 엄함)함을 보여줄 것이니라."

그러나 말굽의 죽음에 눈이 뒤집힌 사랑의 귀에 수단의 말이 들어올 리 없었다.

직사각형이 나서며

"비겁하게 암습이나 하는 놈, 너의 솜씨를 봐야겠다!"

하는 순간,

수단의 내경(內勁)이 삿갓을 들어 올리는 듯, 두 눈이 비수처럼 번

득였다.

전막은 말 위에 걸쳐진 채, 놀란 눈으로 상황의 변화를 지켜보고 있었다.

11개의 비도를 찬 수단은 나룻배를 함께 탔던 바로 그 삿갓무사였다.

늑대코, 긴손, 직사각형, 뾰족턱과 수단이 뿜어내는 일촉즉발의 살기(殺氣)가 엉키고 부딪치자, 나무 위의 새들이 놀라 푸드득 날아갔다.

그 소리가 신호이기나 한 듯 사랑이 요괴(妖怪)처럼 몸을 움직이기 시작했다.

"스스스슥"

긴손이 왼편으로 몸을 날리고 뾰족턱이 오른쪽으로 솟구치자, 늑대코의 톱칼이 '갈지(-之)'자로 덮치는 동시에, 직사각형의 도끼가 훅 - 소리를 내며 수단의 허리를 찍어갔다. 과연 사랑은 네 마리 늑대처럼 빨랐다.

흑산오랑은 고수(高手)와 마주칠 경우를 대비하여, 다섯이 함께 펼치는 합격술(術)을 오랜 세월 연구하며 코를 맞대고 밤낮으로 익혀왔다.

강한 자만이 살아남는 강호(江湖)에서 흑산오랑이라는 이름을 얻은 것은 그들 나름의 고된 수련(修鍊)과 노력을 기울인 결과였을 것이다.

구려하(河)와 흑산 일대의 고수들 중, 이들의 연합공격에 쓰러진 인물들이 많았다. 비록 말굽이 죽었다고는 하나, 이십 년을 함께한 흑산사랑이었다.

긴손의 칼이 시선을 끄는 사이, 뾰족턱이 창(槍)으로 찍었고 수단이 피하자 늑대코의 톱칼이 목으로 날고 직사각형의 도끼가 사정없이 몸통을 찍어갔다.
어린 전막의 눈에는, 수단이 피할 방법이 없어 땅에 얼어붙은 듯 보였다.
전막은 아! 하며 두 눈을 감았다. 늑대코와 직사각형이 이깟 놈쯤이야 하는 눈으로 득의의 미소를 흘리는 순간 수단이 나동그라지듯 물러서며 두 손으로 반공을 끊어 쳤다. 용(龍)이 구름을 차고 물러서듯, 무려선문의 운룡보(雲雲步)를 펼치며 두 개의 비수를 날린 것이다.
느닷없이 수단을 떠난 비수(匕首)는 한 가닥의 그림자도 남기지 않았다.
"윽!"
"큭!"
하고 쓰러지는 소리가 들리며 직사각형과 늑대코의 머리가 바닥에 처박혔다.
'앗! 운룡보!'
전막은 크게 놀랐다. 얼마 전 태자가 전수해준 무려선문의 운룡보(步)였다.
수단의 운룡보(雲龍步)는 간결하면서도 빠르고 역동적(力動的)이었다.



수단은 우화의 소식을 듣고자 저후, 손광과 동분서주하다 며칠 전부터 각자 흩어져 왕자를 보호하지 못한 자책을 하며 지친 몸으로 주막에 들렀던 것이다. 갑갑한 마음과 갈증으로 술 석 잔을 연거푸 털어 넣다 전막이 시야에 들어왔고 그가 찬 검을 보는 순간 크게 놀랐다.

'깃털이 없어 평범해 보이나, 저건 분명 우광 태자의 검이다! 저 아이는 누굴까?'

우화를 모시며 궁을 드나들다, 태자 우광의 검을 볼 기회가 있었던 수단은 전막의 검을 보자마자 알아봤다. 수단이 긴장하며 눈을 번득였다.

그렇잖아도, 귀퉁이에서 흘깃흘깃 입구를 보는 무리가 신경에 거슬렸는데 전막이 들어서자마자 눈짓을 주고받는 그들의 표정을 놓칠 리 없었다.

전막의 검(劍)과 무사들 그리고 태자가 뭔가 관련이 있을 지도 모른다는 생각에 뒤를 밟았고,

이내 그들이 흑산 일대에 악명을 떨치고 있는 오랑(五狼)이라는 사실에 놀라며, 높이 솟은 태양혈(穴)과 억세고 빠른 발걸음에서 흑산오랑의 무술이 소문에 비해 훨씬 더 높은 경지에 올라있다는 것을 직감했다.

지금, 소년을 구할 방법은 출기불의의 암습뿐이었다. 무인(武人)의 도(道)에 어긋난다 하나, 나라의 존망과 우화왕자의 안위가 걸린 일일지도 모르며

더구나 흑산오랑은 살인과 악행을 밥 먹듯이 저질러온 악한들이 아니던가.

수단은, 흑산오랑의 신경이 전막에게 쏠렸을 때 비도(飛刀)를 날려 말굽을 없애고 남은 흑산사랑과의 싸움에 자신의 운을 내던진 것이다.

자기들의 공격이 몸 가까이 이르도록 경직된 것처럼 움직이지 못하는 수단의 모습에
'그럼, 그렇지' 하며 사랑이 모든 힘을 쏟아 붓는 순간, 수단은 강호에 나온 후 처음으로, 단 한 번도 펼치지 않았던 비장의 무예를 전개했다.
톱칼과 도끼에 찍히기 전까지 기(氣)를 응축하고 기다리다, 해무공(解拇功: 엄지발가락을 움직임)으로 자빠지듯 2장을 물러서며 비수를 날린 것이다.
절정의 고수라 할지라도 담대한 자가 아니면 펼치기를 꺼리는 출기불의의 보법이, 주작국(國) 내에서는 자기들의 협공을 막아낼 자가 없을 것으로 자만해온 흑산오랑의 오판과 방심을 극한으로 이끌어 냈다.
물론, 적의 반격을 고려하지 않을 수도 있으나, 상대는 십이비검으로, 비도술(飛刀術)의 고수가 아니던가. 직사각형의 옆구리와 늑대코의 허벅지에 박힌 비수가 파르르 떨며 피를 빨아내는 사이 긴손과 뾰족 턱은 누가 먼저랄 것 없이 포악한 살기를 뿜어내며 수단에게 덤벼들었다.
이성을 잃은 듯 충혈(充血)된 눈알 네 개가 구르며 핵 뒤집어졌다. 말굽은 죽었고 직사각형과 늑대코가 중상을 입고 말았으니 흑산 일대를 주름잡던 흑산오랑의 명성도 이제 끝난 것 아닌가. 원통한 일이었다.
두 놈은 수단이 비수를 던질 틈을 주지 않았다. 두 개의 비수를 든 수단은 무기가 짧은 만큼 운룡보(雲龍步)를 극한으로 전개했고 백여 합이 지나갔다.
둘 정도는 감당할 수 있는 수단이었으나 놈들이 생사를 돌보지 않

고 덤비자 싸움은 비등하게 흘러갔다. 힘이 부친 듯, 한 발 두 발 밀리던 수단이
"얏!"
하고 숲으로 도망치자, 긴손과 뽀족턱은 거의 다 잡은 것처럼 앞 뒤 없이
"이놈!"
하고 미친 들소처럼 쫓았다.
무기 부딪히는 소리가 시끄럽게 울려 퍼졌다. 숲속에서는 수단이 유리했다. 수단은 열두 개의 비도(飛刀)뿐 아니라 다른 암기에도 능했다.


어린 시절,
한 사형(師兄)으로부터 작은 칼을 선물 받은 수단은 시간만 나면 산(山)에 들어가 조각상(彫刻像)을 만들며 지냈는데, 우연히 비도술(飛刀術)의 고수(高手)를 만나 시중을 들어드리며 그 기예(技藝)를 배웠다.
세월이 흐르며, 손에 잡히는 것들은 모두 암기가 될 수 있다는 생각으로
나무를 길게, 짧게, 좁게, 넓게 여러 모양으로 깎아 날리거나, 크고 작은 열매를 양 손으로 번갈아가며 던지고 놀았다. 고수는 수단을 보고 고개를 끄덕였다.
"목수는 나무를 보고 건축을 구상한다는데, 네게는 모든 것이 암기로 보이는 모양이구나.

음… 너의 암기술(術)이 자못 날카로우니, 의로운 일에만 써야할 것이니라."



숲에 들어온 수단은 물고기가 물을 만난 듯, 나무들을 이리저리 돌고 오르내리며 열매와 나뭇가지들을 던졌다. 아이들 장난 같았으나, 긴 손과 뾰족 턱은 그것들을 무시할 수도 없어 부글부글 화가 끓어올랐다.
쫓고 쫓기던 어느 순간 수단이 옆의 나무를 강타(强打)하며 몸을 숨기자 솔방울이 후두둑 떨어졌고, 솔방울을 의식하며 움직이는 긴 손을 향해 하얗게 날이 선 두 개의 비수가「기다란 그늘」처럼 날아들었다.
나무를 차고 숨으며 비수를 던진 수단의 공격은 유연하면서도 소낙비처럼 빨랐다.
긴손이 급히 일도이류(一刀二柳術: 한 칼에 두 개의 나뭇가지를 베는 검술)의 수법으로 막는 순간, 십여 개의 나무 조각이 엉성한 그물처럼 시야(視野)를 가리며 또 하나의 비수(匕首)가 은밀하게 날아들었고,
"헉!"
소리를 내며 피하던 긴손이 돌연 빠악! 소리와 함께 뒤로 나자빠졌다.
이마가 쩍 갈라진 채 눈을 뒤집은 긴손의 발밑으로 둥글고 납작한 돌이 구르며 기울어지고 있었다.
수단이 또, 비수를 날리려하자 겁이 난 뾰족 턱이 창을 냅다 휘두르

며 도망쳤다.
수단이 비수(匕首)를 회수한 후, 말 위에 묶여있는 전막에게 다가갔다.
"너는 누구냐?"
전막은 나인들이나 내관의 일은 잘 알아도, 궁 밖 강호의 사정은 알지 못했다.
삿갓이 자기를 구해줬다고는 하나, 그 속을 알 수 없어 불안한 눈으로 대답했다.
"구해주셔서 감사합니다. 저는 수암성(城) 밖 하장촌(村)의 까발이라고 합니다."
이에 수단이 탄식하며 말했다.
"나를 조금도 의심하지 말라."
"저는 누구도 두려워할 이유가 없습니다. 게다가, 생명의 은인을 어찌 의심할 수 있겠습니까?"
하는 전막을 보고, 수단은 어린아이가 보통이 아니라는 생각을 했다.
"나는 수단이라고 한다."
"십이비검님 이라고 들었습니다."
수단이 전막의 검을 보며 말했다.
"이건, 태자님이 소년 시절 사용하시던 검이다. 검집에 수달 두 마리가 조각되어 있는데, 동예(東濊)의 대장장이가 만들었다는 표시이니라.
아까, 널 보는 오랑의 눈빛이 하도 흉악해서 따라왔다. 너는 분명 태자님의 사람일 것이다. 나는 우화 왕자님을 모시는 사람으로 너와 한 편이니라."

전막이 보니, 수단의 말대로 수달이 그려 있었고, 우화 왕자님이 유배되었다는 것과 그 부하들 역시 거의 모두 투옥되었다는 사실을 전막 또한 잘 알고 있었다.
그러고 보니 우화왕자님 부하들 중에는 고수들이 많이 있다고 들었다.
지금 대사자 염방이 보낸 흑산오랑을 해치운 것만 봐도 믿을 수 있지 않은가.
"네, 사실대로 말씀드리겠습니다. 저는 태자님의 심부름을 가는 중입니다."
"음, 어디로 가고 있는 게냐?"
그러나 전막은 상대를 믿으면서도 혹시나 하는 마음으로
"수암.."
하고 수단의 눈을 피하며 말끝을 흐렸다. 수암성은 마한과 경계지역에 있었다.
지금 이 길은 수암성으로 가는 길이 아니었다.
"하, 아직도 나를... 골치 아픈 놈이군. 남자가 상황 판단이 빨라야지."
수단이 눈을 이글거리자, 전막이 더듬거렸다.
"서.. 선협!"
수단이 눈썹을 꿈틀거리자 비수(匕首) 같은 안광이 쏟아져 나왔다.
"뭐냐?"
전막이 얼굴을 붉히며 이실직고했다.
"사실 저는 태자님을 모시는 내시예요. 태자님이, 밖에 나가면 '까발이'로 행세하라 하셨습니다."
수단은 그제야 짐작이 갔다.

흑산오랑에게 죽도록 밟히고 쳐 맞아도 입을 열지 않던 녀석 아닌가.
"그럼 그렇지. 얘야, 우선 궁(宮) 안의 사정을 알려다오. 나와 살아남은 몇몇은 우화 왕자(王子)님을 구하지 못해 피를 토할 지경이니라!"
수단의 눈과 얼굴에서 피 끓는 충정을 읽은 전막이 비로소 안도했다.
"아, 네.."
전막은 보약 사건으로 가한의 총애를 받은 요작미가 궁을 완전히 장악했고, 대사자 염방과 짜고 태자를 철저히 감시하며 해하려 한다는 것들을 들려주었다. 전막으로부터 모든 사정을 들은 수단은 한탄했다.
"아, 우리가 너무 방심했다. 이 일을 어쩌나. 살아 돌아온 자가 없는 고범도로 왕자님이? 그런데, 까발아, 넌 지금 어디로 가는 게냐?"
"개주성(城)으로 가는 중이예요. 태자님께서도 무슨 생각이 있으시겠죠."
수단의 눈이 반짝였다.
개주성은 동(東)으로 목양성과 수암성을 장악하는 봉황산성을 통제하며,
서(西)로는 요택과 번조선을 마주하는 전략적 요지로, 주작성(城) 다음으로 큰 성이었다.
"개주성?
아! 개주성의 욕살 뜨안하님은 태자님의 외숙이 되시지. 까발아, 태자님의 서한은 잘 가지고 있지?"

"……"
순간 전막이, 아까부터 빙빙 돌고 있는 하늘의 까마귀들을 바보처럼 헤- 입을 벌리고 바라보았다. 수단은, 전막의 기가 막힌 변화에 고개를 내저었다.
"알았다. 그 대신, 개주성(城)까지 너를 지켜주겠다."
전막은 곰곰이 생각해보았다. 흑산오랑의 등장도 상상을 초월하는 일이었다.
'한밤중에 궁(宮)을 빠져나왔는데도 살수(殺手)들을 보내지 않았는가. 일이 또 생길지 모르니, 수단님의 보호를 받는 것이 좋을 것이다.'
"네, 좋아요. 도와주셔요."
"까발아, 이곳은 어두워지면 맹수들이 출몰하는 곳이니 일단 벗어나자. 한 시진을 더 가면 주막이 하나 있으니 오늘은 거기서 쉬어가자."
수단을 따라 가니 과연 주막이 나타났다. '남파(藍坡)'라는 간판이 걸려 있었는데 외양은 볼 품 없었으나 내부는 의외로 아늑하고 컸다.
인근 수십(數十) 리가 맹수들이 나대는 지역으로, 객상(客商)들은 해가 떨어지면 남파(藍坡)주막에서 묵고 다음날 무리를 이루어 출발했다.
수단은 전막과 주막에 들었다. 부엌에서 일하고 있던 주모가 얼른 나와 맞이했다. 머리에는 남색(藍色) 두건을 단정하게 묶고 있었다.
"어서 오셔요."
"방이 있소?"
"네, 있습니다."

"조용한 방으로 주시오. 어수선하면 잠이 안와서.. 고기와 술도 내 오시오."
주모는, 마당 가운데의 정원을 지나 제일 뒤편 끝 방으로 안내했다.
"이 방이 조용합니다."
잠시 후 주모가 술과 음식을 한 상 내왔다. 수단이 전막에게 말했다.
"어서 들자. 내일 동이 틀 때 출발하면 이틀 안으로 도착할 수 있을 게다. 저녁을 먹고 일찍 자리에 들자꾸나."
"네"
식사 후, 전막이 검(劍)을 만지작거리자 수단이 물었다.
"검은 다룰 줄 아느냐?"
"아니요, 저는 허드렛일만 했고 칼은 다뤄본 적이 없습니다. 식칼도 만져 보지 못했어요."
수단은 흑산오랑에게 죽도록 맞으면서도 비밀을 지킨 아이가 마음에 들었다. 수단은 불현 듯 전막을 제자로 거두고 싶은 생각이 들었다.
"네게 무공을 가르쳐 주고 싶은데. 자기 몸 하나는 스스로 지킬 줄 알아야 할 것 아니냐?"
수단의 느닷없는 말에 전막은 눈을 크게 떴다.
"오래 전부터 무술을 배우고 싶었으나 길이 없었습니다. 오늘 저는, 도망도 저항도 하지 못한 저 자신이 너무도 한심하고 부끄러웠습니다."
수단이 고개를 끄덕이며
"내, 너를 제자(弟子)로 거두고 싶어 하는 얘기이니라."
고 하자, 전막이 놀라며 반문했다.

"내시도 선객이 될 수 있나요?"
먹고살기 위해 스스로 택한 인생이었으나 막상 내시가 되고 나니 장부의 길과는 너무도 달랐다. 가정을 이루지 못하는 것은 차치하고라도, 뒤에서 손가락질이나 받는 천한 삶이라는 것을 뒤늦게 절감한 것이다.
수단은 까발이의 마음을 짐작했다.
"얘야.
도(道)는 마음으로 깨닫는 것, 네가 보통사람들과 다르다고는 하나, 하늘은 원융무애(圓融無礙)하여 그 누구도 편애하거나 멀리하지 않느니라!"
서럽게 살아오면서 한 번도 들어보지 못한 말이 마른하늘에 벼락이 치듯 고막을 때리자, 전막은 자기도 모르게 멍해지며 부르르 몸을 떨었다.
전막은 긴 세월 참아온 눈물을 왈칵 쏟아내며 수단의 앞에 무릎을 꿇었다.
"사부님!"
하고 울먹이자, 수단이 자애(慈愛)로운 얼굴로 고개를 끄덕이며 말했다.
"음, 삼배(三拜)를 하라."
"제자, 사부님께 드릴 말씀이 있사옵니다."
전막이 태자로부터 운룡보와 분광검을 배운 사실을 고하자, 수단은 크게 놀라며 기뻐했다.
전막이 이윽고 절을 올린 후 무릎을 꿇자 수단이 사문(師門)을 소개했다.
"나의 스승은 무려선문의 태을선인이시다. 무려선문은 4대신장(神

將) 중 한분이신 「운사(雲師)」께서 여셨느니라. 네가 우선 배워야할 것은 운룡검(雲龍劍)이다.
지금 우리의 사정이 여유롭지 않으니 구결을 먼저 암기해야 할 것이다."
수단은 운룡검(劍)의 초식을 구술하면서 각각의 요결을 전수하기 시작했고,
얼마 지나지 않아 전막이 모두 외어버리자 그 영특함에 더 없이 기뻐했다.
이어,
"자, 이제부터 검초에 집중하라."
소리와 함께,
수단의 검(劍)이 좌(左) 하단을 베고 튀어 오르며, 감리건곤(坎離乾坤: 태극기의 네 방향)을 전광석화처럼 날았다.
순간, 바람을 가르고 쪼개는 쾌검(快劍)이 수단의 몸을 검광 속에 감추었고
이어 비룡처럼 움직이는 가운데 '조각구름' 같은 검기를 뿌리며 삭풍처럼 날았다.
동서(東西)를 품고 종횡하는 검이, 때로는 구름처럼 때로는 미쳐버린 바람처럼
운룡검(劍)의 극의(極意)를 전개하며 치고, 베고, 막고, 찌르고 회전하다 입이 딱 벌어진 전막 앞에, 구름이 체공(滯空)하듯 문득 멈추어 섰다.
"........."
전막은 구름 속의 비룡(飛龍) 같은 스승님이 너무도 자랑스럽고 감격스러웠다.

십이비검(十二飛劍) 수단은 넋이 나가 있는 어린 제자를 보고 웃었다.
"운룡 1초, 용격운산(龍擊雲散: 용의 타격에 구름이 흩어짐)이다. 한 번 해보겠느냐?"
전막이 사부의 동작을 떠올리며 검법을 펼치기 시작했다. 처음에는 아기가 걷듯 움직였으나, 시간이 흐르자 어느 정도 자연스러운 궤적을 그려갔다.
파괴력은 없었으나, 부드러우면서도 역동적으로 움직이려 하는 총명한 모습이 역력(歷歷)했다. 전막이 운검(運劍)의 요체를 깨달은 것이다.
수단은 흐뭇했다.
"그 정도면 매우 잘한 것이다. 시간이 날 때마다 쉬지 않고 연마(鍊磨)해야 하느니."
"명심하겠습니다. 사부님."


다음날 동이 트자, 두 사람은 부지런히 말을 달려 석양 무렵 오류촌(村)에 도착했다. 오류촌은 구려하(河)의 지류를 끼고 있는 작은 마을이었다.
외곽의 주막에 들어서자, 전막은 내일이면 개주성에 도착할 수 있다는 생각으로 마음이 가벼웠다.
"사부님"
"허! 밖에서는 선객으로 부르라 하지 않았느냐?"
"아! 선객(仙客)님"

"무슨 일이냐?"

"개주성이 눈앞이고 선객님께 무예도 배우니, 저는 운이 좋은 아인가 봐요."

"하하, 아직 하루가 더 남았다. 그런 말은 내일 개주성에 가서 해도 늦지 않느니라."

두 사람은 일찍 자리에 들었다.

이튿날 새벽, 다시 남쪽으로 말을 달렸다. 그렇게 한 시진 반을 달리다,

관도가 좁아지는 어느 산 절벽을 막 돌아섰을 때였다. 말을 탄 네 명의 무사가, 하나같이 문어 같은 머리와 붉은 칠을 한 얼굴로 길을 가로막고 있었다.

수단이 소리쳤다.

"너희들은 누구냐?"

두령(頭領)인 듯 보이는 자(者)가 수단을 무시하고, 전막을 가리켰다.

"네가 전막이냐!"

전막은 낯선 곳까지 왔는데, 또 다시 길을 막는 자가 나타나자 기가 막혔다.

'아, 지독한 것들.. 태자님, 우화왕자님이 당하실 만하구나. 그러나 순순히 따를 수는 없지. 나는 이제 선문의 당당한 선객(仙客)이 아닌가.'

마음을 다진 전막이

"네? 난 전막도 후막도 아니고 '까발이'라 하오. 사람을 잘못 보셨소."

무사가 코웃음을 쳤다.

"이놈, 전막인지 까발인지 떠벌인지는 곧 밝혀질 터, 얼른 말에서 내려라."
이에 수단이 점잖게 말했다.
"무사라는 자가 아이를 겁박하다니 부끄럽지도 않은가! 보아하니 조선 사람은 아닌 듯?"
수단의 말에 흉한들이 서로 얼굴을 마주보며 좋아 죽겠다는 듯 낄낄거렸다.
"카카카"
"으흐흐"
"헤헤헤"
두령이 말했다.
"알고 싶으냐?
우리는 문어방(幇)의 문어사귀(文魚四鬼)로, 나 해살귀(海殺鬼)와 사살귀(鬼), 아살귀(鬼), 연살귀(鬼)이니라."
그러고 보니
네 명 중 아살귀는 창칼이 아닌 작살을 들고 있었다. 수단이 말했다.
'문어방이라면, 저후와 함께 목양성에 갔을 때 객잔을 습격했던 놈들!
해적들이 겁도 없이 육지 깊이 들어오다니. 바다 가운데 있다는 문어섬의 도적들이 여기까지.. 이 모두가 오가(五加)의 분열 때문이다!'
수단이 차갑게 말했다.
"너희들은 바다의 짠물을 먹고 사는 놈들이 아니냐. 어이해 여기까지 와서 못된 짓을 하는 게냐. 그만들 돌아가라. 나는 십이비검이다."

그러나 문어사귀는 수단을 보고 비웃었다.

"음,

네놈이 바로 비수를 몰래 던진다는 십이비검? 흐흐흐, 내년 오늘이 바로 네 제삿날이 될 것이다"

하며 목에 걸고 있던 소라 고동을 불자, 여기저기 숨어있던 구십여 명의 졸개들이

"와-"

하고 몰려나왔다.

수단의 얼굴이 굳어졌다. 빠져 나갈 수 있는 상황이 아니었다. 수단이 말에서 내려 절벽을 등지고 검(劍)을 들자, 전막도 따라서 검을 뽑았다.

해살귀가 악을 썼다.

"공격해라! 어린놈만 살려두고 저놈은 죽여 버려라!"

"와-"

도적들이 들개 떼처럼 덤벼들었다.

순간,

십이비검의 손이 번득이자, 그림자도 남기지 않은 네 개의 비수가 앞장 선 네 명의 목에 박혔다.

"악"

"윽, 크, 헉!"

도적들이 자빠지는 가운데, 연살귀가 소리 지르자 또 다시 네 자루의 비수가 아살귀, 연살귀와 좌우(左右)를 노리고 허공을 날았다.

"깡!"

"깡!"

"악!"

"윽!"

소리가 마구 뒤섞였다. 양귀(兩鬼)는 비수를 막았으나 졸개들은 그 자리에서 절명했다.

과연 무서운 비술(匕術)이었으나, 해적들은 십이비검의 비수가 4개밖에 없는 걸 알고

"와-"

하고 덤벼들었다.

이때, 수단의 검이 비룡처럼 사방을 틀어막고 육허(六虛: 천지 사방)를 날자, 삭풍에 휘감긴 다섯 명의 졸개가 쓰러졌다. 용비운산이었다.

어제 배운 '운룡 1초'의 실전 검로(劍路)가 전막의 뇌리에 각인되는 찰나

"윽"

"악"

"크"

하며

해적들 셋이 연이어 고꾸라졌다. 이를 본 해살귀와 사살귀가 불시에 전막을 습격하자,

수단이 용(龍)처럼 몸을 날렸고 일순(一瞬) 노을 같은 검광이 퍼지며 둘의 접근을 봉쇄했다.

전막을 보호하기 위해 운룡 2초 용비서산(龍飛西山: 용이 서산을 남)을 펼친 것이다.

혼자라면 벌써 사귀 중, 둘은 해치웠을 터이나 전막을 보호하며, 앞뒤의 졸개들을 상대하자니 무예(武藝)를 온전히 발휘할 수 없었다.

한편,

전막은 힘을 다해 어제 배운 '용격운산'을 반복해서 펼치고 있었으나, 내외공(內外功)과 임기응변의 경험이 없어 한 명도 제거할 수 없었다.

사정이 그렇다보니 전막은 이미 여러 군데에 부상을 입고 있었다. 수단이

'아, 이대로 가다간 필시 전막이 쓰러지고 말 것이다. 큰일이로구나.'

하며 탄식할 때, 갑자기 소란스러워지며 뒤편의 해적들이 몸을 돌렸다.

"퍽퍽퍽퍽..퍽.. 탁탁..!"

뿌연 먼지가 하늘을 가리며 해적들이 기와 부서지듯 허물어지는 가운데

철탑 같은 사나이가 신기(神技)에 가까운 도리깨 무술을 펼치고 있었다.

무주공산(無主空山)을 걷듯 쓸고, 막고, 패고, 후려치며 타격하는 도리깨가 동서남북을 날 때마다 도적들이 머리를 부여잡고 나가떨어졌다.

혼(魂)이 나간 해적들이 울타리가 통째로 넘어지듯 땅바닥을 뒹굴었다.

그 뒤로 날렵한 무사가 검을 휘두르며 쇠도리깨 사나이의 뒤를 지키며 따르고 있었는데, 그의 검법은 군더더기 없이 빠르고 매서웠다.

얼마 지나지 않아 두 무사의 손에 사십 명 가까이 나자빠지자, 분노한 해살귀가 아살귀와 함께 몸을 날렸고, 수단과 전막은 힘이 되살

아났다.

숨통이 트인 수단이 다시 움직이려 하자, 사살귀와 연살귀가 막아섰다.

"어딜..."

이때, 해살귀가 도리깨를 든 자(者)와 대치하며 눈을 위아래로 부라렸다.

"누구냐? 남의 일에 함부로 끼어들다니, 목숨이 아깝지 않은 게냐?"

도리깨 무사가 도리깨질을 멈추며 대꾸했다.

"흐흐흐, 네놈들은 발해만(灣)에서 악행을 저지르는 문어대가리방(幇) 아니더냐. 나는 문어대가리를 회를 쳐서 먹고 싶은 쇠도리깨 넉쇠라고 한다."

사귀는 자기들의 귀를 의심했다. 눈앞의 쇠도리깨를 방주 흑문어에게 들어 익히 알고 있었던 것이다.

흑문어는 멀리 지주산(山) 거미방(幇) 만독거미의 사제로, 거미방(幇) 졸개로부터 쇠도리깨 넉쇠에게 붉은거미가 패배했고 사형 만독거미는 창해신검 여홍의 주먹에 이승을 하직했다는 이야기를 전해 들었다.

"음? 네 놈이 계집하나 구하려고 지주산에 불을 질렀다는 잡놈이냐?"

해살귀의 말에 도리깨 무사가 흠칫 했다. 이곳은 지주산과 수천 리 떨어진 곳이 아닌가?

"네놈이 어찌 나를?"

옆에 선 날렵한 무사가 이를 갈며 말했다.

"저들과 붉은거미방(幇)이 다 한 통속인 것 같아요. 모두 없애버려요."
이에, 실소(失笑)를 터트린 해살귀가 작살을 든 아살귀에게 지시했다.
"아우가 겨루어 봐라."
쇠 작살로 임자를 만나보지 못한 아살귀는 넉쇠와 겨루어보고 싶었다.
넉쇠의 쇠도리깨를 보고 승부욕이 생긴 것이다. 그의 작살에는 사슬이 연결되어 있었다.
"네, 형님"
이어, 왼손에 쇠줄을 감고 오른 손으로 작살을 휘두르며 넉쇠에게 달려들었다.
넉쇠는 대야 같은 얼굴을 가진 놈이 다가서자 사양하지 않고 몸을 날렸다.
"훅훅"
"휙휙"
작살과 도리깨의 격돌음(激突音)이 귀를 먹먹하게 만들며 사납게 울려 퍼졌으나 싸움이 십칠 초를 넘어서자 아살귀(牙殺鬼)가 급격히 밀리기 시작했다.
쇠작살의 기예(技藝)를 살펴보던 넉쇠가 크게 두려워할만한 수법(手法)이 없음을 간파하고 쇠도리깨 무예(武藝)를 제대로 펼친 까닭이었다.
연산독응과 회색 거미, 푸른 거미를 잡고 귀영장의 흑선을 상대한 후,
흑모, 백모, 남북(南北)거미와 거미방주「붉은거미」를 해치웠던 넉쇠

는

각각의 비무(比武)를 돌아보며 모산신녀의 운보(雲步)와 마한권(拳)을 지난 날 연자방아를 돌리듯 쉬지 않고 밤낮으로 연마(練磨)한 끝에, 예전과는 비교(比較)할 수 없는 차원의 경지(境地)에 진입하고 있었다.

돌연, '우레가 거암(巨巖)을 굴리듯' 넉쇠가 좌장(左掌)을 끊어 치자 깊은 강의 와류(渦流)와도 같은 바람이 포착할 수 없는 궤적으로 회전하며 아살귀의 옆구리를 타격했고, 뼈가 부러지는 극통으로 비틀거리는 아살귀의 머리 위로 무정한 쇠도리깨가 훅 하고 떨어졌다.

"퍽!"

"악!"

아살귀가 피를 토하며 쓰러지자, 해살귀가 눈을 뒤집으며 넉쇠를 덮쳤다.

순간, 구름처럼 날아오른 넉쇠의 쇠도리깨가 줄에 묶인 낙석(落石)처럼 치고, 박고, 접고 찌르고, 막고 후려치며 소나기 같은 공격을 퍼부었다.

얼핏, 상대의 반격을 염두에 두지 않는 단순 무식한 타법 같았으나 해살귀는 수비에 급급했을 뿐 역공(逆攻)의 틈을 찾을 수 없었고, 십이비검 수단은 사나이의 패도적인 무술에 놀라움을 감출 수 없었다.

붉은 거미방을 쑥대밭을 만든 협객의 소문은 수단도 들어 알고 있었으나,

중원제일의 고수 참수도에 이어 독왕(毒王) 만독거미를 황천으로 보낸 창해신검의 신위(神威)에 가려져, 다른 사람들과 마찬가지로 넉쇠의 무예(武藝)가 이 정도로 뛰어날 줄은 조금도 상상하지 못했었

다.
이십여 합이 지나 해살귀가 허리로 쇄도하는 도리깨를 막으려는 순간 귀신같은 그림자가 번득이며, 퍽 소리와 함께 목이 꺾인 해살귀가 깃대처럼 쓰러졌다. 어찌된 사연인지 수단조차 그 영문을 알 수 없었다.
이에 놀란 사살귀, 연살귀가 해살귀와 아살귀의 시신을 업고 퇴각하자,
문어방의 졸개들이 개미 떼처럼 흩어지며 가랑이가 찢어지도록 내달렸다.


수단은 자기를 구해준 두 무사에게 다가가 포권의 예(禮)를 취하였다.
"도와주셔서 감사합니다. 저는 십이비검(十二飛劍) 수단이라고 합니다."
도리깨 사나이가 포권을 하며
"별 말씀을 다하십니다. 저는 동옥저의 넉쇠라 하고 이쪽은 옥랑입니다."
옥랑이 눈이 부시도록 화사한 미소를 지으며 인사를 했다.
"옥랑이라 합니다. 어쩌다 저런 흉악한 놈들과 부딪치게 되셨습니까?"
수단이 대답했다.
"이곳이 저희들의 무덤인줄 알았습니다. 다시 한 번 감사드립니다. 좀 떨어진 곳에 촌락이 하나 있는데, 두 분을 객잔으로 모시고 싶습

니다."
넉쇠가 대답했다.
"좋습니다. 자세한 이야기는 가서 하시죠."
네 사람이 말을 달려 이각을 가니 과연 마을이 나타났다. 개주성 까지는 두 시진 거리였다. 그들은 외관이 그럴듯한 객잔에 들었다. 넉쇠가 말을 꺼냈다.
"저희는 동옥저의 남갈사성(城) 사람으로 구도순례(求道巡禮) 중입니다. 왕검성 일토산(山) 소도를 방문하고 웅녀전에 참배하려고 합니다.
목양성(城)을 돌아보고 오다 바닷가의 한 마을을 약탈하는 문어방(幇) 놈들을 쳐부수고 개주성(城)으로 가던 중, 문어 문양(文樣: 무늬)을 한 해적(海賊)들이 떼로 이동하는 걸 보고 따라오게 된 겁니다."
수단은 감탄했다.
"천하를 주유하며 구도수행을 하시다니, 부럽기도 하고 다행스럽기도 합니다. 난, 조선 사람들이 모두 도를 망각하거나 버린 줄로만 알았습니다."
넉쇠가 호탕하게 웃으며 말했다.
"도를 잊다니요? 그리되면 짐승보다 못한 자들이 들끓게 될 것입니다."
넉쇠의 말에 수단이 한숨을 내쉬며 말했다.
"말씀을 들으니 위로가 되는군요. 지금 주작국은 사악한 인간들이 장악하고 있습니다.
단제님은 사라지고, 오가의 가한들은 권력투쟁에만 혈안이 되어 있습니다."

수단은 넉쇠에게 주작국과 전막의 사정을 말해주었다. 넉쇠가 탄식했다.
"동옥저만 그런 줄 알았더니 조선의 핵심 제후국(國)들도 다를 것이 없군요. 도가 땅에 떨어지니 요작미와 염방 같은 무리가 독버섯처럼 자란 겁니다."
수단이 문득 화제를 돌렸다.
"소협이 지주산의 붉은거미방(幇)을 소탕한 쇠도리깨 무사가 맞습니까?"
넉쇠는 얼굴을 붉혔으나, 이내 자랑스러운 표정으로 대답했다.
"소탕이라니요?
쳐들어간 건 맞지만 죽을 뻔 했습니다. 위기의 순간 창해신검 형님이 도와주시지 않았다면 「만독」의 손에 생(生)을 마감했을 것입니다."
수단이 깜짝 놀랐다.
"앗! 창해신검이 소협의 형님 되십니까? 그분은 과연 어떤 분입니까?"
십이비검 역시, 온갖 악행을 저지르던 황사산(山)의 등에와 파곡산(山)의 마각
그리고 불패(不敗)의 천년 사룡(蛇龍)이 창해신검의 손에 생(生)을 마감했고
잔혹하기 이를 데 없는 이면족과 거인족이 신검(神劍) 앞에 엎드려 목숨을 구걸했다는 소문이, 폭우를 미는 광풍처럼 구이원을 휩쓴 사실을 알고 있었다.
「흑림에 발을 들여놓는 자」는 제 아무리 고수라 할지라도 괴수와 요괴, 악한(惡漢)들의 공격을 버티지 못하고 목숨을 잃거나 사라졌

으며
그나마 살아 돌아온 자들은 이미 불구가 되었거나 극도의 공포로 정신이 돌아버린 상태였다는 것을 모르는 사람은 천하에 아무도 없었다.
7대선문과 팔황의 영웅들은 창해신검의 무위(武威)에 또 다시 경악하며,
언젠가는 격돌하게 될 가달성(城) 각팔마룡과의 한 판 승부에 불세출의 신협(神俠) 여홍이 승리하기를 오직 한 마음으로 기원하고 있었다.


넉쇠는 그날의 감격이 다시 떠오른 듯 술을 사발에 따라 벌컥벌컥 들이켰다.
"만독거미의 손에 목이 날아가기 직전, 형님이 나타나 노(老)마두를 해치운 장면은 이 넉쇠가 평생(平生)을 두고 잊을 수 없을 것입니다.
지옥불이라도 삼킬 악마가 사자(獅子)를 만난 들개처럼 나동그라지던 꼴이 눈에 선합니다. 형님과는 비교조차 무례한 일이나, 이 넉쇠의 무예는 화염 속의 장작이나 마차를 가로막는 사마귀의 앞발과 같다 할 것입니다."
아살귀와 해살귀를 수수깡 꺾듯 해치워버린 쇠도리깨 넉쇠의 말에 수단은 아- 소리와 함께 입이 찢어질듯 벌어지며 다물어지지 않았다.
"그날, 저를 기특하게 보신 형님이 형제의 의(義)를 맺자고 하셨던

그 순간을 잊을 수 없습니다.
형님은 의(義)를, 천하의 그 무엇보다 귀하게 여기시며 선한 이에게는 한없이 다정하나, 악인을 만나면 산을 뛰어넘는 호랑이와 같이 변합니다."
하고 술을 들이키자, 수단은 넉쇠가 하늘처럼 존경하는 신협(神俠)을 찾아 당장이라도 달려가고 싶었다.
십이비검(十二飛劍)의 마음을 읽은 넉쇠가 가슴을 펴며 말을 이어갔다.
"이번에, 혹시나 하고 동예국에 들러 보았으나 형님을 뵐 수 없었습니다."
넉쇠가 술을 들며 치열했던 지주산 붉은 거미방과의 싸움을 들려주자
전막은 처음 듣는 강호의 흥미진진한 이야기에 숨소리 하나 낼 수 없었고,
수단은 격투의 고비, 고비마다 술을 냉수처럼 들이마시며 귀를 기울였다. 밤이 깊어지자, 모두 각자의 객실로 돌아갔다. 전막이 수단에게 물었다.
"사부님, 옥랑이라는 분을 어떻게 보셔요?"
"어떻게 보다니, 얼굴이 옥(玉)같이 잘 생겨서 옥랑(玉郎)이라 부르는 모양이더구나."
"하하"
"녀석, 왜 웃느냐?"
"사부님, 옥랑은 여인이에요. 넉쇠님의 정인(情人: 애인)으로 보입니다."
수단이 깜짝 놀라 물었다.

"네가 그걸 어찌 아느냐?"
"궁에서 살아 여인들을 잘 압니다. 넉쇠님을 보는 눈빛에서 알아차릴 수 있었습니다."
수단이 픽 웃었다.
"자, 내일 오전에 개주성(城)에 도착하려면 새벽에 일찍 출발해야한다. 꾸물거리다 염방의 자객(刺客)들을 또 만나면 곤란하지 않겠느냐?"
다음날 오시(午時), 네 사람은 개주성에 들었다. 수단이 넉쇠의 손을 굳게 잡고 말했다.
"소협, 아쉽지만 여기에서 작별해야 할 것 같소. 쫓기는 몸이라, 함께 다니면 두 분께 곤란한 일이 생길 것이오. 후일(後日) 꼭 다시 만납시다."
넉쇠와 옥랑도 이해한다는 뜻으로 끄덕였다.
"아무쪼록 모든 일이 잘 풀렸으면 합니다."
"다시 만나는 그날까지 두 분 모두 편안하시길 기원하겠습니다."
비록
만난 지 하루 밖에 되지 않았으나, 해적들과 싸우고 의기투합(意氣投合)하여 술을 마시며 이야기를 나누다 오랜 친구 같은 정(情)이 들었기에, 서운함을 떨치지 못한 채 돌아보고 또 돌아보며 헤어졌다.


개주성(城) 욕살 관저(官邸).
욕살 뜨안하가 자리에 앉아 두 사람을 맞이했다.

"어서들 오게."
수단을 한참 살펴보다 그제야 생각이 난 듯
"자네는 공작군(軍) 천인장(千人長) 아닌가?"
수단은 성주의 기억력에 감탄했다.
"예,
욕살님이 조정의 사자로 계실 때는 공작군에 있었습니다만, 얼마 전부터 강호를 떠돌고 있습니다."
뜨안하가 의아한 눈으로 물었다.
"그런데, 갑자기 여긴 어쩐 일인가? 우광 태자의 서한을 가져왔다 들었는데?"
수단이 곁에 서 있는 전막을 소개했다.
"이 아이는 태자를 모시는 내관, 전막이며 며칠 전 저의 제자가 되었습니다.
서한은 전막에게 있습니다. 저는 우연히, 위험에 빠진 전막을 구출해 함께 온 것입니다."
전막이 왼쪽에 있는 등촉대(燈燭臺)를 가리키며
"불을 좀 켜주십시오."
시종이
등촉에 불을 붙이자, 전막이 짐 보따리를 풀었다. 수단은 교활한 흑산오랑이 샅샅이 뒤졌어도 찾지 못한 것을 내내 궁금하게 여기고 있었다.
보따리의 약(藥) 봉지(封紙) 가운데 세 개를 골라 약재를 모두 털어낸 전막이, 천을 펼쳐들고 등촉대에 다가가 조심스럽게 불을 쪼여갔다.
뜨안하와 수단은 자기도 모르게 눈을 가늘게 뜨며 숨도 쉬지 않고 지켜보았다.

잠시 후, 아주 천천히 거짓말처럼 글자들이 드러나며 선명해지자 서로를 돌아보며 놀랐다.

두 사람은 그제야 비밀문서를 만들 때 특이한 약재로 글씨가 보이지 않게 하는 방법이 있다는 걸 들었던 기억이 아스라하게 떠올랐다.

태자가 전막에게 가르쳐 주었을 것이다. 글자가 전부 드러나자 전막이 천을 올렸다.

욕살이 얼른 받아 읽어나갔다. 수단과 전막은 뜨안하가 서찰을 읽는 모습을 지켜보았다.

서찰을 읽는 표정이 굳었다 풀어지기를 몇 차례 반복하며 일그러졌다.

욕살이 두 사람에게 말했다.

"처남이 구덩이에 빠지고도 느끼지 못하고 있다니. 나라의 장래가 걱정된다.

국왕이 다른 사람으로 바뀐 것 같다고, 고개를 갸웃거린 사람들이 있었는데, 이 모두 염방과 요작미가 저지른 요망(妖妄)한 짓이었구나."

수단은 우화 왕자의 명을 받아 저후, 손광과 함께 조사한 염방과 요작미의 일을 보고했다.

"뭐라? 요작미가 염방이 데리고 살다 바친 계집! 그리고 그 전엔 와단이라는 포주(抱主)가 품고 놀았으며, 누구 씨인지도 모르는 자식이 둘씩이나?"

"네, 지금 가한은 요작미의 손에서 놀아나는 꼭두각시에 불과하며 이성을 상실했습니다.
태자님의 목숨이 매우 위태롭습니다. 요작미는 자기가 낳은 우녕을 태자로 책봉하려 하며,
과거를 감추기 위해 자기의 출신을 아는 자는 수단 방법을 가리지 않고 죽이고 있습니다.
우화 왕자와 저희들의 처지가 바로 그렇습니다. 욕살께서 떨치고 일어나시어 쓰러져가는 이 나라의 기강(紀綱)을 바로 잡아주셔야 합니다."
뜨안하가 한탄했다.
"아! 왕비 아이메메가 세상을 뜬 자리가 너무도 크다! 계집 하나 때문에 나라가 무너지고 있다니!"
이어 두 사람에게 말했다.
"사정이 그렇다면 이 성에도 염방의 간자들이 들어와 있을 것이다. 이후의 일은 내가 알아서 할 테니 전막은 푹 쉬다가 궁으로 돌아가고,
수단은 수배령이 내려진 상태이니 은밀하게 몸을 감추고 나를 돕도록 하라. 그리고 무엇보다 고범도(島)에 유배된 우화를 구해내야 한다."
보름을 머문 수단과 전막은 성(城)을 떠났다.
전막은 그동안 운룡검(劍)과 운룡보(步)를 모두 배웠다. 짧은 시간이었으나
이렇게 정을 주고 사랑해준 사람을 만나보지 못한 전막은 사부와의 작별이 너무도 슬펐다.
왕궁(王宮)에서만 살아야 하는 남자 아닌 남자의 삶을 돌아보게 된 전막은 이참에 사부를 따라 강호를 주유하고 싶었다. 이를 짐작한

수단이 전막을 다독였다.

"만남과 이별은 모두 하나이니라, 무공을 연마해서 태자님을 지켜드려라.

꼭 다시 볼 날이 있을 게다. 우리 천손족(天孫族)이 시작이 없는 과거에 수천만 개의 별들을 거느린 북두칠성에서 왔다면 너는 믿겠느냐?

이별은, 북두칠좌를 떠나 이 땅에 발을 딛게 된 순간부터 우리에게 주렁주렁 매달린, 피할 수 없는 운명(運命)의 열매 같은 것이니라. 만나는 것이 다 기쁘고 이별이 모두 슬픈 것은 아니다. 생각해 보아라.

악연은 얼마나 괴롭고, 악인과의 결별은 또 얼마나 자유로우냐. 도를 수행하는 것은 바로, 풍진(風塵) 속에 대(大) 자유를 얻기 위함이니라.

무(武)는 구도를 위한 방편일 뿐, 지금의 감정에서 벗어나 반드시 성통공완(性通功完)하여야 하느니."

전막은 사부의 말씀을 가슴에 깊이 새기며 다시 유성궁(宮)으로 말을 달렸다.

## 처방전


전막이 왕궁의 내관으로 돌아온 지 한 달, 그동안 전막은 태자궁을 잠시도 떠나지 않고 일을 하며 아무도 모르게 무예(武藝)를 연마했다.
내관 신분인 만큼 새벽 시간에 창문을 가리고 수련했다. 부단히 정진(精進)한 결과 기해혈(穴)에 뜨거운 기운이 자리 잡는 것을 느껴졌다.
호흡이 나날이 가늘고 깊어지며 토납좌공(吐納坐功)의 의미를 알게 되었다.
'아.. 나는 이제껏 한 번도 제대로 된 호흡을 해본 적이 없었구나.'
하며 더욱 용맹전진 했다.
어느 날 왕궁 장서각(藏書閣)에서 자부선인이 저술한 환역(桓易)을 빌린 후 태자궁(宮) 부근의 한 달문(月門)을 막 통과했을 때였다. 누가
"야!"
하고 전막을 불러 세웠다.

걸음을 멈추고 고개를 돌리다, 요비의 앵무전 내시 조교(爪巧)를 알아보고 이마가 묘하게 찌그러졌다. 조교는 요작미가 데려 온 내시로 전막보다 네 살 위였다. 광대같이 잘 생긴 외모에 노래와 춤을 능했다.
요비의 총애를 업고 거들먹거리며 시녀들과 다른 내시들을 괴롭히는 아주 못된 놈이었다.



지난 해 어느 여름, 전막이 태자비 오희의 지시로 호부에서 훈화차와 백단향을 받아 돌아오는데, 내원의 한적한 숲에서 조교가 슥- 몸을 드러냈다.
"야, 전막!"
하고 불러 세웠다.
전막이 흠칫 발을 멈추었다.
"왜.."
조교가 턱짓을 했다.
"손에 든 게 뭐냐?"
전막은 긴장했다.
"차와 향(香)인데?"
"그거 다 이리 줘."
전막은 기가 막혔다.
"아니? 오희님 명으로 호부에서 받아온 건데 네게 주면 나는 어쩌게?"
"마, 짜샤! 네가 오다 넘어져 연못에 빠뜨렸다든지 아니면 느닷없이 뻐꾸기가 날아와서 물어갔다고 핑계를 대."
전막은 더 이상 듣고 있을 수 없어, 조교를 흘겨보며 차갑게 말했다.
"조교!
여기는 왕궁이다. 왕궁 내시부에는 엄연히 서열과 법도가 있다. 네가 나이가 좀 있다 하나, 난 너보다 훨씬 오래 전에 궁에 들어왔다. 선배에게 이리도 무례하다니, 태감님께 보고해 너의 버릇을 고쳐주겠다."
그러나 조교는 흰자위를 희번덕거리며 전막을 아래위로 훑어보았다.
"전막,
네가 나보다 먼저 불알을 깠다고 위아래 없이 나오는 게냐? 그래, 얼른 가서 일러라.
태자비의 독약 때문에 가한이 죽을 뻔했고, 가한이 태자비를 폐서인(廢庶人: 벼슬이나 특권을 박탈해 서인을 만듦)하려 하셨으나 우리 요비님이 극구 말리셨다는 사실을 네가 모를 리 없을 터. 사정이 그러할진대,
오비님도 차와 향 정도는 앵무전에 한두 번 양보해야 도리가 아니겠느냐.
그리고 너.. 지금이 요비님께 잘 보일 수 있는 절호의 기회니라. 머리를 자갈처럼 잘 굴려봐라. 휴..! 너 같이 미련한 놈을 데리고 있는 오비님도 참 힘드시겠구나. 아래 것들이 처신을 잘해야 웃전이 편한 것을.
쯧쯧,
이런 이치가 도(道)이니라. 도(道)는 소도나 도관에 있는 것이 아니라, 일상생활 속에 있느니라. 네 놈이 몇 대 맞아봐야 정신을 차리

겠느냐."
하고 다짜고짜 주먹을 날렸다. 전막이 놀라 피하려 했으나 조교는 권각술(拳脚術)을 몇 수 익힌 놈이었다.
전막이
"큭!" 하고 쓰러지자 가래침을 뱉으며 바닥에 떨어진 차와 향을 들고 경고했다.
"오늘은 이 정도만 하마. 물건은 잃어버렸다고 핑계를 대고 앞으로는 날 형으로 모셔라!"
전막이 태자궁에 돌아와 오희에게 보고하자, 오희는 한참을 말이 없었다.
태자와 태자비의 처지는 지금 말이 아니었다. 내시는 말할 것도 없고 시녀들까지 모두 요비에게 붙어 있었다. 오희가 한숨을 쉬며 말했다.
"네가 괜히 맞았구나. 조정은 염방이 장악했고 내명부(內命婦)는 요작미가 틀어쥐었으니, 괴로워도 참을 수밖에…"
내시들은 눈치 보는 것만큼은 고수라, 척하면 삼천리요 툭하면 담 넘어 호박 떨어지는 소리였다. 본능적으로 바람을 타고 강자를 따랐다.
전막은 자기가 맞는 건 참을 수 있으나, 마음씨 고운 태자비가 괴로워하는 걸 보고 있자니 마음이 아팠다.
그러나 달리 방법도 없어 조용히 아픈 몸을 끌고 숙소로 물러나왔고
저녁 때 태자비가 시녀를 시켜 고약과 탕약을 보내왔다. 그 후, 전막은 조교와 마주치지 않기 위해 가까운 곳도 가급적 멀리 돌아서 다녔었다.

조교(爪巧)가 가뜩이나 찌그러진 인상을 일그러뜨리며 자기를 부르자, 잠시 망설이던 전막이 조교에게 걸어갔다. 조교가 다리를 건들거리며 이죽거렸다.
"한동안 안보이던데, 어디 갔다 왔니?"
전막이 반문했다.
"그건 왜?"
조교가 발끈하며 두 눈을 부라렸다. 또 흰자위가 무섭게 드러났다.
"아니?"
전막이 겁을 먹은 듯
"어머니가 위중하셔서 고향에 다녀왔어."
라고 하자, 조교가 얼굴을 일그러뜨렸다.
"이놈이 거짓말을? 다 알고 있는데. 죽고 싶어?"
조교가 눈을 부라리자
"네가 믿거나 말거나 사실이야. 나 빨리 가야해. 바빠, 밀린 일도 많고."
하고 돌아서자 조교가 버럭 화를 냈다.
"날 형으로 모시라 했는데 너라 하고, 말이 아직 끝나지 않았는데 등을 돌려?"
하고 발길질을 했다. 그러나 어찌된 일인지 전막이 몸을 틀며 발을 피했다.
"엇? 어디 또 피해봐라!"
조교가 화를 내며 연거푸 주먹을 날리고 장법(掌法)으로 공격했다. 그러나 전막이 이리저리 피하며 한 대도 맞지 않자 곧 머리꼭지가 돌아버렸다.
"미꾸라지 같은 게, 어디서 좀 주워 배웠구나! 그래, 한 번 해보자!"

하고 달려들며 전막의 목을 잡으려 했다. 전막은 오늘 놈을 혼내지 않으면 두고두고 괴로울 것 같았다.
순간, 전막이 바람에 밀린 구름처럼 비켜서며 조교의 곡지혈을 발로 찼다.
"악!"
비명을 지른 조교가 팔꿈치를 부여잡고 극통으로 비틀거렸다. 드디어, 전막이 남의 눈을 피해가며 수련해온 운룡보(步)를 전개한 것이다.
이어 보법에 자신이 붙은 전막이 조교의 사타구니를 걷어차자, 뜻밖에도 조교의 눈깔이 핵 뒤집어진 채 땅바닥을 구르며 숨이 넘어갔다.
통증이 없을 수는 없으나 양물이 없는 놈 치고 너무 심하다는 생각에,
전막이 돌연 눈을 반짝이며 조교의 가랑이를 덥석 움켜쥐자 조교가
"흑-끄아으으으읍!"
하며
죽을 듯이 비명을 질렀고, 심증(心證)을 굳힌 전막이 더욱 힘을 주자 크고 묵직한 것이 물컹하며 손아귀에 꽉 차도록 잡혔다.
"헉-으아아아악!"
'으잉? 이놈이 불알이 있네?"
대낮이었으나, 전막의 눈에 청(靑)백색의 인광(燐光)이 스치고 지나갔다.
"으으으으으흑흑!"
전막이 눈을 부릅뜨며 으르렁 거렸다.
"조교! 거세(去勢)를 하지 않고 궁(宮)에 들어왔구나! 네놈이 감히

국법을 어기고 왕궁에 들어오다니. 죽으려고 환장을 하지 않고서야!"
"으으으으으, 제발 좀 놔줘."
조교가 턱을 덜덜 떨며 애걸하자 전막이 귀때기를 잡아당기며 말했다.
"안 되겠는데? 네놈이 앞으로 나를 형으로 모시고 명을 받겠다고 맹세해라. 그렇지 않으면 지금 당장 너를 내시부 태감께 끌고 가겠다."
조교가 전막의 말이 끝나기 무섭게 대답했다.
"네, 형님."
"정말이냐?"
"정, 정말입니다."
전막이 꽉 쥐고 있던 사타구니를 조금 풀어주며
"몇 가지 물어보마. 너는 어떻게 궁에 들어왔냐?"
"염방 추천으로 들어왔다."
이에, 전막이
"들어왔...다?"
하며 가랑이를 다시 틀어쥐자
"악, 으흑! 형님, 잘못했습니다. 들어왔습니다."
라고 말투를 고쳤다.
"흐흐흐, 기왕 거세한 척 하고 궁에 들어온 것이니 이참에 까버리면 후환도 사라지고 좋지 않겠느냐. 따로 돈 들이지 말고 지금 내가 없애주마."
하고 전막이 날이 하얗게 선 비수를 꺼내들자 조교가 거품을 뿜으며 사색이 되었다.

"흐윽, 안 된다!"
"안 된다?"
"아뇨, 안 됩니다. 요비님의 허락을 받아야 해요."
"뭐? 허락? 왜?"
"....."
짐작이 갔다.
"좋아. 그럼 네 사부는 누구냐?"
"....."
전막이 눈을 부릅뜨며 느슨하게 잡고 있던 물건을 꽈악 움켜쥐었다.
"악-으흐흑. 건, 건려도인이에요."
"가한을 치료했다는?"
조교가 고개를 급히 끄덕였다.
"그런데, 밖에 나갔다 온 걸 왜 물어보았느냐?"
"요비님이 알아오라 했어요."
"....."
뭔가 심상치 않았다. 건려는 가한을 치료해 가한과 요비의 신임을 받는 자로,
전막이 상대할 수 있는 자가 아니었다. 전막은 몇 가지 더 물은 뒤 풀어줬다.
"네 비밀은 지켜주마. 그러나 다시는 태자궁 주변을 얼씬거리지 마라."
"녜녜녜"
얼마나 아팠는지 조교는 비지땀을 흘리며 머리를 박고 엎어진 채 일어나지 못했다.
그를 지켜보던 전막은 궁으로 돌아와 조교와 건려도인의 일을 보고

했다.
"음, 와단과 염방의 첩이었고 자식까지 있는 요비다. 그런 계집이 데리고 온 내시가 거세를 하지 않았다고 해서 크게 놀랄 일은 아니다.
그 내막을 밝히려던 우화가 고범도(島)로 귀양을 가다 바다에서 풍랑을 만나 죽어버렸다고 하지 않느냐. 이 일은 장차 내가 알아서 처리하마.
너는 아무것도 모르는 척 더 이상, 입도 놀리지 말고 조용히 지내라."
"예"




대사자 염방이 요비의 전갈을 받고 앵무전을 찾았다.
"마마, 요즘 가한의 중독은 어떻습니까?"
"호호호, 건려도인이 처방해주신 약을 드시고 해독은 거의 된 것 같습니다."
"호오, 신의(神醫)군요."
요비가
"해독(解毒)만 된 줄 아세요? 정력도 좋아지셔서 밤새도록 지칠 줄 모르신답니다. 제가 다 다리가 후들거려 도망칠 지경이에요. 호호호호호."
하고
간드러지게 웃으며 잘록한 허리를 흔들어대자, 아랫도리가 불끈 선 염방이 침을 꿀꺽 삼키며 가까스로 참았다. 이곳은 궁(宮)이 아닌가.

"으음"
자기가 데리고 자던 계집의 음욕을, 염방은 누구보다 잘 알고 있었다.
'음, 이년.. 많이 컸어. 그나저나 나도 건려도인에게 약 한재 부탁해야겠다.'
고 생각하고 있는데 요비가 말했다.
"건려도인은 해박한 지식을 갖고 있어요. 약(藥)뿐 아니라 조정의 일과 열국의 정세 그리고 멀리 중원의 사정까지 모르는 게 없습니다.
한 번은 우광을 폐하고 우녕을 태자로 세울 방도를 넌지시 물어봤더니..."
염방도 우녕을 태자로 앉힐 방법을 고민하고 있었으나, 우광을 지지하는 대신과 욕살(-성주)들이 많아 운(韻)도 떼지 못하고 있는 터였다.
염방은 몹시 궁금했다.
"물었더니?"
"호호호호, 건려도인이 글쎄 처방전 하나로 해결해 주겠답니다. 자기가 준 약을 먹이면 가한을 마음대로 부릴 수 있게 된답니다. 대신..."
염방이 두 눈을 가늘게 뜨며
"대신?"
"예,
조건이 있답니다. 처방을 주는 대신, 자기를 국사(國師: 주작성 소도의 책임자)로 임명해 달라고 하기에 도와주겠다고 했어요. 그것이 대사자님을 뵙자고 한 이유입니다."

당시 소도의 선사는, 수행이 '명지(明智)' 단계 이상의 선인들이 맡고 있었다.
"뭐라? 자기를 우리 주작국의 국선(國仙)을 시켜달라는 것 아닙니까?"
"네, 그래요."
염방이 크게 놀랐다.
"마마, 어쩌시려고 도와준다 했습니까. 그 일은 조정과 선계(仙界)가 상의해서 결정하는 것으로, 이천 년을 지켜온 단조(檀祖)의 법(法)입니다. 아무리 가한이라 할지라도 독단으로 결정할 수는 없는 일입니다."
요비가 말했다.
"건려도인이 말하길, 그 처방에는 소량의 정루환(精漏丸)이 들어가 있어 여색(女色)을 끝없이 탐하게 되고, 중독성이 있어 계속 찾다가 종국에는 몸이 띵띵 붓고 종기(腫氣)가 생기며 드러눕게 된다고 합니다.
정루환을 먹은 후에는 골치 아픈 조정 일에 저절로 관심이 없어질 것이며, 그리만 되면 기회를 보아 태자를 바꾸고 가한을 상왕으로 추대한 후
대사자님이 어린 태자를 보좌해 섭정하시면 이 나라는 대사자님과 저의 세상이 되는 것 아닙니까?
아!
그리고 가한은 이미 정루환을 복용하고 계십니다. 대사자님, 제가 너무 성급한 겁니까?"
요비의 방략(方略: 방법과 계략)를 들은 염방은 기가 찼으나
'허허허, 요작미 이 계집을 한낱 애완 고양이로 보았으나 이제 보니

꼬리가 아홉 달린 불여우였구나. 무서운 간계이나 일단은 쓸 만하니…"
하며 머리를 숙였다.
"대단하십니다. 마마의 지략은 우리 조선에서 따를 자가 없을 겁니다."
두 달 후, 건려는 국선(國仙)으로 임명되었고 주작성 소도를 비롯해 전국의 소도와 선황당, 선관들은 누구나
"뭐? 떠돌이 행각도사가 국선이 되었다고?"
하며 반발했으나
"건려도인은 가장 밑바닥에 거하면서 백성들과 고락(苦樂)을 함께 하고
널리 세상을 이롭게 하는 수행의 경지에 오른 분이며, 의선(醫仙)들도 속수무책이었던 가한의 병을 치료한 신령스러운 분이 아니더냐? 그러나 네놈들은 수행을 게을리 하며 밥만 축내온 식충(食蟲)들이었다!"
염방이 겁박하고 몇몇 도인들의 목을 자르자 전부 자라목이 되어 순순히 복종했다.
정루환(精漏丸)을 복용한 가한 우두는 밤낮으로 오로지 색을 탐했다.
요비는 늙은 가한이 싫었다. 죽어가는 가한의 욕정(欲情)을 더 이상 채워주기 싫어, 가한의 침전으로 아무 궁녀(宮女)나 닥치는 대로 들여보냈고, 가한과 하룻밤을 지내고 나온 여인들을 모두 잡아 죽였다.
그리고
자기는 젊은 사내들과 수시로 뒹굴었다. 내시 조교도 그 중 하나였

다.
연일 과도하게 힘을 소모한 가한은 날이 갈수록 정신이 혼미해져 정무(政務)를 외면하고 편전에 나가는 것조차 귀찮아하더니, 마침내 대사자 염방에게 모든 일을 알아서 처리하라고 맡기는 단계에 이르렀다.
그동안 요비는 태자가 가한을 만나지 못하도록 교묘하게 방해하였는데,
때때로 옷을 입지 않은 채 잠자리 날개 같은 옷만 걸치고 요사스러운 기운을 뿜어대며, 태자를 맞이한 것도 그 중 한 가지 방법이었다.
국새(國璽)를 넘겨받은 염방은 신이 났다. 염방은 조서를 위조해 우광을 폐서인하고 고범도에 가두기로 한 후, 오희를 현무국으로 쫓아 버렸다.
조교는 유성궁(宮)을 지키는 금의위 도위에 임명되었다. 조교는 도위에 오르자마자 병사(兵士) 오십 명을 이끌고 전막을 찾았다. 눈에 불을 켜고, 이를 갈며 뒤졌으나 전막은 이미 어디론가 도망친 후였다.


태자의 유배 행렬은 사십 명이었고 천인장(將) 출신 중팔이 인솔하고 있었다.
중팔은 원래 도성 남문의 수문장으로 화극(畫戟)을 능란하게 썼다. 가한의 신임을 받는 장수였으나, 염방의 눈 밖에 나 하루아침에 죄수를 운반하는 호송장(將)으로 좌천되어 날이면 날마다 죄수를 태운

함거를 몰고 변방을 오갔다.

중팔이 염방에게 찍힌 것은 육 개월 전이었다. 반년 전 어느 날 저녁,

염방의 가복 지래가 만취한 상태로 짐을 실은 달구지를 끌고 성문을 호기롭게 두드렸다.

지래는 대사자의 권세를 믿고, 백성들을 사사로이 부리며 사욕을 채우는 자였다.

지래는 며칠 전 영지에 나가, 염방의 생일잔치에 올릴 것이니 메추리알을 구해오라고 주민들에게 호령했다. 염방은 메추리알을 무척 좋아했다.

남녀노소 할 것 없이 농사와 생업을 뒤로 한 채 산과 들로 메추리알을 찾아다니도록 몰아붙인 지래는 계집을 끼고 술을 퍼마시다 그만 출발이 늦고 말았다. 지래가 꽉 닫힌 성문 앞에서 가느다란 목을 빼고 소리쳤다.

"성문을 여시오. 나는 대사자님 댁의 지래라고 하오. 내일, 대인의 생신에 쓸 메추리알을 구하러갔다가 일이 지체되어 조금 늦었소이다."

번(番)을 서던 위병이 대답했다.

"안 된다.

성문은 묘시(卯時: 새벽 5시 반)에 열고 유시(酉時: 오후 5시 반)에 닫는 것이 우리 주작성의 법이다. 그 누구도 예외가 있을 수 없느니라. 시끄럽게 하지 말고 성 밖에서 자고 내일 묘시(卯時)에 다시 와라."

그러나 지래는 물러서지 않았다.

"대사자님께 혼나고 싶지 않으면 문을 여시오. 달구지에 실린 것은

모두 메추리알이오. 지금 가져가지 않으면 잔치에 차질이 생길 텐데 그 책임을 감당할 수 있겠소?"
위병이 보니 소달구지에 메추리알을 담은 항아리들이 가득 실려 있었다.
염방이라면 나는 새도 떨어뜨리는 자가 아닌가. 바로 수문장 중팔에게 고했다.
"대사자 댁 가복 지래가 내일 대인의 생신잔치에 쓸 메추리알을 한 수레 싣고 와서 성문을 열어 달라 사정을 합니다. 살짝 열어 줄까요?"
중팔이 성루에 올랐다.
"나는 수문장(守門將) 중팔이다. 달구지에 실린 게 모두 메추리알이냐?"
가복이 거만하게 대답했다.
"그렇소. 내일 대인의 생신에 쓸 것들이오. 어서 성문을 여시오. 메추리알을 지금 가져가지 못하면 대인께서 아마도 크게 노하실 것이오."
"기다려라."
지래는 속으로 '그럼 그렇지, 네놈들이 별수 있어?' 하고 비웃었다.
잠시 후,
중팔이 병사들을 끌고 나와 달구지를 살펴보았다. 중팔은 항아리마다 메추리알이 들어있어 마음이 흔들렸으나,
지래가 술에 절고 찌든 냄새를 펄펄 풍기자, 두 눈을 치켜뜨고 호통을 쳤다.
"이놈, 술을 먹고 늦은 놈이 감히 대사자님을 팔아 국법(國法)을 어기겠다는 게냐!

대사자가 오셔도 안 될 일을.. 내 너를 이대로 두고 볼 수 없다. 이 놈에게 곤장 삼십대를 내려 나라 법이 추상(秋霜) 같음을 알게 하라!"
"네!"
지래는 술이 확 깰 정도로 놀랐다.
"장군. 잘못했습니다!"
지래가 손바닥을 싹싹 비비며 애걸했으나 소용이 없었다. 결국 매를 맞고 끙끙 앓다가 다음날 묘시(卯時)가 되고 나서야 들어올 수 있었다.
식자재를 부랴부랴 염방의 부인에게 대령하자
"이 빌어먹을 놈아,
어디서 놀다 이제야 오는 게냐. 내 신신 당부하지 않았느냐? 잔치상에 올리려면 하루 전에는 가져와야 된다고!"
지래는 감히 술을 먹으며 계집을 끼고 놀다 늦었다고 할 수는 없었다.
"제가 욕심이 많아 대인께서 즐겨 잡수시는 메추리알을 한 알이라도 더 모아오느라 출발이 조금 지체되었는데, 도중에 소나기까지 만났습니다.
소인(小人), 기를 쓰고 엎어지듯 달려왔으나 성문 앞 이백 보 거리에서 성문이 닫히고 있어
「대사자 어른의 생신에 쓸 것을 운반 중이니 조금만 기다려 달라」고
목이 터져라 소리치며 사정했으나, 위병들은 빤히 보면서도 깔깔거리며 매몰차게 문을 닫았습니다.
저는 메추리알이 하나라도 상할까 걱정이 되어, 손이 발이 되도록

눈물로 사정 했으나, 수문장 중팔은 귀찮은 표정으로 화극을 휘두르면서
국법은 염방의 할아비가 와도 지켜야 한다며 사정없이 곤장 삼십 대를 때렸습니다."
듣고 보니 못된 놈이었다. 안 된다 하면 그만이지 화극까지 들고 할아비 운운하며 몽둥이질을 하다니.
배알이 꼬인 부인으로부터 전후(前後) 사정을 들은 염방은 크게 노했다.
'융통성 없고 시건방진 놈. 별일도 아닌데 나에게 망신을 줘? 수문장 따위가 다 죽어가는 가한의 총애를 믿고 감히 나를 무시하다니.'
염방은
당장 자기의 수족(手足) 백강으로 수문장을 교체하고 중팔을 죄수 호송관으로 돌렸다.
죄수를 함거에 싣고 떠나는 날, 대사자 염방은 중팔에게 엄포를 놓았다.
"우광은 나라의 중죄인이다. 유배지까지 네가 직접 호송하고 돌아오라!"
고범도는 목양성 포구에서 운송선을 타야하는데 도성에서 목양성까지는 걸어서 여러 날이 걸리는 거리였다
중팔이 길을 떠난 지 사흘, 낭랑산(山) 아래를 막 지날 때였다. 한 때의 무사들이 우르르 길을 막았다. 그 수가 백 삼십은 넘어보였는데,
하나같이 여덟 개의 발이 꿈틀거리는 붉은 문어 복장을 하고 있었다.
중팔이 눈을 부릅뜨고 화극(畵戟)을 휘두르며 호통을 쳤다.

"이놈들, 죽고 싶은 게냐?"

한 사내가 앞으로 나섰다.

옷을 거의 걸치지 않은 몸에 붉은 칠을 했는데 털이 숭숭 난 팔다리와 늑대처럼 긴 허리에 큰 쇠갈고리를 쥐고 있는 모습이 흉악했다.

"나는 문어방의 적(赤)당주 적문어다. 죄수를 우리에게 넘기고 물러가라."

중팔이 수염을 쓸어 올리며 껄껄 웃었다.

"너희들이 바로 발해만(灣)을 돌며 백성들을 괴롭히는 문어대가리들? 감히 주작국(國)의 일을 방해하다니, 이승을 하직하려고 작정을 했구나."

하고 화극을 휘두르며 달려들자 적문어가 흥- 하며 부채같이 큰 손을 휘저었다.

"쳐라!"

졸개들이 행렬을 덮치는 동시에 적문어가 중팔을 향해 쇠갈고리를 던졌다.

"창!"

하고

중팔의 화극이 적문어의 쇠갈고리를 막아내자 튕겨나간 갈고리가 적문어의 손목을 감고 돌다 풀어지며 다시 중팔의 면상을 향해 날았다.

"깡!"

갈고리가 화극에 부딪치는 순간, 중팔이 화극의 월아(月牙: 초승달 모양의 날)를 갈고리에 걸자, 기마자세로 앉은 적(赤)문어가 좌로 몸을 틀며 용을 썼다.
팽팽해진 쇠줄이 월아(月牙)를 당기자 중팔의 팔뚝에 핏줄이 붉어졌고,
성난 황소 두 마리가 서로 반대편으로 힘을 쓰듯, 땅바닥을 깊이 파면서 좌우(左右)로 팽팽하게 끌고 끌리며 흙먼지를 일으켰다.
둘 다 힘으로는 적수다운 적수를 만나지 못했던 때문이었는지, 죽고 죽이는 적이라기보다는 호적수를 만나 끓어오르는 호기(豪氣)가 온 몸의 신경을 타고 흐르며 자기도 모르게 상대를 높이 평가(平價)했다.
잠시 힘을 쓰다 지친 중팔과 적문어가 누가 먼저랄 것도 없이 무기를 풀며
이번에는 들소가 서로 들이박듯 정면으로 충돌하며 십 삼합을 쉬지 않고 치고 박았다.
"깡깡깡깡....깡깡!"
중팔은
적문어의 쇠갈고리와 부딪칠 때마다 점점 더 강한 내력이 밀려옴을 느꼈다. 해적에 불과하다고 적문어를 얕보던 생각은 이미 한참 전에 사라졌다.
두 사람의 숨소리가 얽히고 뒤엉키며 호통소리가 낭랑산을 흔들었다.
중팔은 사력(死力)을 다했으나, 적문어가 틈을 주지 않았고 해적들의 수가 많아 호송 병사들이 하나 둘 낙엽이 떨어지듯 쓰러져 가고 있었다.
문어발처럼 감아오는 적문어가 중팔을 한 순간도 놓아주지 않았다. 함거를 지키려할 때마다 갈고리가 팔다리와 목을 공격했다. 중팔은

갈고리가 생소했고 적문어의 내공이 약하지 않아 좀처럼 떼어낼 수 없었다.
병사들도 해적 오십여 명을 해치웠으나 그 과정에 네 명만이 남아 가까스로 태자의 함거를 지키고 있었다.
마음이 급해진 중팔이 화극을 마구 휘두르자 의기양양해진 적문어가
"어딜!"
하며 가로막았고, 해적들이 왁자하게 조수(潮水)처럼 밀려들었다. 동생은 죽고 가한이 이성을 잃은 마당에 고범도로 가는 것도 분한데 한 술 더 떠 하찮은 바다의 해적들에게 사로잡힐 위기를 맞이한 우광 태자는 복잡 미묘한 탄식을 토해 내며 마음을 비운 듯 눈을 감았다.
그때
질풍이 벽을 가르듯 나타난 삿갓 무사와 등에 검을 멘 소년이 도적들을 베며 함거로 길을 열어왔다.
삿갓은 날래고 용맹했다. 해적들 중 적문어 외에는 막을 자가 없어 보였는데
열두 개의 비수가 훅훅 날고 노을 같은 검광(劍光)이 퍼지며 도적들이 우수수 자빠졌다. 십이비검 수단이 나타난 것이다. 동(東)을 쪼개고 서북(西北)을 가르는 검이 도적들을 함거로부터 멀리 격리시켜 갔다.
삿갓을 따르는 소년은 전막으로, 제비처럼 빠르게 도적들을 베어 넘기며 함거를 향해 접근해 갔다.
함거를 지키던 병사 넷은 그 사이 죽거나 도망쳤고, 해적들은 삿갓의 검에 자빠지고 쫓기다, 죽음을 각오한 듯 덤비는 소년에게 어쩔

수 없이 길을 내주었다.
"태자님, 전막이 왔어요!"
태자가 눈을 크게 떴다.
"오!"
"스승님도 오셨어요!"
전막이 문짝을 부수며 태자의 족쇄를 풀고 등의 검을 태자에게 주었다.
"아!"
하고 태자가 나오자
수단이
"저리 가야합니다."
하고 태자를 호위하며 가파른 계곡 쪽으로 몸을 날렸다. 설명은 길었으나 삭풍(朔風)이 치고 낙수(落水)가 튀어 오르듯 빠른 기습이었다.
적문어는 중팔이 방해하는 터에 어어? 하다 태자를 빼앗기고 말았다.
어차피 놓칠 태자, 적문어 보다는 새로 나타난 놈들에게 빼앗기는 게 더 낫다고 생각한 중팔이 적(赤)문어의 발목을 잡고 늘어진 것이다.
수단은, 입구가 좁아 혼자서도 수십 명을 상대할 수 있는 곳으로 태자를 모신 후, 전막과 함께 입구를 막아섰다. 해적들이 몰려들다 수단의 검(劍)에 팔구 명이 쓰러지자 겁을 먹고 적(赤)문어만 쳐다보았다.
가까스로 중팔을 떼어낸 적문어가 수단과 몇 수 겨루어 본 후, 어찌해 보기 어려운 무예와 담비 같이 날랜 전막 그리고 공격하기 어려

운 지형에 곤혹스러운 표정을 짓다
"가자!"
하며 어두운 숲속으로 몸을 날렸다.
해적과 병사들의 시체를 뒤로 한 수단이 얼굴을 일그러뜨리며 태자에게 예(禮)를 올렸다.
"저하! 십이비검 수단이옵니다. 그동안 얼마나 고생이 많으셨습니까?"
인사를 올리는 순간 만감이 교차한 수단이 쏟아지려는 눈물을 삼켰다.
이때, 중팔이 다가왔다.
'병사 사십팔 명이 죽고 나머지 둘은 부상. 그러나 다행히도.. 아! 저 검객은 수단!'
수단은 공작군 선배였다.
"도와주셔서 감사합니다."
"장군, 오랜만이오."
중팔은 수단이 쫓기고 있는 신분이라는 걸 알고 있었다.
"선배님, 이 은혜는 후일 갚도록 하겠습니다. 저는 태자님을 호송 중입니다."
하며
"저하, 함거로 들어가시지요."
라고 말했다.
수단이 중팔을 지그시 보며 말했다.
"장군, 저들을 보고도 아직 판단이 안서시오?"
"판단이요? 무슨... 저하를 고범도(島)까지 모시는 게 제 일입니다."
수단이 말했다.

"저들은 흑도의 문어방(幇) 무리요. 그들이 바다를 두고 이곳까지 기어온 게 이상하지 않소? 저들은 대사자 염방의 명을 받고 태자 저하를 위해(危害)하러 온 것이외다. 지금부터 태자님은 내가 모시겠소."
순간, 중팔이 날카롭게 눈을 뜨며
"수단님,
그건 추측 아닙니까. 자세한 사정은 저도 모르고, 알 필요도 없습니다. 그리고 저는 가한의 지엄한 명(命)을 받은 장수입니다. 수단님도 잘 아시지 않습니까? 어찌 사사로이 태자님을 내드릴 수 있겠습니까?"
하고 몸을 돌렸다.
"태자님, 함거로 들어가십시오. 뜻하지 않게 시간이 지체되었습니다만 부지런히 가면 해가 지기 전에 낭랑성(城)에 도착할 수 있습니다."
이를 본 수단이 검을 뽑아들었다.
"이런 답답한.
노예상 와단이 갖고 놀고, 염방이 안고 뒹굴다 바친 요작미가 우녕을 낳자, 왕위를 찬탈하기 위해 저하를 고범도로 보내는 것인데, 그자들의 사악한 명에 따라 태자님을 기어이 사지에 몰아넣겠다는 거요?
장군 또한 염방의 눈 밖에 나, 하루아침에 형부의 옥장(獄將)으로 좌천되었으면서 그자들이 시키는 대로 하겠다는 것이오?"
중팔이 벌컥 화를 냈다.
"수단님, 듣자 듣자하니 나를 후배라고 깔보고 말을 함부로 하는군요!

나는 가한의 명을 거스를 수 없습니다. 가한께서 엄연히 이 나라의 왕이시고 조정에는 선관들이 즐비한데, 그들은 전부 바보란 말입니까?
어찌 염방 하나가 나라를 절단 내고 좌지우지 할 수 있다는 말입니까?
모든 사단은 태자비께서 가한께 해로운 약을 올린 탓인데 수단님은 어찌, 가한이 정사를 깊이 살피시도록 할 방도는 찾지 않고 주먹질이 횡행하는 강호를 떠돌아다니며 민심(民心)을 어지럽히는 것입니까?
수단님이 지금 나를 겁박하는 것이라면 한 번 겨루어 봅시다. 분명히 해둘 것은 저하를 모시려면 이 자리에서 나를 죽여야만 할 것이오!"
이어 수단에게 화극을 겨누며 눈을 부릅뜨자, 전막이 태자의 앞을 지켜 섰다.
수단은 어쩔 수 없이 중팔을 제압하기로 마음을 바꾸었다. 두 사람 모두 주작국의 정예 고수들이었다.
더 이상 할 말이 사라진 수단이 몸을 날리며 벼락 같이 검을 휘두르자
중팔의 화극(畫戟)이 호를 그리며 붉은 봉황이 날개를 펴듯 막아냈다.
"창창창창창"
두 사람은 상대의 무술 실력에 대해 전해들은 바는 있으나, 이런 일로 비무를 하게 될 줄은 몰랐다.
검(劍)과 창이 불꽃을 일으키고 티끌과 낙엽들이 뒤섞이며 삽시간에 두 사람의 모습이 흐릿해졌다. 낭랑산(山)을 할퀴는 기합이 사방으

로 울려 퍼졌다.
범 같은 장수들이 치고 박으며 한 치의 양보 없이 이백 삼십여 합을 주고받았다.
태자는 생사를 넘나드는 아슬아슬한 싸움에 주먹을 쥐었다 폈다 하며 안타까워했다. 모두 나무랄 데 하나 없는, 나라의 걸출한 인재들이었다.
태자는 비감(悲感)이 치밀어 올랐다.
'나 하나만 사라지면 저들이 다치지 않고, 기울어가는 이 나라를 위해 언젠가는 머리를 맞대고 힘을 합치게 될 날이 올 수도 있지 않을까?'
흘깃, 어두워진 하늘을 본 우광이 검을 목에 대고 비장(悲壯)하게 외쳤다.
"그만들 두시오! 당장 싸움을 멈추지 않으면 내가 죽어버리겠소이다!"
느닷없는 소리에 수단과 중팔이 돌아보니 태자 스스로 목을 겨눈 검(劍)이 금방이라도 피를 빨아들일 듯 백광의 살기를 뿜어내고 있었다.
불길처럼 타오르는 태자의 눈이 결코 허언(虛言: 빈 말)이 아님을 보여주는 가운데 두 사람이 자빠질 듯 엎어지며 태자 우광에게 달려왔다.
"태자님!"
"저하!"
태자가 용장(勇將)들을 보며 말했다.
"나는 죽는 것이 두렵지 않소, 간신과 역적을 해치우고 이 나라를 바로 잡기 위해 수모를 참고 살아왔으나, 이 모든 것은 다 운명이오.

장군들은 보잘 것 없는 나를 위해 피를 흘리지 말고, 훗날 나라가 그 용맹무쌍한 무예를 필요로 할 때 분연히 일어나 힘을 합쳐주기 바라오.

십이비검(十二飛劍), 그대의 피 끓는 충정은 알겠으나 이제 그만 돌아가시오."

수단은 기가 막혔다.

"저하,

고범도(島)는 한 번 가면 살아 돌아올 수 없는 곳입니다. 앞과 뒤도 분간할 줄 모르고, 옥장(獄將)의 자리조차 과분한 중팔입니다. 저자를 없애고 저하를 안전한 곳으로 모시겠습니다. 저만 믿으시면 됩니다."

그 말에 중팔이 다시 화극을 움켜쥐고 수단에게 몸을 돌리자, 태자가 급히 손을 저었다.

"장군, 내 함거에 탈 테니 그만 하오."

하고 스스로 함거에 들어가 눈을 감고 앉자, 전막이 손을 떨며 눈물을 뿌렸다.

"마마, 저희와 함께 가셔요. 염방과 요비가 무슨 일을 저지를지 알 수 없습니다."

태자는 말이 없었다.

수단은 태자의 완고한 태도에 더 이상 방법이 없어 돌아서기로 했다.

그리고 중팔에게 말했다.

"편안히 모셔주시오. 만일 잘못되면 그대를 용서하지 않을 것이오."

중팔이 대답했다,

"걱정 마시오. 내 죽더라도 저하를 지킬 것이니 안심하고 돌아가시오."

수단과 전막은 호송 함거가 멀리 사라질 때까지 지켜보다 몸을 돌렸다.

## 문어방(幫)

문어방의 방주 흑문어는 할아버지 때부터 해적이었다. 문어방을 세운 아버지 맹어(盲魚)가 죽자, 동생 둘과 함께 대를 이어 해적질을 하고 다녔으나 그 세계에서 몇 손가락 안에 꼽히는 방파는 아니었다.
어느 날, 삼형제는 약탈할 배를 찾아 떠돌다 예기치 않은 폭풍을 만났다. 거의 물귀신이 될 때까지 표류하던 그들은 가까스로 어느 섬에 상륙했다.
멀리서 보기에는 섬 중앙에 솟은 산의 봉우리가 문어 머리처럼 벗겨진 민둥산이었으나 가까이 가보니 해안을 제외하고는 거대한 수목들이 밀림을 이루고 있는 섬이었다.
흑문어는 우연히 어느 나무의 큰 구멍에 들어갔다가 바다의 섬으로 이어지는 지하 동굴을 발견했다. 해적들의 소굴로는 더 없이 적당한 장소였다.
그 섬은 삼백여 년 전, 해적「왕(王)문어 도소」가 죽기 전에 지내던 문어 섬이었다.

도소는 문어 섬에 수채를 두고 번조선, 주작, 달지(-평양), 발라(-영산포), 가야, 탐라, 왜(倭), 제, 오, 월, 남양 등지를 오가는 교역선을 약탈하고,
조선 열국을 습격해 사람들을 노예로 팔아넘기거나 평생을 부려먹었다.
이에 구이원의 태두(泰斗), 항탁 대선사가 칠대 선문의 선객들을 이끌고,
도소와 부하들을 음혼곡(谷)으로 유인해 일망타진 하였으나, 선사의 칠성장(掌)을 맞고 천길 절벽으로 떨어진 도소의 시체는 찾을 수 없었다.
이후 다시 볼 수 없었던 왕문어 도소의 자취를 흑문어가 찾은 것이다.
수채에 돌아왔으나, 몸을 회복하지 못한 도소는 자신의 무공을 벽에 남기고
'인연이 닿는 자, 신국(神國)의 선객, 도사들을 모두 죽여 나의 한(恨)을 풀어 달라.'
고 유언을 남겼다.
삼형제는 뛸 듯이 기뻤다. 그들은 흑, 적, 청문어로 별호를 바꾸고 무예를 익힌 후 근거지를 이곳으로 옮기고 문어방이라고 명명(命名)했다.
당시 섬 동쪽에는 이백오십 년 전부터 살아온 사람들이 있었으나, 마을을 불사르고 양민들을 잡아 죽이거나 문어방(幇)의 노예로 만들었다.
이후 문어방(幇)은 바다를 항해하는 상선들의 공포의 대상이 되었다.

문어방 18채(寨)의 두령과 심복들이 1년에 한 번 있는 단합대회 후 술을 마시고 있었다.
7장 길이의 나무를 반으로 잘라 만든 식탁 위에, 고래가 눈을 껌뻑이며 고통으로 몸부림치고 있었다.
해적들이 목구멍에 술을 부으며 단도로 먹고 싶은 부위를 자르고 있었다.
살점이 삭삭 베어질 때마다 고래가 비명을 질러댔으나 해적들은 더욱 맛과 흥이 돋는 듯 고개를 젖히고 낄낄거리며 벌컥벌컥 술을 들이켰다.
문어방 18수채는 적유채(寨), 비유채, 하라어채, 염유어채, 여비어채, 나어채, 조어채, 지어채, 문요어채, 나어채, 습습어채, 조용채, 장사채, 인어채, 상어채, 방어채, 비유채, 주별어채(寨)로 모두 괴이한 섬이나 다가가기 어려운 절지(絶地) 아니면 급류가 흐르는 험지에 있었다.
사람은 주위의 환경을 닮아간다고 했다. 해적들 각각의 모습은 수채의 이름대로 바다의 괴물이나 괴어들과 비슷한 인상을 가지고 있었다. 바다를 누비며 먹고사는 얼굴을 스스로 만들어 가고 있는 것이다.
인상을 험하게 하고 쌍욕을 달고 다님으로써, 심약한 사람들이라면 누구나 두려움을 갖도록 만드는 게 포악한 자들의 본능인지도 모른다.
방주 흑문어는 좌중의 분위기가 어느 정도 무르익자 음침한 눈으로 둘러보며 말했다.
"음,
남양(南洋)에서는 무역선을 털거나 대륙을 원정하여 큰 성과를 내고 있는데, 조선으로 나가는 패들은 어찌 실적이 나쁘고 부하들도 많이 죽는 게냐?"
조선을 관할하는 상어채(寨) 두령 백상어가 잔을 내려놓고 말했다.
"조선은 번조선, 주작, 마한의 경비가 초(楚)와 제나라보다 삼엄한 탓도 있으나
무엇보다 수채가 육지와 너무 멀어 기동력이 떨어지기 때문입니다. 공격과 후퇴가 더디고 위급한 상황에 처했을 때 지원하기 어렵습니다."
부방주 청(靑)문어가 말을 이었다.
"그 문제를 고민해 보았는데, 상어채(寨)를 귀각도(島)에서 고범도로 옮기면 해결이 될 것 같습니다.
고범도가 주작의 영해에 속하나, 절해고도로 유형지로만 사용하고 있습니다.
죄수가 몇 명인지는 모르나 관병이 삼백도 안 됩니다. 수채로 쓰기에는 이보다 좋은 곳이 없으며, 황해와 발해를 석권할 수 있는 요지입니다."
흑문어가 고개를 끄덕이며 말했다.
"고범도(島)를 빼앗으면 주작국(國)의 수군(水軍)이 몰려오지 않겠나?"
청문어가 빙긋 웃었다.
"고열가 단제가 퇴임한 탓으로, 오가(五加)와 열국 모두가 단제의 자리에 열을 올리고 있습니다.
주작국 역시 고범도(島) 탈환에 힘을 낭비할 여유까지는 없을 겁니다.
그리고 우리와 대사자 염방과는 이해관계로 선이 닿아 있지 않습니

까?

염방에게 주는 공물도 적지 않고 그의 정적들을 납치하거나 죽여준 일도 한 두 번이 아닙니다.

고범도에는 염방이 보낸 죄수들이 많습니다. 우리가 그들 대신, 고범도를 관리해주겠다고 하면 각종 비용이 절감되어 오히려 좋아할 것이고

또, 옥리들에게 월급을 주지 않고도 지급한 것처럼 장부를 위조할 수 있어 일거양득일 것입니다.

그 나라를 정확히 파악하려면 먼저, 감옥을 살펴보라는 말이 있습니다.

감옥에 진정으로 나쁜 놈들만 갇혀 있으면 법(法) 집행이 올바르다는 것이고,

죄 없는 사람이 많으면 나라가 엉망으로 돌아가고 있다는 얘깁니다. 고범도에는 죄를 지은 악인들보다 염방과 요비에게 밉보여 유배된 자들이 많다고 합니다. 주작국은 썩을 대로 썩어서 곧 망할 것입니다.

죄수들을 고범도로 보내 죽기만을 바라고 있으니, 우리가 노예로 부려먹어도 후환이 없습니다. 누이 좋고 매부 좋은 일이 될 것입니다!"

흑문어는 청산유수(靑山流水)와 같은 청(靑)문어의 논리에 고개를 크게 끄덕였다.

"음, 좋아! 상어채를 고범도로 옮겨라."

백상어는 신이 났다.

"넵! 명을 받들겠습니다!"

상어채주 백상어는 수채로 돌아가자마자, 고범도 점령 계획을 준비

했다.

한편, 고범도에 도착한 중팔은 옥사장(獄舍長) 오야에게 태자를 인계한 후 왠지 언짢았다.
"저를 원망하지 마십시오. 모든 게 다 가한께서 충신과 간신을 구분하지 못한 결과입니다."
라고 하자 태자가 담담하게 말했다.
"내, 원망하지 않을 터이니 잘 돌아가오. 그런데 한 가지 청이 있소."
중팔이 눈을 껌뻑이며 물었다.
"무슨 일입니까?"
"여기에 나보다 먼저 우화가 왔는데. 알아봐 주겠소?"
"네, 알겠습니다."
잠시 후, 중팔이 옥리(獄吏)들을 만나보고 돌아왔다.
"우화 왕자님은 섬에 없습니다. 왕자님이 탄 운반선이 태풍으로 난파(難破)했고. 살아남은 자는 옥졸을 포함해 한 명도 없었다고 합니다.
왕자님은 고범도의 죄수명부에 망자(亡者)로 기록되어 있다고 합니다."
동생 우화가 죽었다는 말에 태자는 땅을 치며 통곡했다.
"으으으으으. 우화, 우화야!"
기가 막혔다.
고범도에 오면 우화를 볼 수 있다는 생각으로 버텨왔는데 가슴이 찢어졌다. 옥사장 오야(烏倻)는 이름 그대로 까마귀처럼 새카맣게 생겼다.

관청 마루 높은 의자에 거만하게 앉아 우광의 죄수 기록을 살펴본 후

"네가 태자냐? 너는 어찌 가한이 돌아가실 때까지 기다리지 못하고 간특한 방법으로 아버지를 죽이려 했느냐. 짐승만도 못한 놈 같으니.

법은 공평해야 한다. 신상필벌(信賞必罰)은 주작국의 추상같은 법이니라.

죄수는 고범도에 들어오면 먼저, 지은 죄에 따라 매를 맞게 되어있다.

너는 가한을 살해하려 했던 중죄인이므로 곤장 백대를 맞아야 한다."

고 하며

우광을 형틀에 묶고 곤장 백대를 쳤다. 그리고 까무러친 우광의 몸에 찬물을 뿌려 깨운 후 까마귀 같은 목소리로 하늘을 가리키며 말했다.

"저 푸른 하늘을 잘 보아 두어라. 네가 보는 마지막 하늘이 될 것이다. 너는 지하 감옥에 들어가 다시는 땅 위로 나오지 못하고 최후를 마칠 것이다."

이어 우광에게 죄수복을 입혀 제일 깊은 지하 감옥에 처넣었다. 감옥은 햇빛이 한 올도 들어오지 않아 사방이 캄캄하고 서늘했다. 우광은

장독(杖毒: 매를 맞아 생긴 독)으로 시체처럼 사흘을 쓰러져 있다 개밥그릇에 담아 넣어주는 주먹밥을 억지로 목구멍에 쑤셔 넣었다.

그렇게 몇 날이 지나서야 겨우 앉을 수 있어 토납좌공(吐納坐功)을 시도하였으나 처지가 기막히고 억울해 도무지 마음이 잡히지 않았다.
'아, 어리석은 가한!'
하고 탄식했으나 소용없는 짓이었다. 여생을 토굴 속에 지내야 하다니.
낭랑산에서 수단, 전막과 함께 도망치지 않은 것을 뼈저리게 후회했다.



빛이 없는 뇌옥(牢獄)에서 얼마나 시간이 흘렀는지 알 수 없었다. 여러 달이 지난 어느 날 우광이 눈을 감고 바닥에 멍하니 누워있을 때
"덜컹!"
하고 문이 열려 눈을 떴다. 사내들 칠팔 명이 횃불을 들고 들여다보고 있었다.
"여긴 아무도 없나?"
"어? 구석에 한 놈 있네. 살아있어. 크크. 빨리 나와라. 널 구해주러 왔느니라."
우광은 뭔 일인가 하며 엉금엉금 기어 나갔다. 그들은 모든 옥문을 열었다.
옥(獄)에서 나온 시체가 백오십 구였고, 산 자는 천백 명 정도였는데 대부분 병색이 완연했다.
우광은 감옥에서 꺼내준 자들의 가슴에 그려진 파란 문어를 보았다.

'문어방(幇)?'
뜻밖이었다.
다시 자세히 둘러보니 옥사장 오야와 옥리 등은 한 명도 보이지 않았고 옥사(獄舍)는 홀딱 불에 타 있었다. 해적들이 기습을 한 것이다.
이 때 한 사내가 죄수들에게 소리쳤다.
"고범도는 우리가 점령했다. 나는 문어방의 소(小)두령 죽상어다. 이 섬은 이제부터 상어채다. 너희들은 다 죽어가다 문어방의 노예로 다시 태어났다. 앞으로는 따뜻한 햇볕을 쪼이며 상어채(寨)를 건설할 것이다.
너희 가운데, 충성심이 남다르고 특출 나게 일을 잘 하는 놈이 있으면 문어방에 입방(入幇)시켜줄 것이니라. 이 얼마나 감사할 일이냐."
이어
늙고 병든 죄수들에게는 시체 소각을 맡기고, 상대적으로 괜찮은 사람들은 고범도(島)를 해적 기지(基地)로 바꾸는 노역장으로 동원했다.
우광은 채석장으로 끌려갔다. 석공들이 돌을 캐 다듬어 놓으면 목도꾼들이 수채 터로 날랐다.
고범도는 하루가 다르게 난공불락의 성으로 변해갔으나 채석장의 일은 가혹했다.
잠시라도 숨을 돌리면 채찍이 날아왔고 한 끼 밥은 턱 없이 부족했다.
한 달도 지나지 않아, 이백 여명이 영양실조로 죽어갔고 해적(海賊)들은 시체를 땅에 묻어주지 않고 불로 태운 후 바다에 재를 뿌렸다.
섬은 그야말로 절해고도(絶海孤島)였고 밖으로 나갈 수 있는 길은 오직 하나, 해적들의 상어호가 정박해 있는 동쪽 동굴뿐이었다. 수채가 거의 완성 되어가던 어느 날, 죽상어가 우광과 열 명의 사내를 불렀다.
"백상어님이 너희들에게 상어채(寨)의 해적이 되는 영광을 내리셨다.
제법 힘도 있고 머리도 굴릴 줄 알더구나. 그러나 나의 추천이 결정적이었다는 걸 잊지 마라.
우리 문어방(幫)은 신입에게 과거의 죄(罪)나 신분은 일체 묻지 않으나, 방(幫)을 배신하는 자는 목을 잘라 바다에 던져버릴 것이니라. 향후,
너희들은 누구나 두려워할 악행을 쌓는 데에 노력을 기울여야 할 것이며
지혜와 용맹스러움이 나머지 17채의 용사들보다 우위에 서야 한다. 그리고
어떤 경우에도 명이 떨어지기 전에 적에게 등을 보여서는 안 된다. 이를 어길 시에는 차라리 죽어버리고 싶을 정도의 고통이 뒤따를 것이다."
죽상어는 우광이 주작국의 태자인 걸 모르고 있었다. 섬을 점령할 때 죄수 명부가 불에 타버린 것 같았다. 우광은 내키지 않았으나 달리 방도가 없었다.
'다음을 기다리는 수밖에.'
소(小)두령 죽상어 밑에는 백여 명의 해적들이 있었다. 가슴엔 상어, 등에는 문어(文魚)가 그려진 옷을 입고 숙소로 온 우광은 기가 막혔다.
며칠 뒤 상어채(寨)의 해적들이 원정을 가기 위해 상어호에 승선했

다.
배의 좌우에는 이빨을 드러낸 백상어가 그려져 있었고 중앙의 큰 돛대에 문어와 백상어 깃발 두 개가 힘차게 펄럭이고 있었다. 사흘 후, 어느 바닷가 어촌(漁村)에 도착했다. 제나라의 어느 해안인 것 같았다.
우광은 자칫 무공(武功)이 드러날까 짐꾼 역할을 자청했고, 해적들은 불을 지르고 살인과 강간, 약탈을 자행(恣行)하며 마을을 휩쓸었다.
며칠이 지나자 식량과 재물, 젊은 여자와 어린 아이 수백 명을 노예로 잡아왔다.
덕분에 배부르게 먹고 술도 마실 수 있었다. 수채에서 부릴 여자와 아이 몇 만 남기고 나머지는 노예시장에 판다며 배에 실어 어디론가 데려갔다.
우광은 기회를 노렸으나, 열 명씩 조를 짜 하나라도 없어지면 나머지 아홉의 다리를 부러뜨린다는 벌칙으로 서로를 감시하게 만든 데다,
해적들이 눈을 부라리고 따라다녀 잠시라도 딴청을 피울 수가 없었다.
보름 후, 마한 구로국(國) 해안으로 원정을 갔다. 살인, 방화, 강간, 약탈에 이어 여자와 아이들을 납치해 어딘가의 노예상(商)들에게 팔아넘기고 낄낄거리며 돌아왔다.
우광은 암담한 눈으로 탄식했다.
'나라의 관리들이 해적들에 대한 대비를 조금도 하지 않아, 도적들의 무법천지(無法天地)가 되었구나. 아.. 백성들의 고통을 어찌하나.'

한 달 뒤에는 주작국 해안으로 원정을 나갔다. 우광은 누군가 자기를 알아볼 것만 같아, 얼굴에 붉고 푸른 물감을 잔뜩 칠했다. 그리고
백성들을 다치게 할 수 없어, 해적들의 눈치를 봐가면서 재물(財物)만 나르고 사람들은 해치지 않았다. 한 번은 동료가 강간을 하려들자
"재물만 가져가지? 우리가 배고파서 해적이 됐지, 강간하려고 해적이 됐나!"
하고 말렸다.
그는 '뭐 이런 놈이' 하고 우광을 흘겨보다 툴툴거리며 다른 곳으로 가버렸다.
이틀째 되는 날은 얼핏 보기에도 약탈의 성과가 몹시 적었다, 얼마 전 다른 해적들이 한탕 털고 간 마을이었다. 남이 추수(秋收)하고 떨어뜨린 이삭만 줍고 다닌 것이다. 죽상어가 두령 백상어에게 말했다.
"촌장 얘기가, 삼십 리 더 들어간 곳에 어랑촌(村)이라는 부자 마을이 있다고 합니다.
두령님은 여기서 쉬고 계십시오. 제가 부하들을 끌고 다녀오겠습니다."
백상어가 좋아했다.
"노예 값이 오르고 있으니, 여자와 아이들을 많이 잡아와라. 그러나 빨리 돌아와야 한다."
죽상어가 백 명을 끌고 어랑촌에 도착했다. 마을 입구의 언덕에서 내려다보니 고래 등 같은 기와집이 많았다. 매우 잘사는 윤택한 곳이었다.

해적들은 미친 듯이 날뛰며 여기저기 불을 질렀고 남자는 보이는 대로 무자비하게 죽여 버렸다. 평화롭던 어랑촌(村)이 발칵 뒤집혔다.
비명소리가 하늘을 찔렀고 해적들은 닥치는 대로 약탈하고 강간을 했다.
죽상어가 부하들과 제일 부자로 보이는 집의 대문을 부수고 들어갔다.
"어?"
삼십 여명의 하인들과 한 무사가 검을 들고, 해적들을 기다리고 있었다.
그 중에는 부인과 열다섯 정도의 소녀(少女)도 끼어 있었고 봉(棒)과 쇠스랑, 낫, 곡괭이, 도리깨, 홍두깨 등이 들려있었다. 죽상어는 픽 웃었다.
"흐흐, 무기를 버려라. 저항하면 모두 죽일 것이니라."
"나는 어랑촌의 촌장 게오다. 인간 같지 않은 놈들 같으니! 덤벼라!"
죽상어가 턱짓을 하자 졸개 둘이 득달같이 달려들었다. 게오가 거침없이 뒤엉키며 십여 합이 지나자 해적 하나가 게오의 검에 쓰러졌다.
이에, 죽상어가 게오를 덮쳐가며 소리쳤다.
"놈을 잡을 테니, 너희들은 나머지를 쳐라!"
게오가
"악마 같은 놈!"
하며 죽상어의 칼에 대적했다. 게오가 싸우는 동안 해적들은 머슴들을 도륙했다.

머슴들은 해적들에게 상대가 되지 않았으나, 중년 여인과 소녀는 무인의 격을 갖춘 봉술(棒術)을 펼치고 있었다.
봉 두 개가 쓸고, 때리고, 막고, 찍고 휘어지며 타격하자 잠깐 사이 해적 네 명이 머리가 터지고 목과 다리가 부러지며 바닥을 뒹굴었다.
여인과 소녀는 게오의 부인과 딸이었다. 두 사람은 힘을 다해 싸웠으나 좀 더 시간이 흐르자 벌떼처럼 달려드는 공격에 밀리기 시작했다.



죽상어는 명색이 문어방의 소두령이었다. 게오는 죽상어가 합류하자마자 대번에 허점을 보이며 무너져 갔다.
게오는, 죽상어의 난폭한 칼에 균형을 잃어가다 머리를 보며 허리를 노리는, 교교서요(狡鮫噬腰: 교활한 상어가 허리를 물어뜯다)의 칼질에
"헉!"
하고 쓰러졌다.
죽상어가 '그럼 그렇지, 지가 별 수 있나?' 하는 얼굴로 소리쳤다.
"계집들이 반반하구나. 두 것들 다, 흠집 내지 말고 곱게 잡아라."
"나쁜 놈!"
부인과 소녀가 날뛰는 가운데 해적들이 갈고리를 던져 둘의 발을 잡아챘다.
"악!"
"윽!"
하며 엄마와 딸이 넘어지자, 해적들이 실실 웃으며 꽁꽁 묶어 바닥

에 내동댕이쳤다. 그 사이 남아있던 하인 둘도 해적들 손에 목숨을 잃었다.
죽상어가 부하들에게 지시했다.
"여기, 한 명만 남고, 나머지는 재물을 빡빡 긁어 와라!"
"넵!"
해적들이 신이 나서 흩어졌다.
죽상어가 엎어져 있던 부인을 일으켜 앉히고 뺨과 어깨를 쓰다듬으며
"반항하지 않았으면 좀 더 편했을 텐데. 오늘 밤, 내가 안아줄 것이니라. 고분고분하게 굴면 노예로 팔지 않을 수도 있다. 흐흐흐흐흐"
그때
수치심에 얼굴이 달아오른 여인이 퉤- 하고 죽상어의 이마에 침을 뱉었다.
"더러운 놈!"
순간
"짝!"
소리와 함께 여인의 얼굴이 홱 돌아가며 입술이 터지고 피가 흘렀다.
죽상어가 여인의 뺨을 후려친 후 머리채를 잡아 뒤로 제꼈다. 단번에,
협박이나 회유에 굴복할 여자가 아님을 알아보고 목숨을 끊어버리기로 한 것이다. 죽상어의 수도(手刀)가 여인의 목을 향해 호를 그리자,
"악!"
하고 비명을 지른 소녀가 팔 다리를 부들부들 떨며 그만 정신을 잃

고 말았다. 눈뜨고 볼 수 없는 참상(慘狀)을 어찌 감당할 수 있겠는가.

하늘도 땅도 멈춘 정적(靜寂)이 소녀를 덮는 찰나, 홀연 질풍 같은 살기(殺氣)가 귀를 찢는 파공음을 일으키며 죽상어의 등으로 엄습했다.

죽상어가 본능적으로 바닥을 뒹굴자 훅- 하고 두 개의 빛이 번쩍였고

그를 돕던 졸개가 몸을 파고드는 백광(白光)을 보며 처연히 무릎을 꿇었다.

"누구냐!"

이어, 삿갓을 쓴 자 둘이 그림처럼 나타나자, 죽상어가 앞선 삿갓과 치고 박기 시작했다. 십오륙 초가 지나자 죽상어가 밀리기 시작했다.

삿갓의 검(劍)이 돌연, 감리건곤(坎離乾坤)을 날며 교교서요(狡鮫噬腰: 교활한 상어가 허리를 물어뜯음)하는 죽상어의 칼을 봉쇄(封鎖)하고

서산(西山)을 나는 용처럼, 노교박리(怒鮫搏鯉: 화가 난 상어가 잉어를 들이박음)로 변화한 칼을 타격한 후, 조각구름이 흩어지듯 죽상어를 베어갔다.

아지랑이처럼 흔들리는 검 끝이 죽상어의 감각을 흔들며 쇄도하자 죽상어가 차가운 검광(劍光) 속에 균형을 잃고 나동그라지듯 물러섰다.

"운룡검!"

삿갓은 일개 해적이, 「용(龍)이 구름을 흩어뜨리며 서산(西山)을 나는」 무려의 검법을 알아보자, 문어방(幇)의 실력을 무시할 수 없다

는 생각이 들었다.
그 사이 몸집이 작은 또 한 명의 삿갓이 소녀를 깨우고 두 사람의 밧줄을 풀어주었다. 정신을 차린 부인과 소녀가 게오에게 달려갔다.
"여보!"
"아악!"
두 사람은 게오를 붙들고 처절하게 울었다.
해적들은 약탈 중 소두령과 삿갓의 싸움을 보았으나, 죽상어의 솜씨와 그간 죽상어에게 달려들다 목숨을 잃은 자들의 비극(悲劇)을 떠올리며,
조금 더 재물을 털기 위해 멈추지 않았다. 삿갓은 수적으로 열세임에도 여인이 위험해 무작정 달려든 것이었으나 아무도 죽상어를 거들지 않자,
청룡(靑龍)의 각(角), 항(亢), 저(氐), 방(房), 심(心), 미(尾), 기(箕)를 밟으며 벼락같이 백룡탄주(白龍呑珠: 백룡이 여의주를 삼킴)를 전개했다.
일순, 하얀 검광(劍光)이 동심원을 그리자 죽상어가 담장까지 죽 밀려났고
얏! 소리와 함께 바람을 가른 검이 비틀거리는 죽상어의 목을 치고 지나갔다. 창졸지간 분리된 머리가 미망을 헤매는 눈으로 흙바닥을 굴렀다.
해적들은 믿었던 소두령이 쓰러지자 허겁지겁 돌아와 삿갓에게 덤벼들었고,
여인과 소녀가 봉을 들고 해적들을 맞이했다. 이때 누군가 호각을 꺼내 불었다.
"삑! 삐익! 삐이이-익!"

잠깐 사이 여기저기에서 약탈을 하던 해적 칠십여 명이 촌장 집으로 몰려왔다.
해적들 속에는 우광도 끼어 있었다. 우광이 살펴보는 순간 두 개의 비수가 날고 자빠지는 해적들 머리 위를 지나간 또 다른 네 자루의 비수가 해적들을 저승으로 보냈다. 눈 깜짝 할 사이에 여섯을 잡은 삿갓의 손에서 빛나고 있는 비수(匕首)가 모두의 간담을 서늘하게 했다.
'십이비검!'
수단은, 태자의 고집에 물러났으나 그 후 해적들이 고범도를 드나든다는 소문을 듣고,
고범도의 돌아가는 사정을 알아보기 위해 집 나간 마누라를 찾듯 문어방(幇)이 출몰하는 지역을 떠돌다 오늘 기어이 마주친 것이다.
사실,
수단의 내공은 적(赤)문어를 약간 넘어서고 있었으니, 죽상어의 혼(魂)이 날아간 것은 그가 운이 없음을 탓해야 할 뿐 당연한 일이었고
그렇다면 작은 삿갓은 분명 시종(侍從) 전막일 것이다. 생각을 끝낸 우광이 벼락같이 운룡보(步)를 밟으며 좌우의 해적들을 베어 넘겼다.
"악!"
"억!"
해적들은 우광의 기습에 당황했으나 곧 정신을 차리고 우광을 공격했다.
그러나 평소 말이 없던 우광이 범처럼 움직이며 검(劍)을 휘두르자 듣도 보도 못한 검술에 골패 짝 쓰러지듯 정신없이 나동그라졌다.

수단과 우광이 날뛰자, 해적들은 중과부적이라는 말이 있나 싶을 정도로 뭉그러졌다.

아직도 눈을 뜨고 있는 죽상어의 머리에 모골(毛骨)이 송연해진 도적들은 죽상어를 저리 만든, 수단의 귀신같은 비검술에 놀랐고, 악만 남은 두 여자의 봉(棒)과 담비처럼 날랜 작은 삿갓의 검을 피하다

일당백의 우광에게 허를 찔리며 오합지졸로 바뀌고 만 것이다. 상대는 다섯에 불과했으나 도적들은 추풍낙엽(秋風落葉)처럼 쓰러져갔다.

"창창창창창…"
"악!"
"윽!"
"컥!"
"…!"
"흑!"

시간이 더 흘러 이십오륙 명이 남게 되자 하나 둘 눈치를 보며 내빼다 급기야는 패물(佩物)과 끌고 가던 사람들을 내팽개치고 도망쳤다.

삿갓 무사, 수단이 우광에게 다가와 삿갓을 벗으며 무릎을 꿇었다.
"저하!"
"수단!"
이어, 전막이 부르르 떨며 무릎을 꿇었다.
"그간 얼마나 고생이 많으셨습니까?"
우광이 수단과 전막을 일으켰다.
"낭랑산에서 그대들의 말을 들었어야 했다."

그때, 부인이 우광의 옷을 보고 안색이 바뀌었다.
"당신, 해적 아니오?"
"아니오. 나는 해적들에게 끌려 온 것이오."
부인이 봉으로 바닥을 찍으며 싸늘하게 내뱉었다.
"위협을 받는다고, 모두가 해적이 된다면!"
수단이 막고 나섰다.
"부인, 일단 이곳을 정리하고 차차 이야기 하십시다."
부인은 분노로 몸을 떨었으나 생명을 구해준 수단이 만류하자 하는 수 없었다.
게오를 대청으로 옮긴 후 종복들의 시신은 한쪽으로 가지런히 눕히고, 해적들은 모두 저택 밖에 쌓여있는 볏단 위에 던져 불을 질렀다.
우광과 수단, 전막은 여러 날을 머무르며 장례를 돕고 피해를 입은 사람들의 복구를 도왔다. 다행히도 빼앗겼던 재물은 모두 찾을 수 있었다.
부인은 딸과 함께 촌민들을 도우며, 우광이 마을 복구를 위해 동분서주하자 조금씩 마음을 풀기 시작했고, 대사자 염방과 문어방(幇)이 은밀하게 결탁하고 있다는 말을 듣고 이를 갈며 분노했다. 부인의 이름은 하례였고 딸은 벽려였다. 부인은 사랑채에 우광 일행을 머물도록 했다.
우광은 고범도에 유배된 후의 나라 사정을 들었다. 무엇보다 놀란 것은 외삼촌 뜨안하의 죽음이었다. 수단이 착 가라앉은 목소리로 말했다.
"뜨안하 성주님은 흑룡방 살수들에게 당하셨습니다. 후임은 활이혼(滑而魂)이라는 자로 한때 염방의 마차를 몰던 마부라고 합니다."

우광은 기가 막혔다.

믿을 곳이라곤 외삼촌뿐이었는데 돌아가셨으니 실로 난감한 일이었다.

"현무가로 가자. 오희가 친정으로 갔으니 당분간 그곳에 의탁하며 후일을 도모할 수밖에."

하고 길을 떠나려했으나, 대문에 자물통이 채워져 있었다. 의아하게 생각하며 두리번거리는 사이, 부인과 그녀의 딸 벽려(薜荔)가 나타났다.

뜻밖에도 남장을 한 벽려가 박달나무 봉(棒)을 비껴들고 태자에게 말했다.

"저도 요부 요작미와 대사자 염방을 없애는 일에 이 한 몸 던지겠습니다."

태자가

"소저는 어머니를 모셔야 하지 않소. 우리가 가는 길은 생사를 알 수 없는 여정이오."

벽려가 대답했다.

"나라가 망하고 있는데 여자라고 다를까요. 아버지가 계셨다면 허락하셨을 겁니다. 거부하시면, 저 혼자라도 요작미를 없애러 가겠습니다."

벽려의 태도는 너무도 결연했다. 태자가 입맛을 다시자 하례가 말했다.

"집에 가두어 둘 아이가 아닙니다. 대사(大事)를 돕겠다고 밤새 졸라서 허락했습니다. 저하께 누가 되지는 않을 겁니다. 저는 괜찮습니다."

수단이 장하다는 얼굴로 고개를 끄덕이자, 태자는 마음을 열었다.

"소저, 함께 갑시다."
태자(太子)가 수락하자 벽려는 한동안 어머니의 품에 안겨 있다 절을 올린 후, 대문(大門)을 활짝 열고 우광 태자 일행을 따라 나섰다.

## 대협 다치


아바간성(城)은 구리국(國)의 서북쪽에 멀리 위치한 성으로 대(大)흥안령 동북 방향에 있었으며 원시림과 드넓은 초원(草原)이 펼쳐져 있었다.
배달국 시절, 아사달성(城)과 함께 은성(殷盛: 번화하고 풍성함)하던 성이었으나
그 후, 사람들이 다른 곳으로 떠나 인구가 예전보다 많이 줄어 있었다.
그러나 고대의 신(神)과 배달국 선사(仙師)들의 자취가 많이 남아있어 이를 찾는 여행객과 선교(仙敎) 교도들의 발길이 끊어지지 않았다.
부여의 가한 해모수는 사자 마여, 읍차 장엽과 호위무사들을 데리고 아바간성(城)으로 가고 있었다. 아바간성은 해씨 부족의 오랜 거주지였다.
그 옛날 아바간성을 쌓은 이는 환웅천황 당시 출장입상(出將入相: 나가서는 장수가 되고 들어오면 재상이 됨/ 문무 겸비)하던 해사자님으로

해씨족의 시조였다. 해사자는 태양을 싣고 마차를 몰던 마부로, 일월성신의 주천을 헤아리고 불채찍을 사용하였으며 정마전쟁 후 배달국의 초대 정승이 되어 나라를 다스리다, 은퇴 후 이곳에 성을 쌓았다.

해모수는 오가(五加)와의 아사벌 싸움 이후, 문물을 정비하고 인재를 모으며 군사력(軍事力)을 키우는 데에 전념하느라 해씨부족의 족장 어른들과 장로들을 찾아보지 못한 것을 항상 마음에 두고 있었다.

'아! 고향을 떠나 구도의 길을 나선지 벌써 십 수 년(年)이 흘렀구나.'

국정(國政)이 틀이 잡히고 농사도 풍년이 들어, 모처럼 아바간성을 다녀오기로 한 것이다.

사자 마여, 읍차 장엽과 함께 삼백 오십 기(騎)를 이끌고 가기로 했다.

이번 행차에 장엽을 호위대장으로 지명한 것은 돌아오는 길에, 사냥에 출중(出衆)한 장엽과 '사슴의 들'에서 사냥을 하기로 했기 때문이었다.

아바간성까지는 언덕을 넘고 밀림을 지나 여러 개의 강을 건너는 나흘길 여정이었으나 편안했다. 대흥안령과 초원, 사막 그리고 고원지대가 예상할 수 없는 불청객을 원천적으로 봉쇄하고 있기 때문일 것이다.

사흘째 날 저녁 무렵, 어느 소나무 숲 입구에 도착했다. 새들이 지저귀고. 물 흐르는 소리가 들렸다. 마여가 사방을 둘러보고 장엽에게 지시했다.

"오늘, 이곳에서 묵을 것이다."

"네"

장엽이 군관 배운과 신대에게 지시했다.

"오늘밤 여기에서 머물 것이다. 경계를 서고 군마(軍馬)를 쉬게 하라."

"예!"

군관(軍官)들이 영을 받고 돌아가자, 해모수는 마여, 장엽과 함께 산책을 시작했다. 진하게 풍기는 소나무 향이 좋았다. 해모수가 말했다.

"밖에 나갔던 새들이 모두 일찍 돌아와 쉬고들 있구나."

장엽이 깜짝 놀랐다.

"어찌 그걸 아십니까?"

해모수가 웃었다.

"음, 웅심산에서 숲과 일체가 되는 수련을 했었네. 숲의 기운을 느낄 수 있지."

"아, 네에"

해모수는 높이 자란 나무들을 올려다보며 대견한 듯 툭툭 쳐주다가 다정하게 쓸어주었다.

"마사자,

정말 오랜만에 고향에 왔소. 이곳은 '범의 숲'이라 부르오. 열 살 때 염소 아홉 마리를 끌고 구이원을 주유하다 구도의 몸살을 앓은 후, 웅심산에 들어갔소이다. 그때 아바간성을 떠났으니 벌써 십여 년이 흐른 것이오."

마여가 대답했다.

"고향은 누구에게나 그리운 곳입니다. 더구나 어린 시절에 떠나셨으니..."

"다시는 하산하지 않으려했으나, 보이지 않은 힘에 끌려 가한이 되고 오늘 이렇게 고향에 가게 되었으니.."
마여는
한때 언륵을 모셨고 산전수전(山戰水戰) 죽을 고비를 넘기며 살아왔다. 가한이 다소 감정에 흔들리는 모습을 보이자 조심스럽게 간했다.
"가한, 천하를 통일하시어 도탄(塗炭)에 빠진 백성을 구하셔야 합니다. 이도여치(以道輿治)를 이루시는 날까지는 지금과 같은 마음을 갖지..."
해모수가 씁쓸하게 웃었다.
"알았소."
그들은 말없이 걸으며 '범의 숲' 깊숙이 들어갔다. 숲은 들어갈수록 짙어졌다. 해모수는 그 옛날 오가던 길을 어제 지나간 것처럼 익숙하게 걸었다.
그러나 읍차 장엽이, 군막에서 너무 멀어졌다는 신호를 마여에게 주었다.
마여가 주위를 둘러보며 권했다.
"가한, 너무 깊이 들어왔습니다. 그만 돌아가시는 게 어떻겠습니까?"
해모수가 손을 들어 제지했다. 가한은 사람들이 걸어 다녔던 흔적을 찾아 걷는 듯했다.
마여와 장엽이 입을 다물었다. 좀 더 들어가니, 절벽과 언덕이 감싸고 있는 곳에 송풍관(松風館)이라는 편액(扁額)이 걸린 도관이 나타났다.
비록 오래 전에 버려진 듯 거미줄이 덮여 있었으나, 정원은 꽃과 잡초들이 아늑하게 어울리며 정겨움을 주고 있었다. 이어, 해모수가 문고리를 잡아당기자 "덜컹" 하고 문짝이 부서지며 떨어져나갔다. 해모수가 멈칫 하는 순간, 검은 그림자가 해모수를 노리고 날아왔다.

이때 비스듬히 따르던 마여의 창이 신룡출해(神龍出海: 용이 바다에서 솟아오름)의 궤적으로 번득였다.

"캉!"

소리에

"훅!"

하고 날아간 것은 칙칙한 요괴창(槍)이었다. 이무기가 날자 용(龍)이 막아서는 공수(攻守)였다.

장엽이 가한을 호위하자, 도관에서 십사 인의 흑의인이 걸어 나왔다.

"누구냐!"

해모수가 물었으나 아무 답이 없었고, 그들 중 하나가 호각을 불었다.

"삑!"

소리가 나자, 언덕 뒤에서 이백오십여 명의 괴한이 나타나 이리떼처럼 해모수 일행을 포위했다.

이들은 오가나 중원의 무사들이 아니었다. 뒤에 서있는 자들 가운데 팔짱을 낀 왼쪽의 작은 머리 괴한이 두령인 듯 했다. 해모수가 물었다.

"누구냐?"

팔짱을 끼지 않은 자가 대답했다.

"은랑회(銀狼會)!"

"은랑? 네가 회주냐?"
"흐흐흐흐, 해가야. 나는 물도(勿道)라고 한다."
마여가 말했다.
"은랑회는 구이원 서북에서 노는 무리입니다."
해모수가 눈썹을 꿈틀거렸다.
"강도!"
"강도보다 흉악합니다. 검은 도복과 「도를 행하지 말라」는 이름으로 보아 온갖 악행을 저지르고 다니는 가달성(城)의 흑선이 틀림없습니다."
"아, 흑선!"
흑선은 해모수도 익히 들어 알고 있었다. 팔장을 낀 흑의 괴한이 말했다.
"눈썰미가 대단하구나. 그러나 어찌 하랴, 너희의 운이 다한 것을! 당장, 무릎을 꿇고 항복하면 살려주겠으나, 저항하면 가죽을 벗길 것이니라."
해모수가 눈을 번득였다.
"나 천왕랑(郞)을 알고 하는 말이냐?"
흑선이 귀찮은 듯 외쳤다.
"쳐라!"
영이 떨어지자 괴한들이 공격하기 시작했다. 송풍관이 졸지에 싸움터로 변했다. 가꾸는 자 없이도 곱게 자란 화초들이 뭉그러지기 시작했다.
잠시 후, 1각 반이 지나도 형세의 변화 없이 부하들만 계속 죽어가자, 흑선이 돌연 손가락을 입에 넣고 휘파람을 길게 불어 제꼈다.
"쐐--액"

순간, 괴한들이 여섯 무리로 나뉘어 이리처럼 낮고 빠르게 움직이기 시작했다.

흉악하게 웅크리며 옆으로 찌르고, 흩어지다 협공하고, 좌우(左右)를 돌면서 덤비는 척 물러서다 뛰어오르는 모양이, 몇 날 며칠을 굶은 이리들이 먹이를 발견하고 나선 것처럼 빠르고 필사적(必死的)이었다.

몇 십 마리의 이리 같은 공격을 막고 나면, 또 다른 이리 떼가 달려들고

이마저 물리치면 '날고 기는' 이리 떼 같은 진(陣) 서너 개가 야산(野山)을 구르는 바퀴처럼 밀려들며 해모수 일행의 힘을 갉아 먹다 홀연,

삼십여 인(人)의 진(陣) 여섯 개가 하나의 대진(大陣)으로 바뀌며 일시에 폭주(暴走)하는 이리들처럼 한꺼번에 쇄도(殺到)하기도 했다.

"이리진!"

해모수는 고대(古代) 가달마황을 따르는 마인들의 진법 중, 굶주린 이리들의 움직임을 모방했다는 이리진(陣)을 떠올리며 아연 긴장했다.

'가달마황이 죽은 후 사라졌다는 이리진(陣)! 자칫 실수라도 하는 날엔...'

치고 박으며 얼마의 시간이 지났을까

"윽!"

하며 장엽이 비틀거렸다. 순간, 마여의 창(槍)이 천지(天地)를 찍고 사각(四角)을 후려치며 장엽을 난도질하려던 괴한들의 칼을 막아냈다.

"창창창창창창!"

신기(神技)에 가까운 마여의 창술에 괴한들이 뒤로 밀려났다. 장엽이 간신히 자세를 바로 잡았다.
"괜찮나?"
"네."
이어 해모수가
"가운데 서게!"
하며 막아서자 장엽은 크게 감격했다.
"죄송합니다, 가한!"
그 사이 송풍관에 어둠이 내리자, 흑선의 부하들이 도관에 불을 질러 전장을 밝혔다.
칠십 여명을 해치웠으나 괴한들의 기세는 꺾이지 않았다. 차륜전과 비슷해 보이나, 야수(野獸) 같은 기세와 괴이한 진법에 해모수와 마여도 몇 군데 부상을 입은 상태였다. 물도가 소두목 공단에게 지시했다.
"흑전(黑箭: 검은 화살)을 준비하라!"
공단이 외치자 검은 활을 든 열네 명의 괴한들이 비스듬히 늘어섰다.
"우리 편이 다쳐도 좋으니, 기회를 포착하면 조금도 망설이지 말고 쏴라!"
해모수가 탄식을 했다.
'아! 한낱 도적들에게.'
순간, 화살 두 대가 해모수의 왼 어깨와 마여의 옆구리를 훑고 지나갔다.
"윽"
"헉"

흑선 물도가

'해모수를 잡다니, 성주님이 얼마나 흡족해 하실까. 어서 죽어라, 어서.'

하며 좋아할 때

"악"

"윽"

"크"

"흐"

"…"

소리와 함께 궁수(弓手)들이 얼굴과 가슴을 움켜쥐며 픽픽 쓰러졌다.

"암기다!"

물도가 놀라 사방을 둘러보니, 어두운 마당 왼편으로 십장 떨어진 느릅나무 뒤에 나무 같은 그림자 다섯이 서 있었다. 물도는 크게 노했다.

"누구냐? 감히, 우리를 방해하다니!"

순간, 상하로 바람을 타고 나는 십여 개의 파공음에 물도가 경악했다.

"은영추혼(銀影追魂: 혼을 쫓는 은색 그림자)!"

하고 몸을 날렸으나, 졸개들 십여 명은 속수무책으로 픽픽 쓰러졌다.

"흡혈마선(吸血魔仙)!"

어둠 속에 또 다시 십여 개의 암기가 해모수를 포위한 괴한들을 덮쳤다.

"악!"

"칵"
"컥"
".."

흡혈마선이라는 자의 암기가 연이어 휩쓸고 지나가자, 이리진(陣)이 격랑(激浪) 위의 배처럼 흔들리기 시작했다. 물도와 공단은 대노했다.
"일대(一隊), 이대! 놈들을 쳐라!"
진(陣)을 구성하던 백 오십여 명 중, 칠십여 명이 느릅나무로 달려갔다.
절반이 빠져나가자 해모수 일행은 압박감이 크게 줄어들며 힘이 솟았다.
어둠 속의 또 다른 어둠처럼 서 있던 무사가 몸을 날리자, 뒤에 선 네 개의 그림자가 굴뚝을 나온 연기(煙氣)처럼 홀연히 움직였다. 이어,
은영추혼(- 혼을 쫓는 은색 그림자)이 은빛 이리들을 덮으며 길을 열었다.
검을 든 자가 몸을 틀 때마다 은랑이 굴렀고, 뒤따르는 도끼가 머리를 갈랐으며,
작은 칼을 휘두르는 자의 손바람에 이리들이 푹푹 고꾸라지는 가운데,
가냘픈 그림자가 질풍처럼 움직이며 차가운 검광(劍光) 속에 괴한들의 목을 거두었다.
다섯 사람의 경신술은 놀라웠으나, 방향을 예측할 수 없는 은영추혼은 더욱 두려웠다.
"물러서지 마라, 상대는 겨우 다섯이다!"

물도가 소리치자 졸개들이 기를 쓰고 덤볐으나 또 다시 십여 명이 쓰러졌다.
이때 검은 깃발을 등에 꽂은 괴한이 나타나 물도의 귀에 뭐라 속삭였고
물도가
"휙!"
하고 휘파람을 불자 괴한들이 삽시간에 도망쳤다. 고비를 넘긴 해모수와 마여, 장엽의 앞으로 협객들이 다가왔다. 선두의 무사가 포권을 하며 물었다.
"가한, 부상이 심하십니까?"
우두머리로 보이는 고수(高手)가 자기를 알아보자 놀란 해모수가 감사를 표했다.
"심하진 않소이다. 감사하오. 선협들이 아니었으면 저들 손에 죽었을 것이오."
"다행입니다."
라고 응대한 무사가 몸을 돌려 마여에게 다가섰고, 그와 마주한 마여는 무사(武士)의 눈에 일렁이는 알 수 없는 격동(激動)을 의아해하다
무언지 알 수 없는 아스라하면서도 익숙한 느낌에 자기도 모르게 안개 속에서 길을 더듬는 것 같은 묘한 기분에 빠져 들어갔다. 순간, 노장(老將) 마여의 가슴을 때리고 의식을 깨우는 소리가 들려왔다.
"장군, 저 다치입니다."
느닷없는 소리가 머리를 치자, 마여가 자빠질 듯 비틀거리며 눈을 떴다.

다치라면 언뜻 원수님의 전령이 아닌가. 마여는 모발이 삽시간에 곤 두서며 숨이 터억 막혀왔다.
"뭐라! 다치, 다치라고! 아니, 네가 안 죽고 아직 살아있었다는 게냐!"
무사가 웃으며 대답했다.
"예"
"오!
다치, 살아있었구나. 나는, 원수님이 돌아가실 때 네가 죽은 줄로만 알았다."
마여는, 죽은 자식이 살아 돌아온 듯 덥석 끌어안고 굵은 눈물을 하염없이 쏟아냈다.
"아,
다물군의 궤멸로 얼마나 울었는지, 그 후로는 울어도 눈물이 나질 않았다. 나는 내 눈이 저 고비사막처럼 말라버렸다고 생각했는데 오늘 너를 보니, 대장군님과 동지들이 떠오르며 눈물이 앞을 가리는구나."
"저는, 장군님이 우르스평원(平原)에서 돌아가신 줄로만 알았습니다."
마여가 말했다.
"그날,
전채의 전갈기병에 계곡으로 추락했으나 지나가던 약초꾼 촌로(村老)의 도움으로 구사일생(九死一生)으로 살아났다. 노인은 나 외에도 다물군(軍) 여럿을 구해주었지. 나는 그들과 함께 구리국(國)으로 왔다."
다치가 눈물을 삼키며 네 명의 협객을 소개했다.

"가한, 이 네 사람은 청하사패라고 합니다. 장당경 청하(淸河) 일대에서 활동합니다. 첫째 타우, 둘째 마이, 셋째 토와 그리고 막내 아샤입니다."

그들이 인사를 나누는 동안 한 무리의 기병들이 달려왔다. 해모수의 호위 무사들이었다. 그들이, 은랑회(會)가 중간에 도망쳐버린 이유였다.

무사들은 지시대로 군막을 치고 식사를 하였으나 아무리 기다려도 가한이 돌아오지 않자, 군관(軍官) 신대가 삼백 오십 기병을 몰고 들이닥친 것이다.

군막으로 돌아온 해모수와 마여는 상처를 치료했다. 다음날 아침 해모수는 마여와 다치, 청하사패를 불러 차를 들면서 이야기를 나누었다.

해모수가 다치에게 물었다.

"은랑회가 왜 나를 공격한 것이오?"

다치의 표정이 엄숙해졌다.

"가한, 단순히 보면 악인들의 횡포로 보이나 사실은 도(道)와 비도(非道), 선교(仙敎)와 마교의 싸움입니다. 그리고 구이원의 장래와도 관련되는 일입니다."

다치의 말에 해모수와 마여는 이마를 깊이 찌푸렸다. 다치가 말을 이었다.

"아주 옛일부터 이야기해야만 합니다. 아바간성(城)의 해사자님은 풍백, 운사, 우사, 뇌공과 12신장(神將)을 이끄시고 환웅천황님을 보좌하며 마(魔)의 무리를 제거하는 데에 혁혁한 공(功)을 세우셨습니다."

"그건, 우리 모두 알고 있는 사실 아니오?"

"네, 가한. 그러나 이 아바간성(城)에 뭐가 있는지 아십니까?"
해모수는 아바간성에 어떤 보물이 있다는 얘기를 들어본 적이 없었다.
"해씨족장의 팔주령과 청동간두 외에 특별한 게 있겠소이까? 그리고 간두나 팔주령은 구이원의 팔십 일개 어느 부족이나 하나 쯤 갖고 있을 터."
다치가 고개를 좌우로 천천히 저었다.
"천황께서 마황을 제거하시고, 그를 불구덩이에 넣었으나 마황은 어찌된 일인지 타지 않았습니다.
그래서 가달마황의 머리를 잘라 항아리에 넣고 봉인한 후, 해사자님께 명하여 이곳 아바간성의 신전소도 지하에 묻도록 지시하셨습니다.
이는 악의 무리가 다시는 세상에 나오지 못하도록 하기 위함이었는데
어느덧 수천 년 세월이 흐르자 천황과 마황의 싸움은 기억하나, 아바간성에 가달마황의 머리가 있다는 사실은 점차 가물가물해져 갔습니다.
그런데 문제가 생겼습니다. 마황을 추종하던 마왕과 요괴들이 살던 흑림에
이십 년 전, 각팔마룡이라는 자가 나타나 거의 모두를 굴복시키고 군림하고 있습니다.
제가 수집한 정보로는, 흑무 사달이라는 자가 가달성(城)을 다스려 오다,
삼십여 년 전 흑정(黑井: 검은 우물)에 살던 뱀을 잡아 그 배속에서 수천 년 잠들어 있던 마황의 태아를 꺼내 가달성주(城主)로 키우고

자신은 대흑무로 내려앉아 각팔마룡을 보좌하며 가달마교를 이끌고 있다고 합니다.

마황은 환웅천황과의 싸움에서 패색이 짙어지자 죽기 직전 임신 중이었던 지옥대마녀의 태반을 뜯어 뱀의 자궁으로 옮긴 후, 검은 우물에 넣고 얼려버렸다고 합니다.

가공할 무예를 지닌 각팔마룡은 잔인한 통솔력으로 흑림(黑林)의 마귀들을 앞세워, 구이원(九夷原)을 장악하려는 음모를 꾸미고 있습니다.

삼백 년 전, 마교의 부활을 꾀하는 무리를 항탁 대선사와 칠대선문이 소탕한 바 있으나 지금은 그때와 사정이 다릅니다. 열국은 찢어졌고 선문은 약합니다. 마교는 이미 구이원 곳곳에 침투해 독버섯처럼 자라고 있습니다.

무력(武力)을 쓴 마황과 달리, 각팔마룡은 가달마교를 이용해 사람들의 정신을 타락시킨 후, 조선을 비롯한 열국(列國)의 조정에 서서히 스며들어 이제 그 영향력을 행사할 수 있는 단계에 올라섰기에, 본격적으로 칠대선문을 무너뜨리기 위한 걸음을 크게 내딛고 있습니다.

각팔마룡의 음모가 얼마나 은밀하고 치밀한지는 아무도 모릅니다. 그들은 또, 녹림의 무리와 사마외도 방파를 장악하거나 새로운 조직을 만들어가는 방식으로 그들의 전위부대(前衛部隊)를 키워가고 있습니다.

어제 겪어본 은랑회와 번조선 변방의 철연방(幇)이 바로 그 예(例)인데 제가 파악하기로는 각팔마룡의 가장 약한 하부조직에 불과합니다."

"오가(五加)에서는 보고만 있다는 말이오?"

"모두 부패하여 추호도 관심이 없습니다."
"음, 그런데 가달마황의 머리는 지금의 정세와 무슨 상관이 있소이까?"
"저의 스승이신 언륵님은, 하늘의 헤아릴 수 없이 많은 별 가운데 재앙을 일으키는 팔만 사천 개의 별이 있으며 그 중, 여덟 개의 마왕(魔王) 별이 별의별 형상으로 현신하여 천하를 어지럽힌다고 하셨습니다.
각팔마룡은 팔(八)마왕 별에게 선인 일천 명의 피를 바치려고 하고 있습니다.
칠성대군과 청룡, 백호, 주작, 현무에 수천 년 기를 펴지 못하고 떠돌던 팔(八)마왕 별이 도사들의 피를 마시고 그 힘이 되살아났을 때,
마황의 머리와 뼈, 오장육부, 피가 담긴 항아리 앞에 제(祭)를 올리면,
이를 기특하게 여긴 마왕 별들이 악(惡)의 정기를 쏟아 부어 가달마황을 부활시켜 줄 것이며, 자기 또한 가호를 받을 것으로 믿고 있습니다.
그래서 그는 여기 묻혀있는 마황의 머리를 찾기 위해 이십 칠년간 살수들을 여덟 차례 보내왔습니다.
지금까지는 제가 아바간성(城)에 머물며 소도를 지켜왔습니다만 가달성이 최근 더욱 강한 고수들과 더 많은 살수들을 보내오고 있기에
죽을 각오로 막아내려 하나 언제까지 지킬 수 있을지는 알 수 없습니다."
마여가 물었다.

"이곳엔 머리만 묻혀 있다 하지 않았느냐. 그럼, 뼈와 오장육부와 피는 어디에 있느냐?"

"사부님은, 북옥저국(國)의 최북단 겨울성(城) 가까운 바다 밑에 묻혀있다고 하셨습니다."

"겨울성이라면 구막성?"

"네"

"그럼, 그곳도 위험하지 않겠는가?"

"당연히 그럴 겁니다. 그러나 제일 중요한 머리가 이곳에 있습니다."

저는, 가달성주가 각지에 있는 마황의 유골을 모두 수습하고 팔마왕별에게 제를 올리고 난 후, 구이원을 침략해올 것이라고 생각합니다."

다치의 긴 이야기를 들은 해모수가 격려했다.

"대협,
고생이 많았소. 앞으로는 나도 관심을 갖고 지원하겠소이다. 그러나 지금 부여는 흑림 토벌에 나설 입장이 못 되오. 조선을 통일하는 것이 선결과제요."

마여가 물었다.

"그럼, 자네는 어떻게 알고 아바간성에 와있었으며 가달성에 대해 그리도 잘 알고 있는가?"

마여가 다치를 대하는 말투가 어느새 바뀌어있었다. 다치가 응답했다.

"사부님이 유언으로 시키신 일입니다. 저는 그 유지를 받들고 있는 것입니다."

마여는 또 한 번 놀랐다.

"언즉 대원수님이?"
"네"
"사부님이 장당경 뇌옥에 갇혀 있던 어느 날, 매를 맞고 혼절했다가 깨니 옥(獄) 안에 흑(黑)두건을 쓴 검은 옷의 괴한이 앉아 있었답니다.
그는 자신을 마황의 아들 가달성주가 보낸 가달사자라고 소개하며, 흑림(黑林)의 일을 도와주면, 조선을 무너뜨리고 다물군(軍)을 재건해줄 것이며 단제의 자리에 오르도록 밀어주겠다고 제안을 해왔답니다."
이 말을 들은 해모수와 마여는 경악했다.
"뭐라? 경비가 삼엄한 황궁(皇宮)의 뇌옥에 가달성주의 부하가 들어왔다고?"
"그렇습니다. 지금의 조정은 누가 선(仙)교도이고 누가 마(魔)교도인지 구분할 수 없습니다. 사부님은 각팔마룡과 손을 잡으면 사실 수 있었으나, 신국(神國)의 도(道)를 지키기 위해 물리치고 순교하셨습니다."
다치는 그동안 가슴에 깊이 담고 살아온 비밀을 해모수에게 털어놓았다.
지금이 자기가 기다려온 순간이라고 여겼다. 천왕랑 해모수야말로 조선의 도를 바로잡고 도탄에 빠진 백성들을 구제할 영웅이라고 믿어 의심치 않았다. 그가 내건 「이도여치」가 바로 하늘의 도가 아니던가.
"사부님도 가달사자를 본 후에야, 조정 깊숙이 뻗은 가달성주의 촉수(觸手)와 당신을 기습한 괴한들이

모두 흑림의 살수였다는 사실을 알게 되셨답니다. 사오만 없애면 나라가 편안해 질 줄 알았는데
암흑 속에서 조선을 궤멸시켜가는 가달성주가 있다는 걸 이제야 아셨다고 하시며, 배달족의 미래를 위해 마교를 반드시 없애야 한다고 하셨습니다.
그리고 아바간성은 구막성과 함께, 여러 험지에 쳐놓은 결계들의 축(軸)인 동시에 흑림(黑林)의 기를 누르는 대(大) 결계(結戒)라고 하시며
가달마황의 사체가 있는 구막성과 아바간성 중, 경비가 허술한 이곳을 지키라고 하셨기에 지금까지 아바간성에 은둔하며 장당경의 청하사패와 함께 저들의 동정을 감시하며 지금까지 소도를 지켜왔습니다.
저희는 은랑 수백이 소도로 쳐들어 올 것이라는 정보를 들었는데 느닷없이 범의 숲으로 들어가는 은랑회(銀狼會)의 무리를 보고, 뭔가 심상치 않은 변화가 있다고 판단하여 부리나케 달려왔던 것입니다"
해모수는 언측이 참수형을 당하면서까지 자기를 돌보지 않고 조선의 미래를 걱정한 것과
그 제자 다치가 개인의 행복을 포기하고 스승의 유지를 받들어 오랜 세월 음지에서 가달의 무리들과 싸워온 것에 대하여 깊이 감동했다.
"아무도 모르는 사연이 있었군요. 대협은 나의 은인입니다. 함께 도성으로 가십시다. 그리고 조선을 위해 나를 도와주셨으면 합니다."
마여도 권했다.
"구리국(國)에는 과거 다물군(軍)에 참여했던 용사들이 많이 있네.

그리고 목맹후님이 부여의 대보(大輔: 정승)인 것은 자네도 알고 있 겠지. 자네가 가면 무척 반가워하실 게야. 나도 자네와 함께 있고 싶네."
다치가 고개를 숙였다.
"이곳을 지키는 것은 사부님의 유지(遺志)이며 무엇보다 중요한 일 입니다.
사부님은, 아바간성에서의 제 사명은 각팔마룡을 제거할 두 영웅이 나타났을 때 끝날 것이며, 그 후에는 영웅들을 따르라고 명하셨습니 다."
해모수와 마여가 고개를 갸우뚱 했다.
"두 영웅?"
"네,
제가 영웅들이 누구냐고 여쭈니, 사부님이 깊고 깊은 명상에 빠져있 을 때 두 줄기 아름다운 빛이 「신비한 우물과 기이한 숲」에 내리는 걸 보셨으며
어느 곳을 가리키는지는 알 수 없으나 한 분은 심검(心劍)을 터득한 무학의 기재일 것이라고 하셨습니다.
그리고 어제 밤 「범의 숲」을 비추는 서광을 보았는데 가한을 뵙고 직감적으로 가한께서 두 영웅 가운데 한 분이라는 걸 알게 되었습 니다.
하루빨리 가한께서 오가(五加)를 통일하시는 날만을 기다리겠습니 다."
오랜 시간 많은 이야기를 마친 그들은 함께 아바간성으로 들어갔다. 전령으로부터 연락을 받은,
아바간 성주이자 해씨족 족장 해장운이 장로 다섯과 가신들을 이끌

고 성 밖으로 마중 나와 기다리고 있었다.

해모수는 부하들을 이끌고 소도에 나가 삼신(三神)과 웅녀님께 백단향을 피우고 헌화했다.

그리고 선인들과 담소를 나눈 후 성(城) 서쪽 해사자님을 모신 고인돌에 참배했다.

고인돌은 매우 크고 높아 조선의 서쪽 하늘을 떠받치는 기둥 같았다.

거대한 돌의 앞뒤로 북두칠성과 해사자의 불 채찍이 선명하게 새겨져 있었다. 해모수는 그 웅장함에 감탄하며, 해사자의 고인돌이 있는 언덕에서 초원(草原)을 내려다보며 오래도록 깊은 생각에 빠져들었다.

## 위기의 해모수

해모수는 아바간성에서 한 달을 보냈다. 처음 7일은 성 주변의 선교 유적을 돌아보았고, 그 후로는 해장운이 준 목간을 읽으며 침잠(沈潛)했다.
해사자님이 정마전쟁과 신시(神市)의 건국과정을 기록해 놓은 목간(木簡)이었다.
그는 오가와의 싸움이 단제의 자리에 오르기 위한 단순한 결투가 아니라,
악마와 사마외도로부터 신국(神國)의 도(道)를 지키는, 물러설 수 없는 선과 악의 한 판 승부라는 것을 깨닫게 되었다.
'한울님!
이 나라, 신국(神國)이 하늘의 도에 따라 다스려질 수 있도록 이끌어 주시고, 우매한 저에게 큰 지혜와 대력(大力)을 내려 주시오소서!"
해모수는 성(城)을 떠나기 전 다치와 만났다.
"대협, 덕분에 많은 걸 깨우치게 되었습니다. 그동안, 오가를 통일

하면 웅심산(山)에서 내려온 목적을 다 이루게 될 줄 알고 있었으나 그것은 잘못된 생각이었습니다. 진짜 적은 오가(五加)가 아니라 그 뒤에 숨어있는 각팔마룡이라는 것을 알았소이다. 그들은 긴 세월을, 크고 작은 각종 사건에 개입하며 조선의 근간을 흔들고 구이원을 어지럽혀 왔소. 그들을 제거하지 않는 한, 평화는 오지 않을 것입니다.

언큭님은 일찍이 그것을 간파하셨던 것이오. 대협! 나는 녹산(鹿山)성(城)으로 돌아갈 것입니다. 최대한 빠른 시일 내에 오가를 통일하고,

그 후 천병(天兵)을 동원하여 가달성(城)을 토벌할 것이오. 그때까지는 대협께서 아바간성(城)을 지켜주시오. 나도 최대한 도울 것입니다"

이어, 성화(聖火)가 새겨진 옥패를 내어주며 말했다.

"혹, 위기에 처하면
주위의 성에 옥패를 보이고 도움을 청하시오. 나의 신물이니 도움을 줄 것이오. 녹산에 돌아가면 웅심산 대비선사께 가달의 무리가 창궐하고 있음을 말씀드릴 것이오. 그리하면 칠대선문에서도 대책을 세우겠지요."

다치가 대답했다.

"그 옛날, 스승님의 뒤를 따라야 했을 몸입니다. 이리 도와주시니 천군만마를 얻은 것 같습니다. 천하를 통일하신 후 흑림으로 출정하시는 날, 신국(神國)의 도(道)를 위해 이 한 몸 기꺼이 바칠 것입니다."

해모수는 감격했다.

"대협! 고맙소이다."

다음날, 해모수는 아바간성을 나와 부여성(城)으로 향했다. 그러나 돌아가는 내내 어두운 표정으로 말 한마디 하지 않으며, 때로는 눈썹을 찡그리다 때로는 크게 노한 듯 신광(神光)을 줄기줄기 쏟아냈다.

'다치 대협에게 정의가 승리할 것이라고 했으나, 과연 내가 오가(五加)를 제압하고 저 무도한 각팔마룡의 흑림(黑林)을 물리칠 수 있을까'

마여는 가한의 고뇌를 잘 알고 있었다.

해모수는 언뜻 대원수가 가달성으로부터 해를 입었다는 사실을 다치에게 듣고, 쇠몽둥이로 뒤통수를 맞은 느낌이었다. 그는 지금까지 용가(龍加)의 사오만 없으면 백성들의 고통이 해소되리라고 믿어왔으나, 아직도 까마득히 먼 길을 가야만 한다는 것을 오늘에야 알았다.

해모수의 침울한 분위기는 곧 전염되어 병사들의 어깨가 축 처졌고 말도 덩달아 기운이 떨어지며 패잔병(敗殘兵)과 같은 모습을 보였다.

사흘째 되는 날, 무거운 분위기를 보다 못한 장엽이 마여와 상의한 후,

여전히 말을 타고 사색에 빠져있는 해모수에게 조심스럽게 말을 걸었다.

"가한, 이틀 뒤 녹산에 도착합니다. 여기서 동쪽으로 조금만 가면 '사슴의 들'이 있습니다.

하루 정도 사냥을 하시는 것이 어떨지요. 훈련을 겸해 병사들의 기분을 풀어주고 싶습니다."

해모수가 고개를 끄덕이며 허락했다.

"적당한 자리를 골라 천막을 치도록 하시오 하루, 쉬어가도록 합시다."
"넵, 가한!"
장엽은 신이 나서 돌아갔다. 얼마 후 전망이 좋은 언덕을 찾아 천막을 설치했다.
마여와 신대에게 병사 오십으로 군영을 지키게 한 해모수는 장엽과 배운을 이끌고 병사들과 초원으로 나갔다. 초원은 키를 넘는 수풀과 갈대로 가득했다.
장엽은 울창한 숲 앞에서 병사들을 조별(組別)「몰이 대형」으로 수풀 속에 숨게 하고, 궁술과 창법에 능한 오십 명을 뽑은 후 가한께 보고했다.
"이곳은「사슴의 들」이라고 하나 늑대와 여우, 멧돼지도 많이 있습니다. 제가 멧돼지를 불러내면, 몰이 병사들이 초원으로 몰아갈 것입니다.
이곳의 늑대나 멧돼지는 사람을 마주친 적이 거의 없어 사나우니 조심하셔야 합니다."
해모수는 보이지 않는 멧돼지를 불러낸다는 말에 장엽을 돌아보았다.
"오! 그런 재주가 있소?"
읍차 장엽이 호각을 꺼내 세 명의 병사들에게 하나씩 나누어 주었다.
흑색 나무로 만든 이촌 반 길이의 호각이었다. 장엽이 그들과 함께 불기 시작하자
"꾸럭, 꾸럭, 꾸우럭, 꾸륵끄륵"
소리가 울려 퍼졌다. 숫놈을 부르는 암 멧돼지의 소리였다. 해모수

와 병사들은 호기심 가득한 눈으로 기다렸다. 호각을 불고 일각이 지나자,
어디선가 "씩씩, 꿀꿀, 꾸우럭 꾸럭꾸럭"
소리와 함께 멧돼지 사십여 마리가 나타나 호각을 부는 장엽 쪽으로 달려들었다.
"두두두두두두...."
근처에 멧돼지들의 집단 서식지가 있었던 모양이었다. 하나하나가 들소만한 몸뚱이에 괴수 같은 얼굴을 하고 있었는데, 칼날 같은 어금니를 드러내고 두리번거리는 눈이 며칠을 굶은 악귀처럼 사나워 보였다.
병사들은 긴장했다. 멧돼지 무리가 사냥에 나선 병사(兵士)들의 수와 비슷했던 것이다. 예기치 못한 상황에 장엽도 약간 당황했으나, 가한과 병사들에게 활을 쏘라고 신호를 보냈고, 해모수가 시위를 당기는 순간 화살은 어느새 선두(先頭)에 선 멧돼지의 눈을 뚫고 있었다.
"쾌액!"
멧돼지가 고통스러운 비명을 지르며 넘어졌고, 이어 병사들의 화살이 강풍에 빗줄기가 날아가듯 멧돼지들의 이마와 옆구리에 박혔으나 워낙 크고 힘이 좋은 놈들이라 단번에 쓰러지는 놈은 거의 없었다.
"꽥꽥 쾌애액!"
"쾌액!"
놀란 멧돼지들이 살기를 띤 병사들을 발견하고 미친 듯이 돌진했다. 이때 장엽의 호각소리에,
몰이 병(兵)들이 징과 꽹과리를 쳐대며 함성(喊聲)과 함께 일어서자,

멧돼지들이 기겁을 하고 도망을 치기 시작했다. 병사들이 대형을 유지하고 초원으로 몰아가자, 해모수와 병사들이 쫓으며 활을 쏘고 창(槍)을 던졌다. 조용하던 숲이 발칵 뒤집혔다. 새들이 날고 너구리와 족제비, 토끼, 벌레들도 나 살려라 하며 사방으로 흩어지며 달아났다.

멧돼지 떼는 한 마리 한 마리 쓰러져 갔다. 간혹 몰이꾼 쪽으로 돌진(突進)하는 놈도 있었으나 이내, 병사들의 창(槍)에 찔려 쓰러졌다.

한 시진 후, 소만한 멧돼지 스물다섯을 잡았다. 해모수가 장엽을 불렀다.

"읍차, 어떻게 멧돼지를 불러 낼 수 있었소. 아까 그 호각은 무엇이오?"

장엽이 호각을 바치며

"네, 이것입니다. 이것으로 암 멧돼지 소리를 내어 숫놈들을 유인한 것입니다."

"호오, 그런 재주가 있었군!"

해모수와 병사들은 장엽의 설명을 듣고 신기해했다. 해모수가 말했다.

"명색이 사슴 들판인데, 왕궁의 병사들에게 사슴을 나누어주고 싶소."

"어렵지 않습니다. 그러나 소와 말, 사슴, 토끼가 먹는 풀이 각기 다릅니다. 사슴은 저 언덕 너머에 있을 것입니다. 오늘은 늦었으니 내일 다시 나와야 합니다. 사슴은 풀을 뜯으러 아침, 저녁으로 두 번 나옵니다."

"그렇게 하오."

다음날, 동이 트자 장엽은 동으로 2리(里: 0.4km)를 이동해 숲을 등지고 바람이 불어오는 곳을 향해 자리를 잡았다. 해모수가 장엽에게 물었다.
"사슴도 유인할 거요?"
장엽이 품속에서 어제와는 다른 호각을 꺼내 보였다.
"예. 이걸로 숫사슴 소리를 내면, 암놈들이 몰려들 것입니다."
해모수가 손을 저었다.
"호각은 쓰지 맙시다."
장엽은 멈칫 했으나, 곧 가한의 의중(意中)를 깨닫고
"알겠습니다."
하며 배운과 부하들에게 지시했다.
"사슴은 후각과 청각이 예민하여 바람 속에서 적의(敵意)를 느끼니, 입을 꽉 다물고 기다려라."
병사들을 좌우로 멀리 숨게 한 후
"사슴은 표범보다 빠릅니다. 말 옆구리에 숨어 계시다, 신호에 따라 사냥을 시작하십시오."
반 시진 후, 과연 수백 마리가 나타나 풀을 뜯기 시작했고, 장엽의 신호에 맞춰 기병들이 화살을 쏘며 달리자, 사슴들이 까무라치며 도망치기 시작했다.
부하들이 사냥하는 걸 지켜보던 해모수는 문득, 높은 언덕 위에서 웅장한 뿔을 이고 물끄러미 자기를 응시하는 흑(黑)사슴을 발견했다.
들소 뿔보다 길고 날카로운 뿔이 구름을 뚫을 듯 호방하게 뻗어있어, 한 눈에 사슴들의 왕으로 느껴졌다.
호기가 끓어오른 해모수가 흑사슴을 향해 말을 달리자, 흑(黑)사슴

이 내달리며 도망치기 시작했다. 가한의 돌연한 움직임에 놀란 장엽이
"가한을 호위하라!"
고 외치자
배운이 즉시 병사 다섯과 가한의 뒤를 쫓았다. 해모수의 말은 명마였으나, 흑(黑)사슴 또한 대단히 빨라서 거리는 좀처럼 좁혀지지 않았다.
'흑사슴, 대단하구나. 그러나 기필코 너를 잡고야 말 것이다!'
하며 더욱 속도를 올렸다.
무려 반 시진을 흑사슴만 보고 달린 말과 해모수가 땀으로 흠뻑 젖었다.
언덕과 개울을 몇 개나 넘고 건넜을까, 해모수를 끌고 달리던 흑사슴이 홀연, 어느 계곡의 숲으로 사라졌다. 해모수는 흑사슴의 종적을 찾아 숲을 뒤지다 이내 계곡(溪谷)의 물을 마시며 숨을 돌렸다.
그때,
해모수는 얼핏 움직이는 뭔가를 보았다. 회색 옷을 입은 괴한들이었다.
'은랑?'
그제야, 너무 멀리 왔다는 걸 깨달은 해모수가 말 등으로 몸을 날리며 번개처럼 세 대의 화살을 날렸다. 눈에 잡히지 않는 속사(速射)였다.
"윽"
"억"
"크"
신음과 함께 자빠지는 세 개의 그림자를 보며, 해모수가 계곡 밖으

로 말을 달렸다.
순간
"삑!"
소리가 나며 말을 탄 백여 명의 괴한들이 몰려나왔다. 가슴에 그려진 이리로 보아, 지난 번 「범의 숲」에서 해모수를 공격한 은랑들이었다.



은랑회의 흑선 물도는 그동안 아바간성 부근을 떠나지 않고 있었으며,
다치와 청하사패가 돕고 있는 한 해모수 일행을 해치울 수 없다고 생각하고 용가의 전소채에게 구리국 해모수가 아바간성에 있음을 알렸다.
전소채는 이십 년 전(前) 「언륵의 난」을 진압한 전채의 아들로, 아비 이상으로 잔혹하고 무술(武術)과 지략이 뛰어난 자였는데, 문장(文章)도 잘 짓고 글씨까지 잘 써 사오의 남다른 총애를 받고 있었다.
그는 사오를 믿고 내키는 대로 행동했다.
마음에 드는 여인이 있으면 덮어놓고 건드렸으며 도리는 생각 밖이었다.
이제 겨우 이십이었으나 술책(術策)이 아비 전채를 능가하여, 전채조차
'내 아들이라 하나, 이놈은 너무 무섭고 야비하다. 언제고 내 자리까지 빼앗을 놈이다.'

라며 경계할 정도였다.

전소채는 물도의 통지를 받고 전채와 상부(上部)에 보고하지 않았다.

'음,

해모수는 웅심산에서 절정의 무예를 수련한 자, 은랑만으로는 잡을 수 없을 터.

해모수를 잡으려면 기습을 해야 하는데, 내가 움직이면 부여에서 모를 리 없다. 내가 갈 때까지 해모수가 아바간에 머무를지 알 수 없으나,

공(功)을 세울 기회가 왔는데 눈뜨고 허비할 수는 없다. 그래.. 운에 맡기고 가보자. 아반간성(城)은 동예와 가깝고, 동예는 용가의 제후국이다. 전갈기(騎) 오백을 끌고 해모수가 돌아가는 길목을 지키리라.'

그는 병사들의 무기와 말발굽을 헝겊으로 싸 빛과 소음을 차단하고 극비리에 출병했다. 낮이면 숲에서 숨어 자고, 깊은 밤에만 소리를 죽이고 이동하였기에, 꼬박 열나흘을 소모하고 나서야 아바간성(城)과 주변 성(城)들의 눈과 귀를 피해 부여의 밀림에 도착할 수 있었다.

그러나 다행히도, 해모수는 그때까지 아바간성(城)을 떠나지 않고 있었다.

해모수가 성을 나와 사냥을 시작하자, 멀리 지켜보던 전소채는 회심의 미소를 지으며 물도가 키우는 흑사슴으로 해모수를 유인하라 지시했던 것이다.

해모수의 삼십 장 앞 왼편 산 위에서 열 명의 기병이 내려와 길을 끊었다.
이들은 십각랑(十角狼)이라는 고수들로 모두 색색(色色: 여러 빛깔)의 옷을 입고 있었다. 십인(十人)의 뿔이리가 해모수를 막아서는 순간, 몸을 튼 해모수의 화살이 희끗, 앞선 자의 가슴에 박혔고, 어느새 공간을 접으며 후려친 용광검(劍)이 세 명의 은랑(銀狼)을 베고 지나갔다.
길을 차단하자, 화살 한 대로 십각랑의 전열(戰列)을 무너뜨리는 동시에,
움직일 수 없는 자를 없애듯 셋을 베어 넘기고 바람처럼 내달렸다. 악! 하고 놀란 적들이 앗? 하고 정신을 추스리며 해모수를 쫓았다. 이때,
군관 배운과 무사들이 해모수를 발견하고 그물을 펼치듯 호위하며 명적(鳴鏑)을 쏘아 올렸다. 가한의 위급함을 알리는 신호였다. 해모수를 지키며 황량한 돌산을 막 돌아서자 또 다른 기병들이 흑룡기(旗)를 중심으로 진(陣)을 치고 있었다. 용가(龍加)의 기병(騎兵)들이었다.
용가기(旗)는 본래 푸른색이었으나, 사오가 청색을 싫어해 흑룡기로 바뀌었다.
옆에는 전소채(全小蠆: 작은 전갈)라 적힌 깃발이 펄럭이고 있었다. 날카로운 눈의 젊은 장수가 채찍을 휘두르며 해모수를 비웃듯 꾸짖었다.
"후훗!
나는 용가의 병마도위 전소채다. 너는 독 안에 든 쥐다. 지금 당장 말에서 내려 무릎 꿇고 목숨을 구걸하면 아량을 베풀어주겠노라."

군관(軍官) 배운은 가슴이 철렁했으나 눈을 부릅뜨며 호통을 쳤다.
"이놈!"
해모수도 용가(龍加)의 전채는 알고 있었다.
"전채의 아들?"
"네, 가한"
해모수가 급히 우측으로 말을 틀어 2리 정도 거리의 산을 가리켰다.
"저기로 가자."
"네!"
이때 백여 명의 마적이 길을 끊으며 해모수를 막자, 전소채가 쾌재를 불렀다.
"흐흐흐흐, 무적의 전갈기(騎)를 초장(初場)부터 희생시킬 필요는 없다. 우선, 해모수가 물도의 은랑(銀狼)들과 싸우다 지치기를 기다리자."


해모수의 무공은 과연 절륜했다. 적들이 이리처럼 물고 늘어졌으나 용광검(劍)이 번득일 때마다 은랑들의 머리가 먼지 속으로 떨어졌고,
잠시 후 삼십여 명이 마하(馬下)에 구르는 사이, 해모수의 신형(身形)이 검광 속으로 사라졌다.
눈과 귀를 흔드는 말발굽 소리와 단말마의 비명들이 뒤섞이는 가운데
막고, 찌르고, 후려치며 회전하는 검(劍)이 유성처럼 적을 베어 넘기

며 길을 열어나갔으나, 중과부적(衆寡不敵)으로 산(山)에 도착할 때까지 호위 셋이 죽고 나머지 둘과 군관(軍官) 배운이 부상을 입었다.
물도가 전소채의 오백 기(騎)와 합류하며 계곡을 물샐 틈 없이 틀어막았다.
"저들의 군사가 오기 전에 잡아야 하지 않겠습니까?"
하는 흑선 물도에게, 전소채가 가늘게 뜬 눈으로 살기를 흘리며 말했다.
"낄낄낄낄낄,
흑선님, 흑룡기(騎)와 은랑이 칠백인데 저 물러터진 삼백 오십을 잡지 못하겠소?
똥줄이 타면 앞이 보이지 않는 법, 정신없이 오는 놈들을 기습해서 싹 다 없애버릴 것이오. 해모수의 목은 우리가 틀어쥐고 있소. 나는 길목에서 지원병(兵)을 기습할 테니, 흑선께서는 해모수를 잡아주시오."
해모수는 계곡에 들어가 싸우며 구원병을 기다렸으나 마여와 장엽은 오지 않았다.
다시 반 시진이 지나자, 먼지가 뿌옇게 일며 한 장수가 일단(一團)의 기병을 거느리고 곤두박질치듯 달려오고 있었는데 장엽이었다.
장엽은,
가한과 배운 일행이 한참이 지나도 돌아오지 않자 찾아 나섰다가, 멀리 치솟은 명적(鳴鏑)을 보고 황급히 옆의 병사에게 지시하였다.
"가한의 위험신호다. 먼저 갈 테니, 높은 곳에서 명적(鳴鏑)을 날려라."
"네!"

병사는 언덕으로, 장엽은 명적이 뜬 곳으로 삼백 오십 기를 끌고 말을 달렸다.
멀리 떨어진 산(山) 위로 도적의 무리가 떼로 공격하는 것이 보였다.
"가한이 암습을 받고 있다!"
장엽이 악을 쓰며 달릴 때
"부웅"
소리와 함께 한 무리의 기병이 좌측 돌산 뒤에서 나타나 장엽을 습격했다.
전소채의 전갈기(騎) 소속, 쌍영자가 이끄는 삼백 기(騎)였다. 예기치 못한 기습에 장엽의 기병이 허리가 끊어지며 대열(隊列)이 무너졌다.
장엽이 고삐를 잡아채는 순간, 우측 언덕에서 또 다른 기병들이 함성을 지르며 비탈길을 무너뜨리듯 내려왔다. 전소채의 근위 기병이었다.
장엽이 눈에 불을 켜며 소리쳤다.
"막아라!"
이에, 신대가 1대를 끌고 막았으나 앞뒤로 적을 맞은 기병들은 정신을 차릴 수 없었다.
온 힘을 다해 싸우던 신대는, 전소채의 사갈검(劍)에 십여 초를 버티지 못하고 죽었고
장엽은 쌍영자의 창술(術)이 비범하여 쉽게 승부를 낼 수 없었다.
쌍영자는,
전소채가 은랑회의 무술수련장을 지나가다 쌍영자의 창법(槍法)이 마음에 들어 물도에게 양해를 구하고 심복으로 삼은 자였다. 잠시

후, 전소채가 달려왔다.
"쌍영자, 놈을 내게 맡기고 너는 저것들이나 싹 다 쓸어 버려라!"
"넵!"
가한이 위급한 상황에서, 신대가 죽자 손발이 어지러워진 장엽은 전소채의 괴이한 검초를 당해내지 못하고 사십여 초 만에 생을 마감했다.
부여국(國)의 기병들은 전의(戰意)를 상실했고, 승기를 잡은 용가(龍加) 기병들은 펄펄 날았다. 쌍영자가 눈에 쌍심지를 켜고 악을 썼다.
"모두 죽여라!"
용가군은 오갈 데 없는 사슴을 사냥하듯 해모수의 기병들을 도륙했다.
"악!"
"큭!"
"악!"
"윽"
"컥"
"…"
"…"
산등성이의 계곡에서 이 광경을 본 해모수가 피를 토하듯 탄식했다.
'아!'
하늘을 찢는 단말마(斷末魔)의 비명들이 해모수를 절망의 나락으로 쑤셔 넣는 가운데, 판세는 되돌릴 수 없는 지옥의 문턱을 넘고 있었다.
더 이상 보고만 있을 수 없는 해모수가 계곡을 뛰쳐나가려는 순간,

용가의 후미가 돌연, 발길에 차인 문짝처럼 자빠지고 넘어지며 뭉그러지는 가운데

뿌연 먼지 속에 집채를 날릴 바람과 빗줄기 같은 검광이 사우(四隅: 서남, 서북, 동남, 동북)를 타격하며 천지사방(天地四方)을 베어 넘기고 있었다.

해모수의 눈이 찢어질 듯 커졌다. 임자 없는 산(山)을 달리듯 무패(無敗)의 전갈 기병을 유린하고 있는 한 사나이가 보였기 때문이었다.

사나이의 좌장(左掌)이 번득일 때마다 말들이 쓰러졌고, 베고 후려치며 선회하는 검(劍)이 번개가 치듯 기병들을 마하(馬下)에 구르게 했다.

낙엽처럼 나동그라지는 기병들의 모습이 저항을 포기한 듯 보여 의아했으나,

해모수는 이내 크게 놀랐다. 사나이의 무예는 용가의 기병뿐 아니라 무술계의 누구도, 어찌 해 볼 수 없는 높은 경지에 이르러 있었던 것이다.

전소채의 눈이, 급류가 토사(土砂)를 삼키듯 움직이는 사나이를 쫓을 때

말 옆구리로 툭 떨어진 그림자가 일렬로 달리고 있는 기병들의 허리를 가르며 허공으로 날아올랐고, 일순 괴조(怪鳥)처럼 곤두박질치며 검과 일체가 된 사나이가 광풍에 몸을 내맡긴 듯 팔방을 후려치자,

모였다 흩어지고 다시 모이는 구름 같은 검광이 반경 7장의 공간을 달리는

기병들의 머리를 쓸고 지나가며 방향 없이 부는 삭풍처럼 사라졌다.

이어 물에 휩쓸린 양떼 같은 전갈진(陣)을 밟으며 길을 여는 또 한 명의 무사가 있었다. 달빛을 품은 하얀 목련(木蓮) 같은 여인이었으나,
그녀는 절정의 쾌검을 선보이고 있었다. 사나이의 무예가 너무도 뛰어나 손색(遜色)이 없지 않았으나, 좀처럼 만나기 어려운 고수(高手)였다.
샛별 같은 눈으로, 아미를 찌푸린 채 서리 같은 검기를 뿌리며 땅에 떨어진 이삭을 줍듯 기병들의 혼을 전광석화(電光石火)처럼 거두어 갔다.
그녀의 검(劍)이 지나간 자리에 일렁이는 아지랑이 같은 차가운 검기(劍氣)가,
「검을 완성한 여인의 뼈를 깎는 수련과 고독했을 세월」을 드러내며 천왕랑(郎) 해모수의 경탄을 절로 이끌어냈다.
"허어!"
주인을 잃은 칼과 창이 날고, 전마(戰馬)들은 비명을 지르며 모로 자빠져 갔다.
잠깐 동안, 전장의 중심과 흐름을 바꾸어버린 두 사람의 무예에 그간 적수를 만나지 못해 오만방자했던 전소채의 가슴이 싸늘하게 식어갔다.
'누굴까?'
사나이는 태산 같이 늠름했고 여(女)무사는 월궁의 항아가 그리 생겼을 듯 아름다웠다.
쌍영자 또한 손발이 굳어왔으나, 전소채와 물도를 믿고 앞으로 나섰다.
"너희들은 누군데, 남의 일에 끼어드는 게냐?"

여인이 앙칼지게 소리쳤다.
"남의 일? 여긴 부여의 땅이다. 너희는 용가의 왈패가 아니더냐. 너희들이야말로 남의 땅에 들어와 무고한 사람들을 죽이고 있지 않느냐?"
말이 끝나기 무섭게 달려든 여인의 검(劍)이 무지개빛 호(弧)를 그리는 찰나, 사나이가 전소채의 눈에 시선을 박으며 연기처럼 움직였다.
희끗 십오 장의 거리를 접은 사나이가 절벽을 차고 나는 표범처럼 도약했다.
봉황이 움직이자 용(龍)이 날고, 바람이 불자 사자(獅子)가 달리는 형국이었다.
전소채는 크게 놀랐다. 사나이는 여인의 승부(勝負)에 관심이 없었다.
사나이의 눈에서 쏟아지는 신광(神光)을 보는 순간 본능적으로 감당할 수 없는 자라는 걸 느낀 전소채가 낙마(落馬: 말에서 떨어짐)하듯 나동그라지며 허리의 비수를 날리고 사갈검(劍)을 난폭하게 휘둘렀으나
어느새 비수를 피하고 날아든 사나이가 산(山)이라도 베어 넘길 검기(劍氣)를 뿌리며 전소채의 검(劍)을 양분했고, 간이 오그라든 전소채가 죽을힘을 다해 바닥을 구르며 뒤도 돌아보지 않고 도망을 쳤다.
비명을 지를 시간도 없을 만큼 빠른 경신술(術)과 눈부신 쾌검(快劍)이었다.
이를 본 물도는, 놀란 토끼 같은 전소채의 퇴각에 강호(江湖)를 뒤흔드는 무서운 인물이 떠오르며 자기도 모르게 신음(呻吟)을 토해냈

다. 아무리 기습을 했다 하나 잠깐 사이 수백 기병의 예기(銳氣)를 꺾고,
무(武)의 일가를 이룬 전소채를 검산도림(劍山刀林) 속에 어린 아이 잡듯 해치울 자(者)는, 당금 무술계(武術界)에 오직 한 사람뿐이었다.
"아.. 창해신검!"
"앗!"
"악!"
"크"
"으!"
"웃!"
"흑림의 등에와 마각을 없애고 천 년(年) 불패의 사룡을 베어버린?"
"아!"
"엇!"
"…"
참수도를 꺾고, 귀검성주 각팔마룡의 유일무이한 강자로 떠오른 창해신검이라니.


은랑회의 이리들이 머리에 폭죽이 터진 듯 놀라는 사이, 여인의 검(劍)이 쨍 하고 하얀 빛을 뿌리자, 쌍영자의 목이 허무하게 바닥을 굴렀다.
전소채의 패배는 산을 뛰어넘고 천 길 절벽을 바람처럼 달리는 고수(高手)를 만나보지 못한 자의 어쩔 수 없는 결과였으며, 그나마

상대를 알아보고 여우처럼 대결을 피했기에 죽을 목숨을 건질 수 있었다.
사나이와 여인은 바로 여홍과 발해어부의 하나 밖에 없는 손녀 두약이었다.
전소채와 쌍영자가 패하자, 겁을 먹은 기병들이 가랑이가 찢어질듯 도망치기 시작했고,
물도 역시 강호의 「신검진천하 神劍震天下 : 신검이 천하를 떨게 하다」라는
말을 생각하며 흑선의 체통을 잊은 채 작은 머리통을 이리저리 굴렸다.
각팔마룡으로부터 벌(罰)을 받지 않으려면 퇴각의 구실이 있어야만 했는데,
마침 초원 끝에서 구름처럼 몰려오는 부여의 군마(軍馬)를 보고 쾌재를 부르며
"가자."
하고 용가(龍加)의 기병들이 도망친 방향으로 허겁지겁 몸을 내뺐다.
은랑회가 썰물이 빠지듯 도망치자 여홍이 말을 달려 해모수를 찾아갔다.


죽음의 문턱까지 갔던 해모수는 혜성과 같이 나타난 창해신검의 신위(神威)를 넋을 잃고 바라보다, 계곡을 나와 여홍의 손을 굳게 잡았다.

"대협, 모든 것이 끝나는 줄로만 알았습니다. 천하의 절대신협(絶代神俠)이 나를 구해주시다니, 아직도 믿어지지 않습니다. 깊이 감사드립니다."
여홍이 예(禮)를 취하며 대답했다.
"별 말씀을 다하십니다. 의롭지 않은 자들을 어찌 방관할 수 있겠습니까.
가한, 여기는 저의 사매 두약입니다. 저는 동예의 악선(樂仙: 음악의 신선) 적보월님을 찾아 아바간성(城)으로 가는 중이었는데 이 땅에 있어서는 안 될 용가(龍加) 사오의 전갈기를 보고 끼어들게 되었습니다."
"아, 그렇군요. 아바간성은 나의 고향입니다. 동예악선은 나도 잘 알고 있습니다. 악선께서는 소도에 머무신 적이 있으나 오래전 선산(仙山)으로 떠났다고 합니다. 지금 가신다 해도 만날 수는 없을 겁니다."
여홍은 적발마군이 어머니를 죽이고 훔쳐간 흑피옥 피리의 내력을 알고자 악선을 찾는 것이었으나, 소도에 없다는 말을 듣고 실망했다.
해모수는 여홍과의 인연에 감탄했다. 아바간성은 사흘 전 다녀온 성이고 해씨족의 고향이다. 해모수는 부하들이 달려오는 것을 보고 말했다.
"대협,
아래로 가십시다. 호위 군사들이 나를 찾으러 왔소. 도성으로 자리를 옮겨 대협(大俠)의 은혜를 조금이라도 갚을 수 있는 기회를 주셨으면 하오."
해모수가 보니,

삼백 오십 중(中) 살아남은 인원은 오십 넷에 불과했고, 읍차 장엽과 신대가 죽고 배운은 부상을 입었다. 해모수는 견딜 수 없이 괴로웠다.
'사랑하는 부하들을 이렇게 잃어버리다니.'
잠시 후,
가한에게 다가서던 마여는 비범한 기도의 여홍을 보고 놀라움을 금치 못했다.
평생, 전장을 누비며 수많은 고수들을 만났으나 이 같은 사나이를 본 적은 단 한 번도 없었다.
마여는 그에게서, 광야(廣野)를 바라보고 서있는 사자(獅子)의 여유로움과
만부부당(萬夫不當: 만 명의 남자가 당해내지 못함)의 패도적인 기운을 느끼며
여기저기 널브러진 전갈 기병들의 시체 백여 구와 쌍영자의 목 그리고
예리하게 절단된 전소채의 사갈검(劍)을 떠올렸다. 전소채를 만나본 바는 없으나 그의 무예는 익히 들어 잘 알고 있었다. 자기조차 승부를 장담할 수 없는 맹장(猛將)의 검이 주인의 참패를 보여주고 있었다.
"가한, 제가 판단을 잘못해 이리 낭패를 당하셨습니다."
"아니오,
내 잘못이오. 전사한 병사들이 너무나 안타깝소. 도성에 돌아가 이들에게 제를 올리고 그 가족들을 살펴봐야겠소. 그리고 사자.. 이분은 궤멸 직전의 나를 구해주신 창해신검 여대협과 두약 낭자이시오."

순간,

마여는 경악하며 사나이를 돌아보았다. 홀로 의로운 길을 걸으며 중원제일의 고수 참수도를 꺾고 만독거미를 제거한 후, 흑림의 황사산과 파곡산을 평지로 만든 신협(神俠)을 뜻하지 않은 곳에서 만난 것이다.

그를 만나본 협객들은, 산을 무너뜨리고 강을 뒤엎는 그의 놀라운 무예와

자기의 공(功)을 내세우지 않는 겸허한 인품을 입을 모아 칭송했으며,

또한 누구보다 선(善)한 마음을 지녔으나 만악(萬惡)을 두려워하지 않는 불패의 역사라고 추앙했다. 평소, 오늘의 난세를 구할 영웅으로

가한과 신검(神劍)을 꼽아왔던 마여는 믿을 수 없는 현실에 숨이 막혔다.

"오, 이럴 수가!

대협의 의기와 협행은 천하가 알고 있는 터, 나 역시 꼭 한 번 만나고 싶었소이다. 직접 뵈니 소문이 오히려 크게 부족했다는 걸 알겠소.

고맙소이다. 대협이 아니었다면 이 늙은 몸, 가한을 모시지 못한 한(恨)을 품고 자진(自盡: 자살)했을 것입니다."

백발의 마여가 허리를 숙이자, 여홍이 급히 포권의 예(禮)를 취하였다.

"아닙니다. 가한과 사자께서 의당 물리치셨을 일에, 우연히 끼어들었을 뿐입니다."

두 사람은 여홍의 언행이 듣던 바와 다르지 않음에 탄복하며 군영

으로 돌아왔다. 해모수는 여홍과 몇 날 며칠 천하사(天下事)를 이야기하고 싶었다.
"대협, 이제 녹산으로 가십시다."
"가한,
죄송합니다만, 먼저 해결해야만 할 일이 있습니다. 후일 다시 찾아 뵙겠습니다."
해모수는 영웅과의 이별을 못내 아쉬워하며 여홍의 손을 잡고 차마 놓지 못했다.
"할 수 없군요. 대협, 아바간의 성주(城主) 해장운과 다치 대협께 편지를 써 드릴 테니 그분들께 동예 악선(樂仙)의 행적을 물어보십시오."
"감사합니다, 가한"

## 여홍, 아바간성 소도를 구하다


여홍과 두약은 며칠 뒤 아바간성에 도착했다. 이틀 거리의 길을, 초원(草原)을 구경하고 싶어 하는 두약과 유람하듯 오다보니 닷새나 걸렸다.
집에서만 지내던 두약은 강호(江湖)에 나오자 어딜 가든 좋아했고 무엇을 보든 신기해했다.
두약은, 짐을 실은 말이나 낙타를 끌고 가는 유목민을 만나면 호기심 가득한 눈으로 행선지가 어디냐, 그곳의 기후는 어떠냐, 가족은 몇이냐 등을 물었고 그때마다 사람들은 웃으며 친절하게 대답해주었다.
아바간성은 부여 서북쪽의 교역과 물산의 중심지로, 각지의 부족들이 모였다.
대체로 인근 초원의 유목민들이 많았는데, 고비사막에서 온 사람들들과
멀리 헝가이 고원(高原) 북쪽의 정령국(國), 혼유국(國), 굴석국, 격곤국, 신려국(國) 그리고 더 북쪽 추운 지방에서 온 사람들도 보였

다.

두약은 다양한 부족이 오가는 성(城)은 처음이라 모든 것이 신기하기만 했다. 해가 어느 덧 서산으로 기울자, 두약이 여홍에게 말했다.

"우리 해장운 성주님께 가요. 가한의 편지를 보여주면 편히 지낼 수 있잖아요."

여홍이 고개를 저었다.

"객잔에서 지내는 건 어떻소? 남에게 폐를 끼치는 게 편치 않아서 말이오."

두약이 방긋 웃으며 말했다.

"오라버니 뜻을 따르겠어요. 난, 오라버니가 가는 곳이면 어디든 다 좋아요."

"내일 성(城)을 돌아 본 후, 소도에 가 적보월님의 행적을 알아봅시다."

여홍은 산을 등지고 소도가 멀지 않은 곳에 자리한 객잔(客棧)에 들었다.

멀리 소도의 종소리가 들려왔다. 저녁을 먹으며 객잔 주인에게 이 지역의 풍광(風光)을 묻자, 주인은 입에 침을 튀기며 아바간성을 자랑했다.

"아바간성은 배달국(國) 당시 아사달성 다음으로 큰 성이었습니다. 영웅 해사자님의 유적지와 초원의 산(山)과 강(江)이 모두 아름답지요.

밤에 「사자(獅子) 언덕」을 오르면 북두칠성(北斗七星)이 머리 위에 떠있고, 수많은 별과 은하수(銀河水)를 깊은 곳까지 들여다 볼 수 있습니다.

그 옛날 하찮은 동물들까지 해사자님을 따라 아바간성(城)에 몰려들었다고 하니 해사자님의 도력(道力)이 얼마나 깊고 대단하셨겠습니까."
두 사람은 다음날 일찍 객잔을 나섰다.
잘 조성된 해사자님의 묘역과 해씨의 고인돌이 집단으로 있는 곳을 돌아보았다.
'조선의 제일 북쪽이고 인접한 나라가 없어, 전쟁을 거의 겪지 않은데다
해씨 족장이 성(城)을 잘 다스리고 있어 다른 지역에 비해 백성들이 편안하고 행복해 보이는구나.'
해사자의 고인돌을 살펴보던 여홍이 느껴지는 바가 있어 검(劍)을 대니 척- 하고 달라붙었다. 돌은 하늘에서 떨어진 운석(隕石)이었다.
이어 손바닥을 대어보다 짜르르한 기운이 느껴지자 얼른 손을 떼었다.
고인돌을 감상하던 여홍이 피리를 꺼내 두약에게 주며 한 곡 불어 달라고 했다.
두약의 피리를 불자 여홍이 호기(豪氣)로운 노래를 부르기 시작했다.


「 고인돌은 악(惡)을 밀쳐내는
　정마석(征魔石)
　영웅을 그리워하니
　땅이 붙들고 놓지를 않네

우두커니
저 하늘의 운석을 더듬으며
세월과 풍상이 새기고 간
기억을 찾다
해사자님과 말 달리던
용사들
어디 가셨나 물으니
바람 되어
고인돌 위를 날고 있다 하네

아, 용사들이여
굽어 살피소서

광야를 향해 가슴을 펴
만 년의 영기
삼키고
사자후로 토해내며
일검으로
마도(魔道)의 무리를 없애리 」


어느 덧, 초원에는 석양이 짙게 내려앉았다. 이야기를 나누며 걷던 여홍이 문득 손을 들며 조용히 멈추어 섰다.
"오라버니?"

여홍의 눈이 번득였다.

"사매, 무기(武器) 부딪치는 소리요. 성(城)에 일이 생긴 것 같소이다."

성(城)까지는 오십 리, 아무 소리도 들리지 않는 두약은 크게 놀랐다.

"그럼, 우리 빨리 가요.'

두약과 나란히 십오 리(里)를 달려가던 여홍이 심각한 표정으로 말했다.

"사매, 상황이 매우 급박하오. 내 먼저 갈 테니 천천히 따라오시오."

두약은 일순(一瞬), 십오 장 밖을 달리며 일진광풍(一陣狂風)처럼 사라지는 여홍을 보고 놀라며 집을 떠나오기 전의 일이 떠올랐다.

"으하하하.

아가, 홍아의 무예(武藝)는 이미 할아비를 넘어섰느니라. 내가 없어도 너를 지켜줄 홍아가 있다는 게, 더 없이 든든하고 기쁘다."

할아버지의 느닷없는 말씀에 가슴이 무너지며 하염없이 눈물을 쏟아냈던 두약이었다.

"어머"

하는 사이, 폭우(暴雨)를 쫓는 번개와도 같이 두약의 시야에서 사라졌다.

격투 소리는 신전소도에서 나고 있었다. 여홍이 어느새 소도의 담을 차고 혈투(血鬪)가 벌어지고 있는 마당을 향해 표범처럼 날아올랐다.

괴한들이 불을 지르고 칼을 휘두르며 날뛰는 가운데, 중년의 검객(劍客)과 원숭이처럼 생긴 괴한이 영역을 다투는 야수(野獸)처럼 격돌하고

그 옆으로 선객 넷이 피가 낭자한 괴한들을 밟고 서서 백이십여 명의 이리진(陣)에 포위된 채 생사(生死)의 결전(決戰)을 이어가고 있었다.

동에 번쩍 서에 번쩍 하는 원숭이의 몸놀림이 결코 마각의 아래가 아니었으나,

검객은 협곡을 흐르는 물과 같은 역동적인 보법(步法)으로 불길이 갈라지듯 치고, 베고, 막고 역습하며 빈틈없는 공수(攻守)를 이어갔다.

한편, 위아래로 찌르고, 빙글 돌며 협공하다, 좌우로 틀며 홱 덤비는 살수들 속에 물도(勿道)가 길길이 뛰며 굶주린 이리 떼를 이끌고 있었다.

좌를 막으면 뒤를 치고, 뒤를 보면 앞에서 공격하며, 횡으로 뛰고 종으로 구르는 놈들이 메뚜기 떼가 논밭을 습격하듯 무사들을 괴롭혔다.

이리들의 잡다한 동작과 울음으로 정신을 교란하면서, 끝도 한도 없는 지구전으로 체력을 갉아먹고 빼앗으며 괴롭히, 상대가 빈틈을 보였을 때 한꺼번에 달려들어 숨통을 끊어버리는 비열한 진(陣)이었다.

선객들 모두 가볍지 않은 부상을 입은 것으로 보였다. 그때 깊은 성량의

"우-"

"워-"
소리가 들려왔다. 마당 끝 담장 밑에서, 금빛 옷의 두 사람이 입을 좌우로 움직이며 진(陣)을 지휘하는 소리였다.
이제 승기를 잡았다고 판단한 듯 그들이 누런 이를 드러내며 낄낄거리는 순간
희미한 그림자가 실 끊어진 연처럼 괴한들을 덮쳐갔고, 괴한들이 소리 없는 흑영(黑影)에 반응하려 할 때, 저음의 사자후와 함께 하늘을 찢는 파공음이 백광(白光)을 번득이며 괴한들의 목을 치고 지나갔다.
괴한들의 목이 쌍(雙)으로 구르는 사이, 중년의 검객과 원숭이를 닮은 자 외에는 일시에 내공(內功)이 흩어지며 손아귀를 빠져나갈 듯 뒤틀리는 병장기를 놓치지 않기 위해 격투(格鬪)를 멈추지 않을 수 없었다.
'무서운 고수!'
이리 울음으로 진(陣)을 조종하던 두 사람은 은랑회 좌우 호법이었다.
그들 역시 반사적으로 살기(殺氣)를 감지하였으나, 가공할 음파(音波)에 내공을 모을 수 없어, 망연한 표정으로 눈을 뜬 채 당하고 만 것이다.
호법들의 어이없는 죽음에 원숭이가 흠칫하는 찰나, 물도는 아연실색했다.
"창해신검!"
장내(場內)의 백 수십여 은랑(銀狼)들이 소스라치게 놀라며 몸을 떨었다.
"...."

"…."

오늘 은랑회는, 신전소도의 돌무덤 방 항아리에 봉인되어 있는 가달 마황의 머리를 모셔오라는 최후의 특명(特命)을 받고 쳐들어 왔다. 당초 물도를 보내 해모수를 잡고 마황의 두개골과 바꾸려다 실패하자 은랑회주 백원랑(白猿狼)이 직접 고수들을 끌고 공격해 온 것이다.

중년 검객과 싸우고 있는 자가 바로 백원랑이었다. 그는 창해신검을 알고 있었다.

'창해신검은 해모수와 녹산성(城)으로 갔다고 들었는데 갑자기 여긴 왜?'

여홍이 돌아서며, 자기를 향해 허겁지겁 다가서는 괴한에게 말을 건넸다.

"넌 누구냐!"

여홍의 일갈이 얼어붙은 강을 쪼개듯 야공(夜空)을 흔들자, 백원랑은 상대에게 집중하기 어려웠고 이리들은 또 한 차례 가슴이 두근거렸다.

괴한은 두려움을 누르며 대답했다.

"흑선 구호다. 삼십 년 간, 우리를 막은 흡혈마선을 베고 마황님의 법체를 모시러 왔느니라."

흑림(黑林)의 마인들과 싸운 경험으로 흑선(黑仙)이라는 말을 듣는 순간,

이들이 가달성(城)의 조선 내(內) 일선(一線) 조직이라고 확신한 여홍이, 벼락 치듯 십일 장의 거리를 접으며 일검수혼(一劍收魂)을 펼쳤다.

구호는 경계하고 있었으나 포착하기 어려운 상대의 경신술에 넋을

잃다 여홍의 신형(身形)이 눈에 잡히는 순간, 이마에 떨어지는 하얀 칼날을 보며 의식이 끊어졌고, 여홍은 진(陣)을 향해 다시 몸을 날렸다.
이에, 이리진이 갈라지며 여홍을 포위하려 했으나 좌측으로 몸을 튼 여홍이 베고, 긋고, 후려치고 전진하며 열두 번의 파공음을 일으켰다.
모든 공력(功力)을 실은 듯 고막을 뚫는 검음(劍吟)이 심장을 흔들며,
화광을 가르는 열두 가닥의 검기가 붉은 용(龍)이 강을 건너듯 진(陣)을 쓸어갔다.
이십여 명의 은랑(銀狼)이 여홍의 검(劍)에 속수무책으로 쓰러졌으나 스승의 일검수혼(一劍收魂)도, 백두선문의 칠성검(七星劍)도 아니었다.
여홍이 스스로 창안하고 이름 붙인 추혼십이검(追魂十二劍)을 펼친 것이다.
십이검이라 명명했으나 십이 검(劍) 안에 베어버린다는 의미를 담았을 뿐,
한 줌의 내공이라도 남아 있는 한, 근접하는 모든 기운을 타고 움직이며 다수의 적(敵)을 일시에 무너뜨리는 미증유(未曾有)의 쾌검(快劍)이었다.
삽시간에 이십사 명을 베고 동북서남으로 이리 떼를 몰아가는 순간, 느닷없이 날아든 두약이 오른편 은랑들을 향해 오지(五指)를 활짝 펴자
여홍만을 바라보던 자들이 영문도 모르고 픽픽 쓰러지며 바닥을 굴렀다.

두약이 암기를 날린 것이다. 암기는 곧게 펴진 새끼손가락만한 낚시바늘이었다.
할아버지 발해어부는 두약이 여홍을 따라 강호출도를 애원하자, 고민 끝에 갖고 있던 낚시 바늘을 모두 펴서 암기를 만들어 주었다.
불시에 공격을 받은 이리들이 비명을 지르며 사방으로 나동그라졌다.
"악"
"컥"
"크"
"윽"
이때 이리들을 베어 넘기던 여홍이 좌수(左手)를 뿌리자 회오리 같은 섬광(閃光)이 파공음을 일으키며, 일순(一瞬) 어찌 해야 할 지 몰라 주춤거리는 물도의 목을, 강물을 차고 나는 새처럼 치고 지나갔다.
부하들의 뒤로만 움직이는 물도를, 추혼십이검(追魂十二劍)으로 이목을 끌고 선풍비(旋風匕)의 술법으로 금비수를 던져 해치운 것이다.
잠깐 사이 은랑회의 좌우 호법과 구호, 물도를 잡고 육십여 명의 이리들을 유린한 여홍이 멈추어 서자 격동하던 장내의 기운이 가라앉았다.
설명은 길었으나, 천마(天馬)가 구름을 차고 달리듯 빠른 몸놀림이었다.
"이제야 공정한 싸움이 되겠군. 저는 더 이상 관여하지 않겠습니다."
여홍이 중년 검객(劍客)을 향해 포권을 취한 후 세 걸음 뒤로 비켜

섰다.
담장을 차고 날아오르는 순간, 검객의 범상치 않는 무예와 태산교악의 기도를 느낀 여홍이 적당한 선에서 예(禮)를 지키며 물러난 것이다.
중년 검객은 스승 언륵의 명(命)으로 가달마황의 두개골을 지키고 있는
「흡혈마선(吸血魔仙)」 다치였고 선객들은 바로 청하사패 타우, 마이, 토와, 아샤였다.


백원랑은 자신이 은영추혼의 마선을 상대하는 사이, 좌우 호법이 구호, 물도와 사랑(四狼)을 이끌고 청하사패를 없앤 후 가달마황의 법신(法身)을 회수해 가달성(城)의 일대(一大) 숙원을 완수하려 했으나,
느닷없이 끼어든 창해신검의 손에 이리진이 궤멸하고 은랑회의 고수 네 명이 허수아비처럼 쓰러지자 경악과 함께 분노를 금치 못했다.
청하사패가 위기를 모면하자 흡혈마선 다치 또한 가슴을 쓸어내리며,
바위를 흔들고 나무를 꺾는 사자후와 유령(幽靈) 같은 경신술 그리고
추혼십이검이 드러낸 심검(心劍)의 경지를 보고 끓어오르는 감동을 누르기 힘들었다.
세상을 구할 영웅 중(中) 한 사람은 「심검(心劍)을 이룬 자」일 것이

라고 하셨던 스승의 마지막 말씀이 떠오른 것이다. 심검은 검과 일체가 된 경지로,
아바간성에 은거한 이후 불패의 역사를 써온 마선도 그 경계를 어렴풋이 느꼈을 뿐 들어서지 못한 단계였으나,
만유(萬有)의 기(氣)를 타고 움직이는 무쌍의 검술을 한 눈에 알아본 것이다.
자존망대하지 않았으나, 스스로 이룬 경지를 애써 폄하하지도 않아 온 다치는
신협(神俠)으로 알려진 창해신검의 무예에 놀라움을 금할 수 없었으며,
자신과 백원랑을 더 이상 간섭하지 않는 공평무사한 성품에 고개를 끄덕였다.
어느새 용호상박(龍虎相搏)의 국면을 꿰뚫어 보고 절정(絶頂)의 무예를 지닌 마선(魔仙)의 일에 지각없이 나서지 않겠다는 뜻이었으리라.


백원랑(狼) 또한 창해신검의 등장으로 난감했으나, 협공하지 않겠다는 창해신검의 말에 안도하며, 이장 반 길이의 금편(金鞭)을 꺼내들었다.
이어 물러설 듯 전진하며 채찍을 휘두르자 혀를 날름거리는 금빛 뱀이 두 개의 반원(半圓)을 그리며 마선의 이마 앞을 바람처럼 선회했다.
진퇴를 거듭하며 허리를 트는 모습이 뱀과 흡사했으나 사이사이 구

궁(九宮: 팔괘의 여덟 방위와 중앙)을 스치는 보법이 심히, 괴이하여 내공(內功)이 약한 자(者)는 정신을 잃고 비틀거릴 만큼 어지러웠다. 여홍이
'이자는 누군가? 각팔마룡 밑에는 얼마나 많은 고수들이 있을까?'
를 생각할 때, 수십 개의 편영(鞭影)이 육박해 들어가자 마선이 거미줄 같은 채찍의 그림자를 파고들며 검광(劍光) 속에 몸을 감추었다.
채찍의 재질이 무엇인지 검과 부딪칠 때마다 듣기 거북한 소리가 났다.
"끽끽끽끽끽"
공격과 방어가 일진일퇴, 일각을 이어갔으나 누구도 우세를 점하지 못하는 가운데
백원랑이 날면 마선이 쇄도했고, 마선이 도약하면 화광(火光)을 가르며 훅훅 도는 금편(金鞭)이 금방이라도 흡혈마선을 감아 던질 듯 날았으나,
지형에 따라 변화하는 물처럼, 채찍의 기운에 따라 걸음을 달리하며 운신하는 마선의 신법이 놀라웠다.
전설의 언왕요보(偃王搖步: 서언왕의 신묘한 보법)를 펼치고 있는 것이다.
여홍은, 연기처럼 흔들리다 전광석화(電光石火)처럼 치고 빠지는 보법에
「부질이속(不疾而速: 빠르지 않은 듯 빠르고), 불행이지(不行而至: 움직이지 않은 듯 다다름)」의 이치가 자신의 신보(神步)와 다르지 않음을 느끼며
「천하동귀(天下同歸)」의 가르침을 주신 스승님의 자애로운 얼굴이

떠올랐다.

일각 반이 더 흐르자, 비등하던 두 사람의 간극이 서서히 드러나기 시작했다.

마황의 채찍술로 가달성의 고수들 외에 적수를 만나지 못한 백원랑은 마선을 잡아 마황의 제물로 바치려 했으나 마선의 빠른 발과 귀신처럼 표홀하고 강한 검술(劍術)에 조금씩 자신감을 잃어가고 있었다.

'신검(神劍)의 명성으로 보아 협공하지 않을 것은 분명하나, 마선에게 이토록 힘을 소모하면 다음에 이어질 신검과의 결투는 불을 보듯 뻔하다.

백두선문의 팔대금선 중 제2 금선(金仙)도 해치웠거늘, 나이도 얼마 안 먹은 자의 무예가 그 늙은 것의 수준을 능가하다니 진정 놀랍구나.'

하며 탄식했으나

발군의 무재(武才)를 지닌 마선이 존경하는 스승의 명을 받들기 위해,

피를 토(吐)하는 마음으로 그 오랜 기간 자나 깨나 앉으나 서나, 칠십(七十)년 세월만큼의 「살을 저미고 뼈를 깎는 노력(努力)과 힘」을 쏟아 부었기에 다다른 경지임을 어찌 상상이나 할 수 있었겠는가.

다소 굳은 표정의 백원랑이 마음을 고쳐먹은 듯 「긴팔원숭이」처럼 펄쩍펄쩍 뛰며 채찍을 휘두르자, 지금까지와는 전혀 다른 공세가 펼쳐졌다.

비장의 귀왕편편(鬼王翩翩: 귀왕이 가볍게 훨훨 남)을 전개한 것이다.

담장을 무너뜨릴 채찍이 이무기가 날 듯 꿈틀거리며 마선을 몰아갔

다.
귀왕의 채찍이 하늘을 긁으며 땅을 때리는 소리가 고막을 치고 눈을 자극하였으나,
우산으로 비를 막듯, 귀의 혈(穴)을 닫고 눈을 반개(半開)한 마선이 야수처럼 육박하며 대각을 후려치자, 눈보라 치는 검음(劍音)이 만년(萬年) 빙굴의 얼음 같은 한기(寒氣)를 백원랑의 얼굴을 향해 뿌렸고
으스스한 기운에 흠칫하는 백원랑의 턱을, 훅훅 들이닥친 언왕삼각(偃王三脚)의 마지막 발이 연자방아와도 같이 무자비하게 돌려 찼다.
그 옛날 회하, 한수 부근의 36개국을 제압하고 주(周) 목왕과 초나라까지 굴복하게 만든, 서언왕의 한마일검(寒魔一劍)으로 역습하며 용(龍)의 턱을 차는 대정각(大正脚)으로 백원랑의 목숨을 마무리한 것이다.

정적(靜寂)이 먼지처럼 가라앉는 가운데, 은랑회의 사랑(四狼)이 황급히 몸을 빼자 이리진의 잔여 은랑들이 가랑이가 찢어지도록 도망을 쳤다.
마선(魔仙)과 소도의 무욕 그리고 청하사패가 여홍과 두약에게 포권의 예를 취하였다.
"마선 다치라 하오. 일대(一代) 신협(神俠)의 왕림으로 수천 년 대업(大業)을 지키고 위기에서 벗어날 수 있었소이다. 깊이 감사드립니다."

"과찬의 말씀이십니다. 대영웅의 일에 작은 힘을 보탰을 뿐입니다. 동예의 여홍입니다."

다치는 사십대 초반으로 일대 영웅의 기개와 풍모를 지니고 있었다.

"저는 두약이라 합니다."

"소도의 무욕입니다. 평생을 두고 오늘의 일을 잊지 않겠습니다."

"대협, 도와 주셔서 감사합니다. 타우, 마이, 토와, 아샤 라고 합니다."

다치는, 조금 전 여홍의 인격이 그의 무예만큼이나 높은 것을 느끼며 하늘이 아직, 조선(朝鮮)을 버리지 않았다는 생각으로 말을 이었다.

"반갑소이다. 내게 스승의 명이 없었다면, 팔황이 추앙하는 신협(神俠)을 만나기 위해 아바간성(城)을 떠나 천하를 돌아다니고 있었을 것입니다."

다치의 격의(隔意)없는 말에 놀란 여홍이 두 손을 모으며 포권을 취했다.

"삼십 년을 외로이, 악마의 부활을 막아 오신 대협의 의기(義氣)에 비하면, 저의 행보는 반딧불을 들고 밤을 밝히려 한 정도에 불과할 것입니다.

대협, 부디 후학(後學)을 이끄시어 장부가 가야할 길을 하나하나 짚어주시기 바랍니다. 하교(下敎: 가르침을 내림)의 말씀대로 배우고 따르겠습니다."

한 마디 한 마디가 만근의 무게를 지닌 군자의 언행이 아닐 수 없었다.

무욕과 사패는 감복했고, 마선은 소문과 다르지 않은 여홍의 인품에 스승이 언급하신 두 영웅이 모두 현신(現身)했다는 사실을 실감했다.
자기의 공(功)을 내세우지 않으며, 개세(蓋世)의 무예를 지녔으나 이와 같이 겸손한 사람을 다치와 사패, 무욕은 아직 만나보지 못했다.
이때, 사패(四覇)의 홍일점(紅一點) 아샤가 살짝 두약에게 말을 건넸다.
"소저는 아리따운 여인으로 어쩜 그리 담대한 활약을 할 수 있나요?"
두약이 곱게 웃으며
"의(義)의 실천은 남녀가 따로 없으며, 누구에게도 양보해서는 안 된다고 배웠습니다."
라고 응대하자, 모두 부창부수(夫唱婦隨)라며 호탕(豪宕)하게 웃었다.
"하하하하하"
"호호호호호"
이어, 무욕이
"자, 안으로 들어가시지요."
하며 선동(仙童)을 불렀다.
"아가, 충허당으로 모셔라. 마당을 정리하고 곧 들어가겠습니다."
모두
선동을 따라 충허당(堂)으로 갔다. 충허당은 아직 은랑회의 발길이 닿지 않아 온전했다. 이윽고 탁자에 둘러앉자 선동이 차(茶)를 내왔다.
여홍이 차를 마시려다 청하사패의 안색을 보고 단약을 한 알씩 나누어주었다.

"사부님의 선단입니다. 상처에 좋을 뿐 아니라 내공을 증진시켜 줄 것입니다."

신협(神俠)의 사부라면, 사십여 년 전(前) 천하제일의 고수(高手) 발해어부가 아니신가?

사패는 기쁘기 한량없었으나 다치의 얼굴을 보았다. 다치가 미소를 짓자,

기다렸다는 듯 예(禮)를 표한 후 재빨리 입에 넣고 토납(吐納)에 들어갔다.

사실, 사패(四覇)는 임독양맥의 마지막 관문(關門)을 돌파하지 못하고 있어 스스로 부족한 자질(資質)과 무능함을 한탄하고 있던 터였다.

잠시 후, 그들은 선단의 향기를 따라 무념무상의 심경(心境)으로 한 발 한 발 천천히 빠져 들어갔다. 한 시진이 지나 좌공을 마친 사패(四覇)가 눈을 뜨자 추수(秋水)와 같은 안광(眼光)이 일렁이다 안개처럼 사라졌다.

차(茶)를 마시며 그들을 지켜보던 마선(魔仙) 다치가 여홍을 돌아보며 말했다.

"십년의 내공을 주시다니, 진정 고맙소이다. 이제, 저들은 스스로 임독이맥을 뚫을 것입니다.

사패는 더욱 정진하여, 선(善)을 진작하고 악(惡)을 제거하는 일에 힘을 다하라. 그것만이 신협(神俠)의 은혜에 보답하는 길임을 잊지 말라."

"알겠습니다. 대협(大俠), 감사합니다. 저희에게 내려진 천명(天命)을 잊지 않겠습니다."

여홍이 기뻐하며

"저야말로 신국(神國)을 지키는 일에 일조한 듯, 더 없이 행복합니다."
라고 말하다, 해모수 가한의 서한(書翰: 편지)을 마선에게 드렸다.
"아!
가한께서도.. 대협이 아바간성에 오지 않았다면 정말 큰일 날 뻔했소이다."
하며 다치가 말을 이었다.
"나의 스승이시며 다물군의 원수(元帥)이신 언륵님이 알려 주신 것이 있소.
후일 조선이 망하고 마황을 받드는 마교와 선교의 정마전쟁(正魔戰爭)이 일어날 것이나, 구이원 연방(聯邦)은 그들을 이길 수 없다 하셨소.
이는, 수십 년 전부터 세력을 키워온 마(魔)의 간자(間者: 간첩)들이 조정과 선교에 침투해 더 없이 사악하고 주도면밀한 방법으로 악을 전파하며 신국(神國)의 정신을 타락시켜왔기 때문이라고 말씀하셨소이다."
여홍은 그간 직접 보고 몸으로 겪은 일이라 마선의 말에 고개를 끄덕였다.
"대협의 말씀이 옳습니다. 제가 흑림에 가보니, 그들은 이미 무수히 많은 마귀와 요괴, 야인들을 복속(服屬)시키고 흑림(黑林)을 통일하여 그 세력과 규모가 얼마나 큰 지 짐작조차 하기 어려웠습니다만, 흑림(黑林)이 구이원 정복의 야심을 품고 있었다는 사실을 몰랐습니다."
다치가 말을 이었다.
"스승께선 내게, 후일 세상을 구할 두 명의 영웅이 현신(現身)할 것

이니

소도를 지키다 영웅들이 나타나면 그분들을 도와 흑림을 치라고 하셨소이다. 그때부터 나는 이십칠 년을 하루같이 영웅들을 기다려왔으나, 부지하세월(不知何歲月: 언제가 될지 그 기한을 알 수 없음)이었소."

"……."

스승을 받들어, 신국(神國)을 지키기 위해 일생을 희생한 마선의 사연에

영웅의 고독했을 세월을 안타까워하며 함께 하지 못한 미안함으로 여홍이 입술을 깨물 때, 문득 마선이 뜻밖의 말을 하며 웃음을 터트렸다.

"그러나 오늘, 마선이 두 영웅을 모두 만났소이다. 으하하하하하하하하…"

이십칠 년의 울혈(鬱血)을 뚫는 마선의 파안대소(破顔大笑)가, 바위가 구르듯 신전소도(神殿蘇塗)를 들썩이며 밤하늘을 뒤흔들었다.

"……."

"……."

여홍은, 마선의 알 수 없는 말에 눈만 깜빡이며 다음 말을 기다렸다.

"그분들은 바로 부여의 해모수 가한님과 여홍 대협(大俠)이시오."
마선의 말에 여홍은 당황했고, 두약은 손으로 입을 가리며 깜짝 놀랐다.

"……!"

"삼십여 일 전, 「범의 숲」에 서광(瑞光)이 내린 다음 날 해모수님을 뵙고 세상을 구할 영웅 중 한 분이라는 걸, 본능적으로 알아봤소이

다.

그리고 나의 스승님은 두 분 가운데 심검(心劍)을 터득한 무학(武學)의 기재(奇才)가 있다 하셨는데, 나는 이 나이 먹도록 대협 외에 심검에 도달한 사람을 본 적이 없으며, 삼십 년 가까이 기다려온 내가 아바간성(城)에서 해모수 가한님을 돕고, 대협이 가한과 나를 구한 일,

그리고 서찰을 통해 「솥(-鼎)의 세 발처럼 세 사람이 만나고 있는 이 형국」이 한울님의 안배(安排)가 아니면 달리 또 무엇이겠소이까?"

말을 끝낸 마선이 돌연 자리에서 일어나 여홍에게 머리를 깊이 숙였다.

"신협(神俠)! 부디 무림을 이끌고 가달의 무리를 없애주시기 바랍니다."

피할 틈도 없이 예(禮)를 받은 여홍이 황급히 일어나며 포권을 취하였다.

"말씀을 거두어주십시오. 무림을 이끌다니요, 신협(神俠)이라니요, 가당치 않습니다.

외람되오나 소생(小生) 한 가지 청(請)이 있습니다. 이를 들어 주시면,

대협의 뒤를 따르며 가달의 무리를 없애는 일에 분골쇄신 하겠습니다!"

의기남아 여홍이 느닷없이 조건을 내걸자 마선은 의아했으나 주저하지 않고 대답했다.

"가달의 무리를 무찔러야 하기에, 내 목을 달라는 것만 아니면 그 어떤 것도 수락하겠소이다. 자, 이제 그 청(請)이 무엇인지 말해보시

오."

과연 스승의 명(命)에 따라 소도를 지키며 평생을 보낸 흡혈마선다
운 자세였다.

마선이 자기의 청(請)을 들어준다고 대답하자, 여홍은 소년처럼 기
뻐했다.

"대협(大俠), 저를 신협(神俠) 대신「아우」로 불러주시면 안 되겠습
니까?

일생을 대의(大義: 마땅히 지켜야할 큰 도리)에서 한 걸음도 벗어나지
않으신

「의(義)의 화신(化身)」흡혈마선님의 아우가 될 수 있다면 지옥(地
獄)에서 온 야차(夜叉)라 할지라도 소생(小生), 기어이 그 목을 치겠
습니다."

여홍에게 머리를 숙였던 마선은, 신검이 부탁할 정도의 일이라면 굉
장히 어려운 일일 것으로 짐작하였기에 각오를 단단히 하고 있었으
나,

아우로 받아달라는 의외의 청(請)을 듣고 미소를 지으며 여홍을 일
으켰다.

"나로서는 어진 아우를 얻게 되어 더 없이 기쁜 일이나, 우형(愚兄:
어리석은 형)이 일세(一世)의 신협(神俠)을 아우로 둘만한 자격(資格)
이 있을지...."

마선의 허락이 떨어지자, 여홍이 자리에 무릎을 꿇으며 예(禮)를 올
렸다.

"대형(大兄)의 뒤를 따르겠습니다."

마선이
맞절을 하며 형제의 의(義)가 맺어지자, 청하사패(淸河四覇)와 두약

은
향후, 강호에 일대(一大) 풍운(風雲)을 일으킬 용(龍)과 호랑이의 만남을 경축했다.

## 적보월의 복마곡(伏魔曲)

여홍은 아바간성의 소도에 머물며 무욕선사로부터 적보월(笛步月)의 이야기를 들었다.

"적보월님이 이곳에 오신 건 삼십 년도 더 된 일입니다. 당시, 내가 시중을 들었는데 3개월 정도 머무셨습니다. 매우 재미있는 분이셨습니다.

거의 매일 밖에 나가 술에 취해 돌아오셨고 간혹 뭔가에 몰입하실 때에는 방해가 될까 매우 조심스러웠습니다. 그렇게 지내시던 어느 날

피리로 불러낸 난조(鸞鳥: 봉황의 한 종류)를 타고 홀연 선산(仙山)으로 떠나셨습니다."

여홍이 반색하며 물었다.

"피리에 대해 특별한 말씀은 없었나요?"

"황궁에 계시던 시절의 말씀은 없으셨습니다. 난새를 부르신 날 새벽,

마당에 떨어지는 꽃잎을 보다 문득 피리를 부시는 걸 보았습니다."

피리를 불었다는 말에 여홍이 급히 물었다.
"혹, 곡을 기억하십니까?"
무욕이 멋쩍은 듯 웃었다.
"제가 피리에 문외한이라 곡이 매우 좋았다는 것 외에는 기억이 나지 않습니다."
"적보월님이 가신 선산(仙山)은 어떤 곳입니까?"
"전설에, 선도 수련자들이 신선이 된다는 곳으로 신산(神山)으로도 불립니다."
이곳에서 어머니에 관한 이야기나 적보월이 물려주신 피리에 대해 알 수 있지 않을까 기대했던 여홍은 적잖게 실망했다. 두약이 위로했다.
"오라버니, 실망하지 마셔요. 적발마군만 잡으면 되는 것 아녜요?"
"기대가 너무 컸던 모양이오."
그때, 무욕이 뭔가 생각난 듯
"아! 대협.
깜빡 잊고 있던 것이 있소. 적보월님이 머물던 초옥으로 가보시죠."
하며 안내했다.
마당은 풀이 무성했고 덜렁거리는 문짝들이 곧 떨어질 것만 같아 보였다.
"적보월님이 떠나신 후 객사로 사용했으나, 외진 곳이어서 다들 무섭다고 해 놔두었더니 지금은 이렇게 폐가(廢家)가 되어버렸습니다."
하며 문을 열고 성큼 들어갔다.
방은 두 칸 온돌방으로 먼지가 수북했는데, 꼬물거리던 벌레들이 벽(壁) 아래 구멍으로 달아났다.

방에는 좌우로 문이 하나씩 있었는데, 두약이 왼쪽 문을 밀어보니 부엌이 나왔다. 부엌은 거미줄이 가득했고 지붕은 천장이 크게 뚫려 하늘이 보였다. 무욕이 사방의 벽을 살피다, 한 곳을 뚫어지게 보았다.
그리고
"아!"
하며 우측 벽으로 다가가, 천으로 만든 벽지를 뜯어내기 시작했다.
"북-북"
먼지가 풀풀 이는 가운데, 흙벽이 나타나며 칼끝으로 그린 듯한 그림이 드러나기 시작했다. 악보였다. 여홍이 무욕을 도와 벽지를 조심스럽게 벗겨냈다. 잠시 후 악보(樂譜) 전체가 드러나자 무욕이 말했다.
"원래 흙으로 미장한 상태였는데, 악선이 떠나신 후에 보니 악보가 그려져 있었습니다.
당시 몇몇 도인들이 연주해보았으나 모두 불협화음(不協和音)을 낼 뿐이어서, 별 의미 없는 그림이라고들 하며 천으로 발라 버렸습니다.
악선이 여기 계셨던 이유가 혹, 이 악보를 기록하기 위해서가 아니었을는지…"
이때
악보(樂譜)를 보던 두약이 피리를 꺼내 불려 하자 여홍이 저지했다.
"안되오,
사매. 이 악보는 복마곡(伏魔曲)이오. 내공이 받쳐주지 않으면 내상을 입게 되오."
"그럼, 이 곡도 마음보(魔音譜)예요?"

"아니오. 악마와 귀신을 굴복시키는 천음(天音)의 복마곡(伏魔曲)이오.
무변(無邊)의 우주에는 중심 음(音)이 있고 별들은 모두 일정한 법칙에 따라 웅장한 율려(律呂)를 그리며 한 치의 오차 없이 움직이고 있소.
진정으로 큰 소리는 마음의 귀로만 들을 수 있다고 하지 않소? 가달마황은 율려에 감응하는 선교(仙敎)의 정신을 말살하기 위해, 선량한 인간과 만물을 파괴하는 사악한 마음보(魔音譜)를 창안했소."
말을 끝낸 여홍이 피리를 건네받아 벽에 적힌 곡을 불기 시작했다.
"삘리리리리,,"
피리가 소리를 내자마자 무욕과 두약은 봄볕의 병아리처럼 저도 모르게 눈을 감았다. 샘물이 흐르고 새가 지저귀고 여기저기 꽃이 피다
"삐삐리리리.."
이어지는 음에
이 꽃 저 꽃의 나비들이 산들바람을 타고 하늘 멀리 날아가며 피리소리가 들릴 듯 말듯 작아지자, 두 사람의 정신이 부지불식간에 등불처럼 밝아지는 가운데, 일망무제(一望無際)의 초원을 달리는 천군만마 앞에 마왕(魔王)의 무리들이 굴복하는 장엄한 장면이 펼쳐졌다.
무욕과 두약은 땅에 발목이 박힌 듯 우두커니 서서 움직일 줄 몰랐다.
이윽고 연주를 끝낸 여홍이 무욕과 두약에게 말했다.
"이 곡은 후일의 정마전쟁을 예견하시고 적보월님이 선교(仙敎)를

위해 그려놓으신 겁니다. 그러나 이 피리로는 곡(曲)을 제대로 표현할 수 없소이다."

두약이 놀랐다.

"오라버니, 왜..?"

"음을 낼 수 없는 곳이 많았소. 임기응변으로 조(調: 가락)와 음(音)을 바꿔 불었을 뿐이오. 악선의 흑피옥피리로 불어야만 가능할 듯하오.

천제를 지낼 때 대무(大巫)의 주문이 틀리면 신(神)의 노여움을 사듯, 복마곡 역시 조금이라도 틀리면 한울의 도움을 받을 수 없을 것이오.

쇠보다 단단한 흑피옥은 팔십 년(年) 내공을 지닌 자만이 깎을 수 있는데, 그런 고수를 아직 보지 못했고 흑피옥은 또 어디에서 구하겠소?

적발마군은 흑피옥피리로 악마(惡魔)의 음공(音功)을 펼치려고 한 것이오."

불협화음을 조금도 느끼지 못했던 무욱과 두약은, 음을 바꾸었다는 말에 크게 놀랐다.

여홍이 말을 이었다.

"악선께서는 소도에 마황의 해골이 있다는 사실을 알고 계셨으며, 후일의 정마전쟁을 예견하시고 이 음공(音功)을 남겨 두신 것 같습니다."

두약이 물었다.

"흑피옥피리가 아니면 정말 방법이 없나요?"

"그렇소.

피리를 되찾아야만 하오. 피리로 마음(魔音)을 펼치면 절정의 내공을 지닌 자가 아니면 모두 칠규(七竅)로 피를 흘리며 죽게 될 것이오.”
“아!”
“…”
여홍과 두약은 다음날 아바간성을 떠났다. 마선(魔仙)과 청하사패가 성 밖까지 나와 전송했다. 사패는 선단을 준 여홍이 한없이 고마웠다.
“대협, 장당경에 오실 일이 있으시면 「체담상회」를 꼭 찾아주십시오. 저희들이 운영하는 객주집입니다.”
두약이 눈을 크게 떴다.
“사패께서는 장당경(京)에 사시나요?”
“네”
하고 아샤가 대답했다. 두약은 그녀의 웃는 모습이 매력적이라고 생각했다.
‘아샤 언니는 왜 시집을 안가셨을까. 마선 대협(大俠)을 사모하시나? 하긴 뭐, 대영웅이시니.. 호호호’
두약이 깜찍한 상상을 할 때, 아샤가 말을 이었다.
“청하(淸河)는 장당경을 흐르는 강입니다. 저희는 신분을 감추고 상회를 운영하고 있으며, 이번에 마선(魔仙)께서 부르셔서 급히 달려온 겁니다.”
두약이 호기심이 가득한 눈빛으로 대답했다.
“고맙습니다, 언니. 꼭 다시 한 번 뵙고 싶어요.”

## 대웅성(城)의 소년 선협들

조선의 성이나 고을에 있는 소도는 삼신과 웅녀를 모신 신전이지만, 함께 있는 경당은 나라의 교육기관이었다.
소도는 15세 미만의 소년, 소녀에게 선교를 가르쳤는데, 솟대를 세워놓음으로써 누구든 함부로 침범하지 못하는 신성한 지역임을 표시했다.
경당은 소도와 나란히 세운 교육기관으로 천문지리, 역수(曆數), 박물(博物), 예절, 음악과 검(劍), 궁(弓), 봉술(棒術)에 대한 교육을 실시했고
모든 과정을 마친 자는 조정의 선관(仙官), 선리(仙吏), 선장(仙將)으로 임명하였다.


「          소도(蘇塗)

  백두 여명(黎明)에 아사달이 열리고
  강역 곳곳의 소도(蘇塗)가

신국의 제정(祭政)을 주관하던
천고의 세월
천제를 올리는 5, 10월은
조선과
예족, 맥족, 숙신, 선비, 오환
흉노, 묘족(苗族)
그리고
지금은 사라진 이름 모를 부족
들이
「매악(韎樂)」과「호랑이춤」으로
축원하고
말 달리며 활을 쏘는 청년들의
함성이
신산(神山)을 메아리쳤나니
정치는
천도(天道)에 따라 집행하고
대사(大事)는
풍백 우사 운사 뇌공께 문의해
처리하던
동아시아의 파르테논 소도(蘇塗)

무예를 연마하고 수행하며
야만의 무리를 깨우쳐
인간이 가야할 길을 걷게 하고,

호랑이와 곰과 같은 거친 성품을
교화시킨 이치를
천부경, 삼일신고, 참전계경으로
엮어
창세(創世)의 등불을 올렸나니

구이원을
단군 1세, 2세, 3세, 4세, 5세...
이천여 년
태평성대로 이끈 대(大) 조선의
신전                          」


웅가국의 대웅성 소도, 두 명의 소년이 연무장에서 무예를 연마하고 있었다. 한 소년이, 곰같이 포효하며 숲을 향해 쌍장(雙掌)을 내질렀다.
"얏!"
"꽝!"
소리와 함께 두 그루의 나무가 꺾이자, 이에 질세라 다른 소년도 장(掌)을 후려쳤다.
"퍽!"
하며 손바람을 정통으로 맞은 나무가 부러질 듯 휘어졌다. 연단의 우측 소나무 밑에, 육십 줄에 들어선 한 왜소한 노인이 이들을 지켜보고 있었다. 그는 연신, 수염을 쓰다듬고 있었다. 나무에 기대어진, 곰이 새겨진 박달나무 지팡이가 소도의 제일 어른임을 알려주고 있었다.
노인은 마혜(麻慧)선사였고 두 소년은 제자 국관(鞠觀)과 온평(溫評)이었다.
"천웅장(天熊掌)은 됐다. 다음은 천웅검(劍)을 보자꾸나. 국관부터 하라."
이어, 온평이 사부를 시립(侍立)했고, 국관은 천웅검법을 전개하기 시작했다.
얼마나 정진했는지 보법과 검로(劍路)가 바뀔 때마다 억센 기운이 뻗어 나왔다. 아홉 살에 입문해 십년 가까이 불철주야 노력해온 결과였다.
서리 같은 검기(劍氣)가 검의 궤적을 흐르는 사이, 횡(橫)으로 왼발을 밀며
동북과 육허(六虛: 천지와 사방)를 후려치자, 폭죽처럼 피어난 일곱 개의 검화(劍花)가 차가운 바람을 타고 허공에 번득였다. 비록 어린 티는 벗지 못했으나, 괴수를 제압하는 천웅(天熊)의 기상이 엿보였다.
국관이 이십이 검(劍)을 더 전개한 후 검을 거두자 마혜가 돌아보았다.
"이번엔 온평이 해보아라."
국관보다
두 살 아래의 온평이 천웅검을 펼치기 시작했다. 힘은 다소 부족해 보였으나,
정교한 보법과 화살이 날 듯 날카로운 검을 전개했다. 잠시 후, 온

평이 시연을 마치자 마혜가 물었다.

"열심히들 했구나. 너희들, 10월의 영고대제(迎鼓大祭)를 알고 있느냐?"

국관이

"사부님, 영고는 매년 올리는 천제로 삼척동자도 아는 일인데, 어찌..."

"그럼, 천제 뒤에 열리는 비무대회도 알고 있겠구나. 금년에 너희들도 참가해라. 칠대선문은 물론 조선 전역의 명문 제자들과 강호의 선객들도 참석할 것이다. 이들과 겨루려면 더욱 정진해야 할 것이다."

오래 전부터 비무(比武)에 참가해보고 싶었으나, 눈치만 보며 말을 꺼내지 못했던 국관은 사부님의 지시가 떨어지자 얼굴이 상기되었다.

"우승하는 자는 조정에서 장수로 임명한다. 오가(五加)의 명예가 걸린 만큼 모두 뛰어난 고수를 내보낼 것이다."

온평이 물었다.

"단제님이 퇴임하셔서, 제위가 비어있다 들었습니다. 누가 천제를 주관하시게 됩니까?"

"단제 퇴임(退任) 후,

오가 회의에서 국사를 결정하고, 대보 남후(藍候)님이 대신들을 이끌어 가고 있다. 제위가 비었다 하나 천제를 쉴 수는 없는 법, 제(祭)는 장당경(京) 대소도나 백두선문의 대선사가 주관하게 될 것이다."

단조(檀朝)의 제3 세 가륵단제는 선교를 국교로 선포하시고 구월조서를 공포한 후,

칠대선문과 오가 대소도의 수장은 대선사, 그 외 제후국 도성이나 성에 있는 선문의 책임자는 선사(仙師), 정사(精師)로 부르도록 칙령으로 정하셨다.

국관이 사부에게 물었다.

"과거에도 오가(五加)에서 몇 차례 단제를 추대한 적이 있다 들었습니다. 그런데 지금은 왜, 빨리 추대(推戴)하지 못하고 있는 것입니까?"

마혜가 한스러운 표정을 지었다.

"기막힌 일이다. 이천 년을 내려온 우리 조선이 문을 닫게 생겼다. 옛날의 오가(五加)는 서로를 존경하였는데 지금은 그 반대가 되었다.

가한들은 거의 혼군(昏君)들이며 단제가 되기 위해 혈안이 되어 있다.

백성을 사랑하고 삼신(三神)의 가르침을 지켜 오신 우리 패여 가한 님이 단제가 되시면 좋겠으나, 연세가 높으시어 건강이 좋지 않은 게 문제다. 여하튼 이번 대회에서 우리가 우승하는 것은 매우 중요하다.

웅가(熊加)는 중앙 제후국(國)으로 장당경을 수호해 왔으며 천계(天界) 칠성대군의 상징으로 오가 중 으뜸이니라.

칠성대군은 청룡, 백호, 주작, 현무를 거느리고 하늘을 주천하며 사방을 통일하고

음양(陰陽)과 오행의 화(和)를 꾀하여 4계절과 24절기를 주관한다. 한마디로 수천 억 개의 별을 다스리며 우주의 질서를 수호한다는 뜻이니라.

우리는 오래도록 황도(皇都)를 지켜왔고 웅가 무사는 금척궁(宮)의

금위대장을 도맡아 왔다. 고열가 단제를 모시던 마지막 금위대장 상도(常刀) 또한 우리 웅가 출신이며 너희들에게는 사숙(師叔)이 되느니라.
대회에서 우승하면 금척궁의 장수가 되는 것이니 얼마나 영광이겠느냐!
오가(五加) 모두 암투(暗鬪) 속에 자기 사람을 황궁(皇宮)에 심기 위해 단단히 벼르고 있을 것이다. 너희들도 박차를 가해야 할 것이니라.”
“네, 더욱 정진하겠습니다.”



이틀 후, 국관과 온평은 사부님의 부름을 받고 두우각(斗牛閣)으로 갔다.
마혜가 말했다.
“어제, 대사자 을소님으로부터 전갈이 와서 만나고 왔다. 너희도 일월산을 알고 있을 것이다. 그곳은 조선의 명도전(明刀錢)을 주조하는 곳이다.
다른 나라도 여러 군데 있으나, 주조 량(量)은 우리 웅가가 제일 많다.
그런데 두 달 전, 명도전 7억만 냥(兩)을 모두 탈취 당했다고 한다. 대웅성으로 오던 여섯 대의 마차가 털렸는데, 조선 백성들을 구휼할 돈이었다는구나.
백웅군(白熊軍) 이백이 모두 죽었으나 그 어떤 단서도 밝혀내지 못했고, 공개적으로 수사하기 어려운 이유가 있어, 대사자님이 선랑들을 적임자로 생각하신 것이다. 너희들이 이 일을 맡았으면 해서 불렀다."
국관이 궁금한 듯 물었다.
"사부님, 한 가지 여쭙겠습니다. 이렇게 큰일을 비밀리에 수사하는..?"
"대사자님이 얻은 정보로는 재상 재모(災母)가 관련이 있다는 소문이다.
재모는 연나라 출신으로 이십 년 전 우리 웅가국(國)에 귀화했는데, 뛰어난 언변(言辯)으로 가한의 환심을 사 재상에까지 오른 사람이다.
지금의 대신들 절반은 재모가 임명한 바, 그가 조정을 쥐고 있다 해도 과언이 아니다. 확실한 증거 없이는 재상을 조사하기 어렵다는 얘기다.
그리고 구휼은 소도에서 관장하게 되어있다. 각지의 소도로 보내져 어려운 백성들을 구제하게 되어 있었으니, 우리가 나서야 할 일이기도 하다."
국관과 온평이 대답했다.
"네, 명을 받들겠습니다."
두 사람은 다음날 일찍 소도를 나섰다. 사부의 명으로 백성을 괴롭히는 수괴나 도적을 제거하는 일은 해보았으나 이런 일은 처음이었다.
온평이 물었다.
"사형, 어디부터 조사해야 할까요?"
"먼저 일월산(山)을 살펴본 후, 마차를 빼앗긴 구보곡(谷)을 조사하자."

일월산은 경비가 삼엄했다. 광산은 이장 반 높이의 목책성 안에 있어 들여다 볼 수 없었으나,
성문의 명이주조관(明夷鑄造館)이라는 글자로 화폐제조장이라는 걸 한 눈에 알 수 있었다. 주위를 둘러 본 두 사람은 구보곡(谷)으로 달려갔다.
구보곡(谷)은 좌우가 낭떠러지여서, 가까운 숲에 숨어 있다가 명도전 운반 행렬이 계곡의 가운데쯤 들어섰을 때 기습했을 것으로 보였다.
현장은 두 달이 지나서인지 깨끗하게 치워져 있었다. 국관과 온평은 잠시
계곡을 보고 서 있다가 문득 들리는 새 울음에 정신을 차리고 현장을 돌아보기 시작했다. 반경(半徑) 5리 이내를 샅샅이 훑어보았다.
"사형, 알아내셨습니까?"
"감이 조금 온다. 너는?"
"예, 이곳은 산이 연결된 곳이 아니고 평원으로 둘러싸인 지역입니다.
도적들이 매복하지 않았다면, 우리 백웅군(白熊軍)이 먼저 그들을 발견했을 것이며, 그렇게 일방적으로 당하지 않았을 것이라는 점입니다."
"나도 그리 생각한다. 그들은 명도전이 오는 시각과 길을 알고 있었다."
"내부에 기밀을 누설한 자가 있다는 말씀입니까?"
"음…"
"누가?"
"그게 바로, 우리에게 이 일을 맡기신 대사자님의 뜻 아니겠느냐?"

"네..."
온평이 국관에게 또 물었다.
"어느 산채에서 왔을까요?"
"흔적이 없어 알 수 없으나, 그들이 어느 방향으로 갔는지는 짐작이 간다."
"아!"
"서남쪽으로 갔을 것이다."
"번조선!"
"음"
"사형, 어찌 아셨습니까?"
"일단 동쪽은 대웅성이 있으니 아니고 북(北)은 부여, 현무와의 국경에 포진한 우리 웅가군(軍) 때문에 피했을 것이다. 게다가 만검산(山)은 길이 험악해 무거운 마차(馬車)를 끌고 넘기에는 너무 힘들고,
남쪽은 주작국 가까이 박애성이 있는데 그곳 역시 웅가군이 있어 눈에 띄기 쉽다.
따라서
사흘거리이긴 하나, 전쟁이 없어 경계가 허술한 번조선으로 갔을 공산이 크다.
번조선은 상업이 발달한 나라이며, 왕검성은 각종 물산이 풍부하고 무역이 활발해, 훔친 돈을 풀기에 딱 좋은 곳이다. 그리고 서남쪽 초입(初入),
땅이 움푹 꺼진 곳에서 무거운 마차를 올려 챈 흔적을 발견했다."
"그럼, 번조선으로 가야겠군요?"
"음, 가자."

두 사람은 즉시 출발했다. 평원을 달린 후 다음날 세 시진을 달리자, 지대가 높아지다 가파르게 바뀌며 급기야 숨 막히는 울울창창의 산악지대가 펼쳐졌다.

미시(未時: 오후 1시 반)를 지나, 물도 먹고 쉬어가기 적당한 개천을 발견하고 햇볕이 잘 드는 바위 위에 드러누웠다. 그때, 앞산 봉우리 암벽 틈으로 연기처럼 사라지는 인영(人影: 그림자)이 시야에 들어왔다.

온평이 벌떡 일어나며 국관을 보았다.

"사형, 보셨습니까?"

"음, 뛰어난 고수로 보이는데 한 번 만나 보자. 저 사람이 마차의 행렬을 봤을지도 모르니."

두 사람은 그림자가 사라진 곳으로 몸을 날렸다. 산 중턱까지는 나무들이 무성했으나 올라갈수록 바위투성이의 산(山)으로 바뀌어갔다.

잠시 후, 암벽 가까이 가 보니 부채처럼 활짝 펴진 경관이 멀리까지 이어져, 명도전(明刀錢)을 싣고 달리는 마차(馬車)를 보았을 것도 같았다.

사방을 살펴보던 온평이 말했다.

"사형, 저기 동굴이 보입니다."

온평이 건너편 절벽의 중간을 가리켰다. 바위 그늘 아래 굴(窟)이 뚫려 있었는데, 발 한 번 잘못 딛으면 뼈도 못 추릴 백여 장 높이였다.

경공(輕功)이 약한 사람은 엄두도 못 낼 위태로운 곳이었으나, 둘은 웅보(熊步: 곰의 걸음)에 조예가 깊어 어렵지 않게 절벽을 타고 올랐다.

굴(窟) 가까이 이르자 국관이 말했다.

"동굴 주인에게 허락을 받는 것이 좋겠다. 네가 주인을 불러 봐라."

온평이

"계십니까!"

하고 소리쳤으나 아무 대답이 없었다. 이번엔 내력을 담아 큰 소리로 외쳤다.

"계십니까!"

여전히 기척이 없는 가운데, 한 번 더 산이 울리도록 동굴 주인을 불렀다.

"동주님!"

소리가 메아리치자, 국관과 온평은 몸을 날려 동굴 앞에 내려섰다. 동굴은 어두웠으나, 두 사람은 내공이 두터워 전진하는 데에 어려움이 없었다.

생각보다 깊은 굴이었다. 7장쯤 들어가니 어디선가 가느다란 빛이 들어왔고,

빛을 따라 좀 더 들어가자 길이 넓어지며 탕약(湯藥) 냄새가 코를 자극했다.

흠칫, 안력(眼力)을 끌어올리자 5장 높이의 천장 틈으로 내리는 빛을 받으며

십오륙 세의 병색(病色)이 완연한 소녀가 눈을 꼭 감고 침대에 누워 있었다.

그 앞으로는 뒤태가 매우 아름다운 부인이 넋을 잃은 듯 앉아 있었다.

한쪽에는 약 그릇과 도구 그리고 이름 모를 약재들이 수북이 쌓여 있었다.

부인은 외인의 기척을 알고 있으나 관심이 없는 듯했다. 국관과 온평은 서로를 돌아보다 조용히 지켜보았다. 시간이 지나 국관이 말을 건넸다.
"웅가 소도의 국관과 온평입니다. 불쑥 죄송합니다만, 저희는 사부님의 명으로 어떤 임무를 수행 중입니다. 한 가지 여쭤 볼 것이 있.."
그때 부인이 고개를 홱 돌렸다. 부인의 눈을 보는 순간 두 사람은 만년 빙굴의 얼음 같은 그녀의 안광(眼光)에 그만 심장이 얼어붙을 것만 같았다.
부인이 북풍이 몰아치듯 냉혹하게 말했다.
"이제 곧 죽을 놈들.. 묻고 싶은 게 있다? 그래, 한 번 말해 보거라."
두 사람은 생면부지(生面不知)의 부인이 드러내는 강한 적의(敵意)에 놀라 혹, 잘못 들었나 하는 생각도 들었으나 그 이유를 물어볼 수는 없었다.
국관은 내색하지 않고 더욱 공손하게 물었다.
"저희는 두 달 전에 발생한 웅가의 명도전 도난 사건을 조사 중입니다.
그 돈은 곤경에 처한 백성들을 구휼할 돈입니다. 혹, 이 부근을 지나가는 마차 여섯 대를 보.."
부인은 더 이상 들을 것도 없다는 듯 무미건조한 얼굴로 말을 끊었다.
"본적 없다."
국관은 차가운 대답에 말문이 막혔고 온평은 부인의 냉랭한 태도에 비위가 상했다.

"부인(婦人), 정말입니까?"

"그렇다"

"거짓말 아닙니까?"

돌연, 부인의 얼굴이 일그러지며 냉혹한 살기(殺氣)가 입가를 스쳤다.

"호월(狐月)은 거짓말을 하지 않는다. 죽으려면 무슨 말을 못하겠는가."

"호월선자!"

두 사람은 경악했다. 이십 년 전, 호월무(狐月舞: 달빛 아래 여우가 춤을 추듯 움직이는 신법)와 호곡장(狐哭掌: 여우의 곡소리를 내는 掌)으로
수없이 많은 사람을 저승으로 보낸 호월과 마주치다니, 국관과 온평은 아연(啞然) 긴장했다. 가슴이 서늘해진 국관이 급히 국면 전환을 모색했다.

"네, 그렇군요. 부인, 잘 알겠습니다. 감사합니다. 저희들은 바빠서 이만..."

순간, 호월이 말을 끊었다.

"무례한 놈! 허락 없이 들어온 건 용서하겠으나, 허락 없이 나가는 건 용납할 수 없다. 후후후, 네놈들은 여기에 뼈를 묻어야 할 것이다."

앞뒤가 막힌 가혹한 말에, 국관과 온평은 놀란 표정으로 서로를 돌아보았다. 두 사람은, 호월선자가 왜 이리 화를 내는지 알 수 없었다.

"저희가 무슨 잘못을 했습니까?"

"죽을 죄를 지었으니라! 거기, 무릎을 꿇고 엎드려 용서를 빌어라."

호월선자의 눈에 살기(殺氣)가 흐르자 국관은 화가 치밀어 올랐으나
'악녀와 싸워서 승리를 장담할 수 없다. 일단 빠져 나가는 게 상책이다.'
라고 생각하며 말했다.
"선객은 이유 없이 무릎을 꿇지 않습니다. 이만 물러가겠습니다. 그럼.."
국관이 온평과 몸을 돌리는 순간
"이놈들이 감히 내 허락도 없이!"
하며
호월이 장(掌)을 휘두르자, 여우의 곡소리와 함께 음산한 손바람이 국관과 온평의 등으로 밀려갔고
이를 예상한 두 사람이 나동그라지듯 갈라서며 천웅장(天熊掌)을 날렸다.
이어
"꽝!" 소리와 함께 두 사람은 태풍에 휩쓸린 그릇처럼 나가떨어졌다.
"윽!"
온평은 왈칵 피를 토했고, 국관은 끓어오르는 기혈을 누르지 못해 사색이 되었다.
호월이 다시 장(掌)을 들자, 이번에는 손바닥이 누렇게 부풀어 올랐다.
이제 국관과 온평을 저승으로 보내기 위해 호곡장(掌)의 악독한 초식,
호곡지천(狐哭至泉: 여우의 곡소리가 황천에 이르다)을 전개하려는 것이다.

두 사람의 목숨이 바람 앞에 놓인 등불처럼 위태로운 순간, 실오라기 같은 가냘픈 목소리가 들렸다.
"어머...니"
호월이 깜짝 놀라며 몸을 돌렸다.
"정아!"
소녀가 의식 반 무의식 반, 세 사람이 싸우는 기척을 느끼고 낸 소리였다.
야위고 창백한 소녀의 눈은 깊은 우수(憂愁)에 잠겨 있었다. 호월이 딸의 손을 잡고 말했다.
"저 둘은 네 희망을 앗아간 자들이다. 그러니 저것들을 살려둘 수 없다."
소녀는 힘없이 대답했다.
"다 저의 운명(運命)이어요. 어머니, 너무 슬퍼하지 마셔요."
"아가, 넌 너무 착해서 탈이다. 에미는, 네가 죽으면 놈들을 함께 순장시킬 것이다."
모녀의 대화에 국관, 온평은 고통 속에서도 등골이 서늘해지는 의문으로 고개를 갸웃했다.
'마치, 우리가 자기 딸을 죽게 했다는 것 같은데 도대체 그 이유가?'
더 이상 참지 못한 온평이 물었다.
"선자님, 당신 손에 죽게 되더라고 죽어야 하는 그 이유나 들어봅시다."
딸의 손을 잡고 있던 호월은 온평이 참새처럼 짹짹거리자 몸을 홱 돌렸다.
"그래, 말 잘했다. 너희는 곧 죽을 놈들이니 알려주마. 내 딸은 5년 전 알 수 없는 병(病)으로 기력이 소진되어 이렇게 누워 지내게 되었다.
딸을 데리고 방방곡곡 의선(醫仙)들을 찾아다녔으나 효험을 볼 수 없었다.
그러던 어느 날 고비사막 동굴에서 한 은자(隱者)를 만났는데, 아이가 5백 년 묵은 녹전갈 숫놈에게 물린 것 같으니, 그에 극이 되는 5백 년 된 암놈을 잡아 약을 만들어 먹으면 해독이 가능하다고 했다.
그 후 천신만고 끝에 갈사산(山) 녹갈봉(綠蝎峰) 동굴 지하에 녹전갈이 있다는 것과
놈이 깊고 어두운 바위 밑에 숨어 살다, 십년에 딱 한 번 밖으로 나온다는 사실을 알게 되어, 딸을 옮겨놓고 무려 5년이나 기다려왔다.
그리고 마침내 저 구멍으로 녹전갈 암수가 머리를 내밀고 나오는걸 보고 숨을 죽였으나, 그 순간 너희 무식한 놈들이 소리를 질러대는 바람에 도망쳐버렸다. 이제 녹전갈은 10년 후에나 볼 수 있게 되었으니,
너희들로 인해 동굴에서 치료하며 5년을 기다려온 일이 물거품이 되고 말았다.
청하지도 않았는데 네놈들이 밀고 들어와 생긴 사단(事端)이다. 이제 내 딸은 서너 달 밖에 살지 못한다. 너희는 죽음으로 그 빚을 갚아야만 한다. 내 딸의 저승길이 외롭지 않도록 함께 가주어야 할 것이다."
호월선자의 말을 들은 국관과 온평은 할 말이 없었다. 기가 막힌 일이었다.

우연이라도 이런 우연은 없을 것이다. 호곡장에 맞은 부상이 점점 심해지는 듯 온평이 얼굴을 찌푸리자, 국관이 호월선자에게 간청했다.
"사정이 그렇다면, 본의는 아니었으나 저희들의 잘못이 맞으며 더 이상 구차한 변명을 늘어놓지 않고 죽음으로 그 죄를 갚겠습니다. 그러나
저희는 수십만 명을 살릴 구휼금을 되찾기 위해 동분서주해 왔습니다.
죽을 때 죽더라도 기근에 허덕이는 불쌍한 사람들을 위해 임무를 마치고 싶습니다. 혹, 따님을 살릴 수 있는 또 다른 방도는 없겠습니까?
저희 대웅성의 신전소도에는 신묘한 선단들이 많이 있습니다. 아니면
칠대선문이나 다른 사가(四加)의 의선당(醫仙堂)에라도 따님을 구할 수 있는 약이 있는지 저희들이 신명을 바쳐 구해보면 안 되겠습니까?"
이를 지켜보던 이정이 말했다.
"어머니, 그렇게 하셔요. 제발 저분들을 죽이지 마셔요. 제 소원이에요.
하늘의 계단을 오르기 위해서는 만 번의 선(善)을 쌓아야 한다고 했잖아요. 어머니는 제가 천궁(天宮)에 들어가는 걸 원하지 않으시나요?"
약한 목소리에서, 잠깐 이야기하는 것도 힘들어한다는 걸 느낄 수 있었다.
호월은 가슴이 찢어질 것만 같았다. 국관과 온평은 호월선자(狐月仙

子)가 눈물을 흘리자

'호월은 선한 구석이라고는 눈곱만큼도 없는 악녀라 들었는데, 아픈 딸을 보고 우는 모습을 보니 여느 부모들과 다를 것이 하나도 없지 않은가.'

라고 생각했다.

호월이 두 사람에게 말했다.

"예전의 나라면, 너희들의 머리통을 당장 부숴버렸을 것이나 정아가 저리 이야기하니 목을 잠시만 붙여두도록 하마. 그래, 너희들 이름은?

국관이 대답했다.

"네, 저는 웅가 소도의 국관이라 하고 여기는 사제 온평이라고 합니다."

호월은 국관을 잠시 보다 온평을 가리키며

"아까는 격노한 상태여서 나도 모르게 독(毒)을 발출했다. 호곡장에 스친 자는 해약을 먹지 않으면 1달이 지나 옴(- 전염성 피부병)이 퍼지고,

2달 후엔 오장육부가 썩어 들어가다 마침내 항문으로 피를 쏟을 것이다.

허니, 너는 나에게 치료를 받으며, 국관이 내가 시킨 일을 마치고 돌아 올 때까지 이정의 노비(奴婢)가 되어 시중을 들어야만 할 것이니라."

하고 음산하게 말했다.

"국관,

너는 지금 음산산맥 독봉(獨峰) 고야곡(蠱野谷)의 탁곱에게 가서 녹전갈로 만든 녹선단 한 알을 얻어 오거라. 독선(毒仙) 탁곱은 성질

이 괴팍하니 그 비위를 거스르지 않도록 말과 행동을 조심해야 한다.

고야곡은 음산에서 가장 깊고 음습한 곳에 있으며 탁곱은 그곳에서 독물들을 기르며 특별한 일이 아니면 계곡 밖으로 나오지 않을 게다.

세상의 기이하고 사나운 독벌레는 모두 그에게 있으며, 창해신검 여홍에게 죽은 만독거미와 한때 생사고락을 같이하던 자(者)로 그의 고독장(蠱毒掌)은 한 번 스치면 죽지 않고는 누구도 벗어날 수 없다."

국관이 물었다.

"잘 알겠습니다만 선자님의 뜻이라고 하면서 독선 탁곱에게 녹선단을 달라 하면 쉽게 내어주겠습니까? 후배, 아둔하여 선자님 말씀을…"

호월이 눈을 치켜뜨며 웃었다.

"호호호호! 탁곱에게 내 이름을 대면 그 순간 고독장이 네 머리에 떨어질 것이다."

"그럼…"

호월은 잠깐 쉬다 말을 이었다.

"탁곱은 나의 사형으로, 나와 그는 독문(毒門)의 문하이다. 잘난 척하는 오가만 수행하는 것이 아니고 우리 독문도 비슷한 수행을 하느니라.

수행의 방법이 다를 뿐, 독문도 역사가 오래되었지. 독문의 개조(開祖) 구음독선께선 독초(毒草), 독물(毒物)이 약초와 함께 이 땅에 존재하는 것에 흥미를 느끼시고 독으로 만물을 지배하는 방법을 연구하셨다.

그러나 환웅천황에게 파문당한 후, 형가이의 한천봉(恨天峰)에 올라 하늘에 대한 증오심과 사즉생의 각오로 독물, 독초를 하나하나 씹어가며
불가사의(不可思議)한 독술(毒術)을 창안하신, 위대한 독(毒)의 성인이시다."
국관과 온평은 깜짝 놀랐다.
그동안 사마외도는 모두 가달마황을 추종하는 무리라고만 알고 있었는데,
선문에서 쫓겨난 구음독선과 독문의 이야기는 생전 처음 듣는 이야기였다.
호월의 이야기는 계속되었다.
"탁곱과 나는 함께 자랐다. 탁곱은 사부 팔독선(八毒仙)의 아들로 꼽추였지.
사부는 나를 탁곱과 맺어주려 했다. 그러던 어느 날 희귀한 독물을 잡으러 떠난 팔독선의 명으로,
사문의 배신자를 벌하고 오다 후이산(山)에서 무예를 연마하고 있는 한 선객을 만났다. 나는 대뜸 호승심(好勝心)이 일어 겨루어보자고 했다.
그는 한사코 거절했으나 내 고집도 세상에 둘째가라면 서러워할 정도여서
결국 무공을 겨루게 되었고 검(劍), 도(刀), 창(槍), 곤(棍), 장(掌)과 경신술을 하루에 하나씩 겨루어가다 정(情)이 들어 함께 지내게 되었는데,
얼마 후 그는 다시 수행을 한다며 어디론가 멀리 떠나가 버렸다.
그 후 나는 임신했다는 걸 알게 되었고, 이정을 안고 고야곡(谷)으

로 돌아왔다. 그러나 사부(師父)가 돌아오면 나와 이정의 목이 떨어질 것을 알기에,

이정을 우리 딸이라고 말씀드리는 조건으로 부부가 되자고 하자, 탁곱은 이정의 아비가 누구냐고 캐물었고, 나는 그 사람의 이름을 알려주면 사부 팔독선의 손에 반드시 죽게 될 것을 알기에 말하지 않았다.

이에, 이정이 죽어야만 함께 살 수 있다며 독충의 먹이로 주겠다고 달려드는 탁곱을 막다 실수로 그의 눈을 찌르고 말았다. 그는 나보다 강했으나, 분노와 상심으로 지각을 잃은 상태여서 그리 되고 말았다."

호월(狐月)은 문득 한숨을 내쉬다, 넋이 나간 듯 노래를 부르기 시작했다.


「 운명은
　벗어날 수 없는 나락으로 나를
　내몰고
　아버지 같은 사부와
　남매 같은 사형을 해치게 했지
　독문은
　아무리 무서운 독도 해독할 수
　있으나
　사랑의 열독(熱毒)만은 고칠 수
　없어
　님 그리워 아픈 마음으로, 아무

생각도 할 수 없었지
아,
독문의 독(毒)보다도 독한
저 혹독(酷毒)한 사랑이여          」


악독한 마녀의 노래로 들리지 않는 심금(心琴)을 울리는 처연한 노래였다.
호월은 다시 말을 이었다.
"너무도 놀란 나는 고야곡에 있을 수 없어 도망쳐 나왔고, 그 날 이후 사부와 탁곱을 피해 긴 세월을 숨어 살아왔다."
국관과 온평은 기가 막혔다.
'사형을 배반하고 눈을 찔러 애꾸로 만들었다면 이야기를 다 듣기도 전에 죽이려 들 것이다. 어찌 뻔뻔하게 도움을 청할 수 있다는 말인가.'
하면서도 한편으로는 이정에 대해 짠한 마음이 들었다.
"그럼, 어찌 해야 탁곱선사가 우리 부탁을 들어줄까요?"
순간
호월이 간교하게 눈을 빛내며 사르르 웃자, 잠시 사라졌던 악녀의 본모습이 돌아온 것 같았다.
"내가 도망쳐 나올 때, 독문의 비급 구음독경(九陰毒經)을 가지고 나왔다.
독경은 구음독선의 독공이 적힌 비단으로 더 없이 소중한 독문의 보물이다.
그것을 갖고 가면 기꺼이 녹선단을 내어 줄 것이나, 탁곱은 변덕스러우니 독경을 받은 후 너를 죽이고 녹선단을 되찾으려 할 것이다."
국관이 물었다.
"독경을 어떻게 얻었냐고 물으면요?"
호월이 잠시 생각하다
"그건 네가 알아서 적당히 대답해라. 음.. 아니다. 이렇게 말해주거라.
네 사부가 1년 전 강호에 나갔다가, 번조선의 흑도(黑島)에서 악행을 저지르는 흑선을 없앤 후 취한 것이고,
녹선단은 녹전갈에 물려 주화입마에 빠진 사부의 치료에 필요하다고 해라. 이독치독은 약선들의 상식이니 크게 의심하지는 않을 게다."
"알겠습니다."
국관은 호월이 주는 구음독경을 품고 동굴을 떠나며 온평을 위로했다.
"편히 기다리고 있어. 내 빨리 다녀올게."
하고
음산산맥(陰山山脈)을 향해 말을 달렸다.


음산산맥은 동호국(國) 너머 흉노 지역에 동서로 길게 뻗어 있었다.
국관은
호월이 알려준 대로 쉬지 않고 달려 사흘 후 음산의 준령 북쪽 독봉(獨峰) 가까이 도착했다.
독봉은 홀로 뚝 떨어진 산을 의미할 것 같은데, 일대의 계곡이 백

개가 넘고 수직 절벽과 기이한 암벽이 수없이 많아 고야곡이 어느 것인지 찾기 어려웠다.

국관은 종일 고야곡(谷)을 찾아 헤매다 어느 굴에서 하룻밤을 지냈다.

다음날, 길을 가던 말이 이끼 지붕을 한 바위 곁을 지나기 꺼려해 자세히 보니, 바로 고야곡(谷) 표지석이었다. 이끼가 몇 겹으로 덮여 있어 지나치기 쉬웠으나 말이 머뭇거린 덕에 우연히 발견하게 된 것이다.

계곡은 의외로 넓었으며, 겹겹이 봉우리로 둘러싸여 햇볕이 전혀 들지 않는 곳의 한 가운데에 자리한 계곡이었다.

국관은 계곡이 너무 음습하고 추워 사람이 살 수 없는 곳으로 느껴졌다.

'햇볕을 받고 살아야지, 어찌 이런 곳에 거처를 잡고 지낸다는 말인가.'

한참 들어가다 막다른 곳에서 암벽을 끼고 막 돌아서던 국관은 깜짝 놀랐다.

풍경이 돌변하며 수백 장 높이의 좌우 절벽에 수백 개의 동굴이 뚫려 있었고,

벽은 알 수 없는 이끼들과 그 위를 빽빽하게 덮은 넝쿨 사이로 물이 질퍽하게 흐르고 있었다. 참으로 으스스한 기운이 깃든 곳이었다.

국관이 한동안 넋을 잃고 올려다보며

'이 동굴들은 다 무어란 말인가? 그리고 독선 탁곱은 어디에 있을까?'

하고 생각할 때, 뒤에서 음산한 웃음과 함께 저음의 목소리가 들려

왔다.
"흐흐흐흐흐... 아이야, 너는 누구며 여기에는 무슨 일로 왔느냐?"
국관이 놀라 돌아보자, 언제 나타났는지 모를 중년의 남자가 서있었다.
꼽추에 애꾸였다. 국관은 탁곱을 알아보고 공손하게 예를 갖추었다.
"탁곱 선사님, 저는 대웅성 소도에서 온 선랑(仙郞) 국관이라고 합니다."
순간, 탁곱의 외눈이 날카롭게 번득였다.
"내,
강호에 발을 끊은 지 이십 년(年)이 넘었는데, 젖비린내 나는 네놈이 나를 어찌 안다는 게냐? 그리고 허락 없이 고야곡(谷)을 침범하면 누구도 살아 돌아갈 수 없다는 걸, 네 할아비나 도사들이 말을 안 해주더냐?"
국관이 두 손을 공손히 모으고
"저의 사부, 마혜 선사님이 좌공에 들었다가 이름 모를 독(毒)전갈에 물려 주화입마에 빠졌습니다. 이를 치료하기 위해 도력(道力)이 높은 오가(五加)의 의선과 약선들을 모셔 보았으나 모두 실패하고 말았습니다.
백두선문에서 오신 정사님이, 천하에 그 적수(敵手)를 찾아볼 수 없는 독문(毒門)의 녹선단 만이 이를 치료할 수 있다고 알려주셨습니다.
너그럽게 혜량하시어 하해(河海)와 같은 은혜를 베풀어 주시기 바랍니다."
하며 머리를 깊이 숙이자, 탁곱이 굽은 등짝을 들썩거리며 한참을 웃어 제꼈다.

"흑흑흑흑흑흑 흘흘흘흘흘!"
하고 울고 웃으며
"낄낄낄낄낄낄 깔깔깔깔깔!"
거리다 사레가 든 듯
"칵칵칵칵칵칵!"
하고 미친놈처럼 웃기만 했다. 국관은 오랫동안 탁곱의 눈치만 보았다.
이윽고 탁곱이 가슴을 쫘악 펴며 나무껍질이 갈라지는 소리로 외쳤다.
"도사들이 드디어 독문을 알아 모시는구나! 칵, 구음독선님, 그 잘난 놈들이 우리에게 대가리를 조아리고 살려 달라 간청하고 있습니다!"
이어 국관을 쏘아보며
"네가 갑자기 찾아와 녹선단을 달라 하면 선뜻 내어줄 것 같았느냐?"
국관이 대답했다.
"그럴 리가 있겠습니까? 녹선단에 대한 대가로 가져온 물건이 있습니다. 수년 전 저희 사부님이 우연히 독문의 물건을 하나 손에 넣었는데,
그것을 제게 주시며 녹선단 다섯 알과 바꿔오라고 말씀하셨습니다."
"흥!
우리는 수천 년 동안 강호와 별 왕래가 없어 그럴 만한 것이 없을 텐데?"
"구음독경이라고 하셨습니다."
"뭐, 뭐, 뭐라고! 구음독경!"

탁곱이 말을 더듬고 붉으락푸르락하며 손발을 바르르 덜덜 떨었다.
"구음독경? 다시 한 번 말하라!"
국관이 또박또박 말했다.
"예... 구음독경을 가져왔습니다."
순간,
탁곱이 비호(飛狐: 나는 여우)처럼 덮치며 국관의 마혈을 찍고, 땅바닥에 데굴데굴 굴려가며 온몸을 이 잡듯 뒤지고 쥐어뜯었으나 아무 것도 나오지 않았다.
이어, 눈이 돌아간 탁곱이 국관의 목을 잡고 늑대가 울부짖듯 소리쳤다.
"구음독경은 어디 있고, 어디에서 훔쳤느냐? 호월은 어디 있느냐!"
"....."
국관이 숨넘어가는 표정을 짓자, 탁곱이 손을 떼고 혈(穴)을 풀어주었다.
"캑캑.. 캑, 선사님, 목을 움켜쥐시면 어떻게 말씀을 드릴 수 있겠습니까?"
탁꼽은 조금 전의 사나운 모습을 감추고 타이르듯 부드럽게 말했다.
"그래,
네가 구음독경을 내놓고 출처를 말하면 내가 갖고 있는 녹선단을 다 주고, 우리 독문(毒門)의 비상한 절기도 한 가지 가르쳐 줄 것이다.
그것 하나만으로도, 너는 강호에서 꽤나 행세(行勢)하며 지낼 수 있을게다. 그러나 조금이라도 거짓을 고하면 여기에서 살아나가지 못할 것이니라.
절벽 위를 봐라. 저 동굴에는 네놈이 듣도 보도 못한 독사(毒蛇),

독(毒)전갈, 독지네, 독(毒)파리, 독(毒)땅강아지, 독(毒)구데기들이 우글거린다. 그래, 독경은 어디 있느냐?"
국관은 생사(生死)의 갈림길에 서 있다는 사실에 가슴이 떨렸으나 자기만 기다리고 있을 온평을 생각하며 한 마디, 한 마디 침착하게 대답했다.
"죽으려고 환장을 하지 않은 바에야, 어느 안전이라고 거짓을 고하겠습니까?
무쌍의 독술로 신선의 경지에 오르신 선사님의 혜안을 어떻게 속일 수 있다는 말씀입니까?
하물며 저는, 아들처럼 키워주신 아버지 같은 사부님이 오늘 내일 하시는 모습에
오장육부(五臟六腑)가 찢어질 것만 같아 거짓을 둘러댈 기력도 없습니다.
혹, 저의 진심이 통하지 않아 죽임을 당해도 어지신 선사님을 추호도 원망하지 않겠습니다.
저는 있는 그대로만 말씀드릴 것입니다. 믿고 안 믿고는 선사님께 달렸습니다.
구음독경은 여기 오기 전, 저만 아는 곳에 묻어두었습니다. 그 이유는 선사님을 의심해서가 아니라, 천하에 다시 없을 비술(祕術)을 행여 강호(江湖)의 천박한 도적들에게 빼앗기게 될까 경계한 것입니다.
선사님, 독문의 보물을 지키고자 한 저의 선의(善意)를 조금도 의심하지 마시기 바랍니다.
만일,
제가 죽으면 사부님도 돌아가시고 독경은 이 세상에서 영원히 사라

질 것입니다. 그러니 저를 믿고 녹선단을 다섯 알만 내어주시면 비급이 있는 장소와 사부님이 비급을 얻게 된 사연까지 말씀 드리겠습니다.
선사님, 녹선단은 재료만 있으면 얼마든지 만들 수 있으나 독경은 그렇지 않습니다.
땅속에 있으니 비가 오면 글씨가 지워지고 시간이 흘러 결국에는 썩어버릴 것이기 때문입니다. 선사님, 죽음을 내리셔도 고이 받아들이겠으나, 녹선단을 내려주시면 그 은혜는 평생을 두고 잊지 않겠습니다."
하고
국관이 목을 길게 내밀자, 탁곱은 한숨을 내쉬며 정신을 가다듬었다.
어리다고 쉽게 보았으나, 언변이 청산유수였고 지략과 뱃심 또한 보통이 아니었다.
국관을 죽여 봐야 소득도 없고, 괜히 없던 적을 하나 만드는 것 아닌가.
누굴 두려워한 적은 없으나 이익 없이 귀찮은 일이 생기는 건 싫었다.
'흥!
일단, 부탁을 들어주는 척하고 독경을 찾으면 놈을 독지네의 간식으로 주어야겠다.'
고 생각하며 선심을 쓰듯 부드럽게 말했다.
"아이야, 그럼, 구음독경을 어디에서 얻었는지부터 말해 보아라."
국관이 머리를 조아렸다.
"먼저, 녹선단을 내려 주시기 바랍니다."

"그 정도는 말을 해줘야 믿을 수 있지 않겠느냐?"
이때 기선을 잡았다고 판단한 국관이
"선단을 가진들, 대력(大力)을 지니신 선사님의 손아귀를 벗어날 수 있겠습니까.
은총을 베풀지 않으시면, 소졸(小卒: 하찮은 졸병), 죽을지언정 한마디도 하지 않겠습니다."
하며
죽일 테면 죽여보라는 식으로 아까보다 더 길게 목을 내밀자
'독종이네.
그러나 맞는 말이야. 뛰어봐야 벼룩이지. 독경을 찾아 온갖 고생을 했지만 찾을 수 없었고, 아버지가 돌아가신 후에도 발이 닳도록 찾았으나 허사였다.
호월(狐月)을 증오하며 보낸 세월이 얼마더냐. 아버님이 보우하사 굴러들어온 호박을 내차면 다시 미궁(迷宮)으로 빠질 터, 일단은 녹선단을 주고 보자.'
"당장 가져오마."
번개처럼 도약해 절벽에 출렁거리는 넝쿨을 잡고 몸을 부르르 떨더니,
벽을 박차고 휙 메뚜기처럼 날아 한 어두운 동굴 속으로 사라졌다. 참으로 기이하고 놀라운 경신술이었다. 얼마 지나지 않아 탁곱이 돌아와 옥병을 주며
"녹선단 스무 알이다. 이제 되었느냐?"
국관이 받아들고 말했다.
"제가 먼저 한 알 먹어봐야겠습니다."
"흐흐흐흐흐,

죽고 싶어 환장했군. 녹선단은 보약이 아니라 극독이다. 한 번 먹어
봐라."
국관이 멈칫했다. 탁곱의 외눈을 보며
"먹으면 어찌됩니까?"
"1각 이내에 해약을 먹지 않으면 오장이 녹아내려 죽게 되느니라."
"무섭군요."
"그렇다. 이런 극독은 세상에 찾아보기 힘들고 해독하기도 어렵지"
"선사님은 어떻습니까?"
"나는 좀 다르지. 그러나 나도 반나절 안에 해약을 먹어야 하느니
라. 녹선단은 독공(毒功)수련에 먹는 독(毒)이지 선약(仙藥)이 아니
다."
"그럼, 해약도 주셔요."
"흐흐흐, 해약은 동굴에 있다. 당초 녹선단만 달라고 했지 않느냐?
네놈이 이랬다저랬다 하니까, 갑자기 네 가죽을 벗겨버리고 싶어진
다."
내심, 깜짝 놀란 국관이 아, 그랬었지 하고 얼빠진 표정으로 말했
다.
"그럼, 약속대로 사부님이 비급을 취득하신 내력을 말씀드리겠습니
다."
"음, 그래"
탁곱이 숨을 죽이며 토끼처럼 귀를 쫑긋 움직였다.
"네,
사부님이 수년 전, 번조선의 사마외도를 소탕하러 강호에 나갔다가
발해의 흑도(黑島)에서
악행을 저지르는 한 흑선을 만나 3일을 싸워 그를 죽였는데 그자의

품에서 독경을 발견했다고 하셨습니다. 사부님은 비급이 어느 방파의 것인지 모르고 계셨으나,
사부님을 치료하러 오신 백두선문의 중양정사님이 우연히 구음독경을 보시고,
1만 가지 독을 강아지 다루듯 하는 천하제일의 독선(毒仙) 탁곱님을 뵙고 부탁을 드리면 반드시 살아날 수 있을 것이라고 알려주셨답니다."

중양은 선계에 널리 알려진 의선이었다. 중양이 자기를 독의 신선으로 표현했다는 말에 탁곱은 흐뭇했으나 이내 외눈을 번득이며 실망하는 눈치를 보였다.

국관은 호월선자의 이름이 나오지 않아서 그런 것이라고 짐작했다. 탁곱은 가달마황을 받드는 흑선들에 대해 알고 있었으나, 발해의 흑도는 처음 듣는 곳이었다. 흑림의 한 거점(據點)으로 짐작한 탁곱이 물었다.

"흑도? 혹, 너는 네 사부로부터 호월이라는 이름을 듣지 못했느냐?"

국관이 원래 그랬던 것처럼 멍청한 눈을 하고 대답했다.

"네, 듣지 못했습니다. 단, 흑선들의 무공이 극악하여 당해낼 자가 별로 없으니 만나면 삼십육계 줄행랑을 치는 게 상책이라고 하셨습니다."

"흥, 그깟 것들이 무어 대단하다고. 자, 이젠 독경이 있는 곳을 말하라. 독경이 아니면 목을 내놓아야 할 것이니라."

"그럼, 구음독경이 맞는지 증명하기 위해 앞의 몇 구절을 외워보겠습니다."

"음, 외워 보아라."

국관이 자세를 바로하고 매우 엄숙한 표정으로 두어 줄 외워 보았다.
"세상의 모든 독벌레와 독초들은 저마다 특이한 독성을 지녔으며, 이들 역시 하늘이 내리신 것이라 함부로 뽑거나 죽여서는 아니 될 것…"
탁꼽이 손을 들며
"됐다. 구음독경이 맞다. 애야, 그만 하고 비급이 있는 곳으로 얼른 가자."
"선사님, 외람되오나 불초(不肖) 소생(小生), 한 가지 걱정이 있습니다."
"또 뭐냐?"
"구음독경을 찾고 나서 혹, 선사님이 마음을 바꾸시어 저를 해하려 하시면 저의 실력으로는 이십 초를 넘기기 전에 죽게 될 것입니다."
탁곱은 속으로 웃었다.
'이놈, 이십 초가 아니라 고독장(掌)에 3초도 못가 절명할 것이다'
"그래, 어쩌겠다는 게냐."
"청(請)이 있습니다. 청을 드리는 목적은 선사님께 구음독경을 무사히 돌려드리는 것 외에는 없으니 다른 오해는 하지 마시기 바랍니다.
제가 이 무서운 곳에 오면서 아무 대책도 없이 들어왔겠습니까? 하찮은 저를 죽이려 하시다 독경을 영영 얻지 못할 수도 있습니다. 그리 되면 선사님은 먼 훗날, 죽어서도 팔독선님과 구음독선님을 뵈올 낯이 없어 눈물을 흘리며 긴 세월 구천(九天)을 떠돌게 될 것이니,
독경을 감춘 곳에 가서 저와 선사님 모두에게 득(得)이 되는 청(請)

을 드리겠습니다."

탁곱은, 자기의 속내를 꿰뚫어 볼 뿐 아니라 공손하면서도 얼핏 스치는 국관의 비장(悲壯)한 표정에 함부로 할 수 없다는 것을 깨달았다.

"오냐, 네 청을 들어줄 것이니 가자."

그러나 국관은 자리에서 꿈쩍도 하지 않았다. 탁곱은 속으로 열불이 났다.

"어쩌라는 말이냐. 네 하자는 대로 하마. 빨리 비급이 있는 곳으로 가자."

"선사님, 정말 제가 하자는 대로 하시는 거죠?"

"설마, 약속을 어기겠느냐? 네가 나를 묶겠다고 해도 기꺼이 묶여 주마."

하며 손을 내밀자

"저는 선사님을 묶지 않습니다. 가서 말씀 드리겠습니다."

하고

계곡을 나와, 고야곡 표지 부근에 묶어놓은 말을 타고 음산산맥 지경에서 빠져나왔다.

국관을 따라가던 탁곱은 의심이 들기 시작했다.

"이놈, 노부를 놀리는 게냐? 도대체 어디로 끌고 다니는 것이냐?"

"구음독경이 있는 곳으로 가고 있습니다. 조금만 더 가면 됩니다."

"그래?"

탁곱은 외눈을 번득이며 사방을 두리번거렸다. 그 때 국관이 발을 멈추었다.

"선사님"

"말하라"

"제 청을 들어주셔야 할 때입니다. 그럼, 독경이 있는 곳을 알려 드리겠습니다."
탁곰이 다그치자,
국관이 녹선단이 든 옥병을 꺼냈다. 그리고 녹선단 두 알을 건네며
"이걸 드시면, 장소를 알려드리겠습니다."
탁곰이
"뭐라!"
하며 손을 치켜들자 손바닥이 삽시간에 흑색으로 바뀌었다. 고독장(掌)을 끌어 올린 것이다. 국관이 머리를 탁곰의 배 앞으로 들이밀었다.
"죽이십시오. 저도 살기 위해 이러는 겁니다. 선사님은 녹선단을 드셔도 반나절 안에만 해약을 드시면 아무 탈이 없으실 것 아닙니까?"
탁곰은
'영악한 아이로구나! 고야곡에서 너무 멀리 나왔다. 독경을 찾은 후, 놈을 쫓다가는 황천으로 직행하게 될 것이다. 허, 귀신도 속일 놈이로군.'
하며 혀를 찼다.
"녹선단을 다오."
하고 삼켰다. 국관은 탁곰의 목젖이 꿀꺽 움직이는 것을 확인하였다.
"저기 언덕 위에, 붉은 천이 바람에 마구 날리는 전나무가 보이시죠?"
"그 아래 묻었느냐!"
"아닙니다, 선사님"

"뭐?"

탁곱은 외눈을 부릅떴으나 국관은 모르는 척 다른 곳을 보며 말했다.

"전나무 아래에서 나무를 등지고 서신 후, 발등을 기준으로 동(東)으로 일곱 걸음 가시고,

거기에서 방향을 틀어 북(北)으로 여덟 걸음, 서(西)로 아홉 걸음, 좌(左)로 세 걸음 자리의 붉은 돌이 있는 자리를 파면 나올 겁니다."

탁곱은 대노했다. 어린놈이 조롱하고 있다는 생각에 주먹을 높이 들었으나

"그럴 시간이 없으실 텐데요?"

하자

탁곱은

'내 아무리 독선(毒仙)이라 하나, 녹선단을 두 알이나 먹지 않았는가. 그냥 인심 쓰는 척 살려주는 게 좋겠다.'

하고 입맛을 다셨다.

"알았다. 내가 언덕에서 구음독경을 찾았다고 하면, 너도 떠나거라."

"네"

탁곱이 나는 듯 서너 걸음에 전나무 아래에 섰다. 그리고 몸을 핵 돌려 걸음을 옮기기 시작했다.

그러나 마지막 발을 딛었지만 바닥에는 붉은 돌이 보이지 않았다. 걸음 수가 잘못 됐나 처음부터 다시 해보았지만 결과는 똑같았다. 탁곱이 소리쳤다.

"네가 와서 찾아라!"

국관은 깜짝 놀랐다.
'그럴 리가. 혹 누가?'
하다
아! 하고 소리쳤다.
"잠깐, 제 말씀 좀 들어주십시오. 생각해보니 어른께선 왼쪽 눈만 보이십니다. 감겨있는 오른 눈 아래 발등을 기준으로 다시 밟아보십시오."
탁곱이 다시 발을 옮기니 붉은 돌이 있었고, 땅을 파자 과연 가죽으로 만든 주머니가 나왔다. 덥석 집어 들고 물건을 빼보니 그토록 찾아 헤매던 구음독경(九陰毒經)이었다. 탁곱이 감격해 하늘을 우러르며 외쳤다.
"아버님! 독경(毒經)을 드디어 찾았습니다!"
이를 본 국관은 있는 힘을 다해 말을 달렸고, 탁곱 역시 해독약을 먹기 위해 고야곡으로 눈을 뒤집고 달려갔다.


한편, 온평은 호월의 도움으로 내상을 치료하고 딸을 돌보며 국관이 돌아오길 기다리고 있었다. 며칠 지내보니 이정은 더없이 곱고 착한 소녀였다.
'녹선단을 구해 오면 다행이지만, 그렇지 않으면 이 소녀는 죽게 될 것 아닌가.'
온평은 녹전갈을 도망치게 만든 미안함으로 정성스럽게 보살폈다.
온평은
침대 곁에 앉아 협객, 선협 그리고 고대의 여러 신(神)들에 대한 전설들을 들려주었다. 모두 소도에서 스승과 선인들로부터 들었던 이야기들이었다.

호월은 삼신(三神)이나 선인들 이야기는 치를 떨며 싫어했으나, 딸이 푹 빠져 재미있게 듣는 걸 보고 모르는 체 내버려 두었다. 어느 날,

"하루 이틀 나갔다가 돌아올 것이니, 이정을 잘 간병해라. 약(藥)은 저 동굴 벽 파여진 곳에 보관되어 있으니 시간 맞춰 잘 다려 먹여라."

하고 떠났으나 이틀이 지나도 돌아오지 않았다. 온평은 뭔 일이 있나 했는데, 이정은 별 걱정이 없는 얼굴이었다.

"아가씨, 호월선자님이 아직 돌아오시지 않는데 걱정이 안 되세요?"
순간,

이정이 미소를 지었다. 병색(病色)이 짙었으나 그녀의 눈은 더 없이 아름다웠다. 가슴이 두근거린 온평은 얼른 다른 곳으로 얼굴을 돌렸다.

"자주 있는 일이예요. 사정이 있을 겁니다. 강호에서 어머니를 어찌할 수 있는 자는 거의 없어요. 무사히 돌아오실 것이니 걱정하지 마세요. 그것보다는 고야곡(谷)으로 가신 국관님이 무사히 돌아오시길 기도하셔요. 아, 그리고 소협, 제가 부탁이 하나 있는데 들어주시겠어요?"

온평이 약간 긴장했다.

"부탁이요? 가능한 일이라면 들어드려야지요."

"그건.."

이정이 멈칫하며 고개를 숙이자, 온평은 살짝 기운 백합을 보는 듯

했다.
"소협을 오라버니라고 부를 수 있게 허락해주셔요."
그녀의 창백한 얼굴에 홍조(紅潮)가 떠올랐다.
"저는 줄곧 혼자 자랐어요. 인적 없는 산속 오두막이나 동굴에서만 살았지요. 며칠 지나지 않았지만, 소협과 이야기 하며 지내니 몸은 아파도 마음은 너무나 즐거워요. 제 오라버니가 되어주시면 안 될까요?"
온평은 당황했다.
'호월은 내게 이정의 노비 노릇을 하라 하지 않았던가. 딸이 죽으면 함께 순장시킨다고도 했다.
내 마음대로 결정했다가 선자의 비위를 건드리면 당장 죽게 될 것이고
그러나 거절하면 저 여린 아가씨가 얼마나 마음 아파할까? 일단 승낙을 하자.'
"그래요, 아가씨. 그러나 어머니가 계실 때는 그리 부르면 안 됩니다."
"정말요? 오라버니?"
"동생"
이정은 기뻐하며 눈물까지 글썽였다.
"저는 속으로, 오라버니가 거절하시면 어떡하나 걱정했어요. 만약 안 된다고 하면, 오라버니가 날 무시했다고 어머니께 말씀드릴까 생각해봤거든요. 하지만 그럴 필요가 없게 되었으니 얼마나 다행이에요?"
온평은 그 말을 듣자 식은땀이 쭉 하고 흘렀다.
'아, 이 소녀는 본디 더 없이 착한 성품을 지녔으나, 호월(狐月) 밑

에서 지내다 보니 생각이나 마음을 표현하는 방식이 매우 극단적이구나.'
"고맙소, 아가씨"
"피.. 또 아가씨래, 오라버니, 앞으로는 그런 호칭 쓰지 마셔요."
"알겠소"
"오늘은 무슨 얘기 해주실 거예요?"
"음, 항탁 대선사님의 어릴 때 이야기를 해주겠소."
"항탁?"
"우리 신국(神國)의 선맥(仙脈)을 이으신 대선인(大仙人)이시오."
"와.."

## 도굴왕 비마(匪魔)

국관은 조금이라도 빨리 온평을 구하려는 일념으로 하루 종일 말을 달렸다. 음산산맥 지대를 벗어나니 끝없는 초원(草原)이 펼쳐졌다. 생각보다 수월하게 녹선단을 얻은 국관은 마음이 날아갈듯 가벼웠다.
'녹선단을 건네주면 사제를 즉시 풀어주겠지.'
국관이
가느다란 물이 흐르는 언덕을 올라섰을 때였다. 올 때는 보지 못한 천막들이 길을 가로 막고 있었는데, 모두 군영(軍營)들이었고 경계가 삼엄(森嚴)했다. 펄럭이는 깃발을 자세히 보니 연(燕)나라 깃발이었다.
'연의 군대가 여긴 웬일일까?'
하고 중얼거리다,
더 먼 곳의 구릉지대에 늘어선 수많은 군막들과, 진영을 거칠게 드나드는 일대(一隊)의 군마가 눈에 들어왔다. 동호의 백록기(白鹿旗)

가 휘날리고 있었다. 동호와 연이 전쟁을 하고 있는 것이다. 번득이는 창검이 일촉즉발(一觸卽發)의 살기를 뿜어내고 있었다. 연(燕)은 이 지역에서 전마로 쓸 말을 약탈해가곤 했다. 동호의 말이 워낙에 뛰어났기 때문이다. 국관은 전장(戰場)을 피해 멀리 돌아갈 수밖에 없었다.

'연나라가 일을 방해하는구나. 빨리 가려고 초원(草原)을 가로 질렀는데, 잘못하면 전투에 휘말릴 수도.. 호월선자가 이야기한 기한은 아직 여유가 있으니 남쪽으로 돌아가야겠다. 온평이 잘 견디어 주겠지.'

국관은 말머리를 남으로 돌렸다. 한 번도 가 본 적이 없는 길이었는데,

어느 구간부터 서서히 황무지로 바뀌어갔고 갈수록 사막과 다름없는 지대가 펼쳐지다 홀연, 거친 바람이 휘몰아쳐왔다. 한 치 앞도 내다볼 수 없는 황토(黃土) 바람에 동서남북을 분간할 수 없었고, 말도 힘들어 하며 나아가지 못했다. 국관은 어쩔 수 없이 말에서 내렸다.

고삐를 꽉 움켜쥐고 발길 닿는 대로 나아가다 지쳐서 주저앉을 즈음 겨우 바람 속을 빠져나왔다. 폭풍이 사라져 크게 안도하였으나 갑자기 사방이 절벽으로 이루어진 백이십 여장 높이의 돌출 지형이 나타났다.

땅이 솟구친 듯 보이는 희한한 지형이라 국관은 눈을 떼지 못했다. 풀 한포기 없는 메마른 땅이었으나 절벽(絶壁)의 꼭대기는 나무들이 자라고 있었다.

'독특한 지형에, 정상(頂上)에는 나무들이 자라고 있다니. 저 위에서 잠시 쉬다 가면 좋으련만.'

하는 그때, 멀리 서남쪽에서 두 필의 말이 질주(疾走)해오고 있었다. 국관은 재빨리 절벽 뒤로 숨으며 안력을 끌어올렸다. 선두의 말에는 뚱뚱한 노인이 타고 있었는데 붉은색 주머니가 실린 말을 끌고 있었다.

절벽에 도착한 노인은 오십 대로 보였으며 가죽옷을 입고 있었다. 두 눈이 아래로 쭉 찢어진 게 매섭고 야비해 보였다. 턱수염은 밑부분만 하얀 것이 검게 염색하고 다닌 것 같았으나 힘이 좋아보였다.

이어, 커다란 가죽주머니를 한 손으로 가볍게 내린 노인이 말들을 절벽 끝 언덕 뒤편에 묶어놓고 돌아왔다. 국관은 호기심이 일었다.

'이 황량하고 외딴 곳에 무슨 일일까. 저 주머니엔 뭐가 들어있을까?'

절벽으로 뚜벅뚜벅 걸어가다 누가 없는지를 한 번 더 살펴본 노인은, 역시 아무도 없다고 생각했는지 고개를 가볍게 끄덕였다. 그리고

한 바위틈으로 손을 넣어 뭔가를 꺼냈는데 이번엔 검은색 가죽부대였다.

그는 검은 주머니를 붉은 주머니 옆에 펼쳐 놓고 그 안으로 들어가 누웠다.

그리고 주둥이에 달린 긴 끈으로 가죽에 뚫려있는 구멍을 하나하나 끼워가며 묶어갔다. 입구(入口)를 거의 다 묶자, 머리만 내놓은 채 두 눈을 번득이며 칼날 같은 휘파람을 한 차례 길게 불어 제꼈다. 이어, 머리를 주머니 안으로 쏙 집어넣고, 남은 곳을 마저 굳게 봉하였다.

국관은 호기심이 더욱 커졌다. 자세히 살펴보기 위해 접근하던 국관

은, 느닷없이 땅바닥에 어른거리는 큰 그림자를 보고 놀라며 바위 뒤에 납작 엎드린 채 조심스럽게 하늘을 올려보았다. 커다란 괴조가 내려오고 있었다.

땅에 내려온 괴조가 한 발에 주머니 한 개씩 움켜쥐고 까마득한 절벽 위로 날아 올라갔다. 국관은 너무도 괴이한 광경에 몸이 달아올랐다.

'오늘은 말도 나도 지쳤으니, 이곳에서 쉬며 더 지켜보기로 할까? 아, 아냐.

지금 여기가 어딘지도 모르는데 괜히 잘못 꼬이면 뭔 일이 생길지 몰라. 그냥 가자. 음.. 아냐, 아냐. 아, 어떡하지?'

하며

갈등하다 결국은 몸을 숨기고 더 살펴보기로 했다. 시간이 꽤 흐른 후,

한 바탕 허공을 할퀴는 휘파람 소리가 들리자, 아까의 괴조가 검은 가죽부대를 쥐고 내려와 처음 있었던 곳에 두고 날개를 펄럭이며 다시 절벽 위로 날아 올라갔다. 잠시 후 노인이 주머니를 열고 밖으로 나왔다. 손에는 괴조가 물고 올라갔던 붉은 주머니를 말아들고 있었다.

그는 자기가 들어갔던 검은 주머니를 말아서 바위틈에 다시 감추고 뭐가 그리 좋은 일이 있는지 절벽을 보며 허리를 젖히고 웃어 제꼈다.

"파하하하하하!"

그리고

말을 몰고 서남쪽으로 빠르게 사라졌다. 황야(荒野)는 아무 일도 없던 것처럼 다시 고요해졌다. 국관은 이게 무슨 일일까 하고 노인이

사라진 방향을 보다 노인이 서있던 절벽 아래로 걸음을 옮겼다. 그리고
바위틈에 감추어진 검은 주머니를 꺼내 노인이 했던 것처럼 몸을 넣고 끈으로 묶어가다 휘파람을 길게 불고 얼른 주둥이를 막았다. 1각이 지나,
둥실 몸이 떠오르는 걸 느끼고 틈새를 보니 괴조(怪鳥)가 자기가 들어있는 가죽주머니를 물고 절벽 위로 날아오르고 있었다. 잠시 후 바닥에 내려진 것을 느낀 국관이 주머니를 여니, 짐작대로 절벽(絶壁) 위에 올라와 있었는데 눈 아래로 구름이 보이는 절경(絶景)이었다.
동남쪽으로 산과 언덕에 둘러싸인 성(城)이 보였고, 괴조를 찾아보았으나 보이지 않았다.
정상은 천 평이 넘지 않았다. 서쪽으로 5장 높이의 바위산(山)과 굴이 보였는데 비마동(洞)이라고 쓰여 있었다. 어디서 들어본 듯 했지만 생각이 나지 않았고, 맞은편 연못은 깊이는 알 수 없으나 저(低)지대인 것이 절벽 위에 내린 빗물은 모두 그곳으로 흘러들 것 같았다.
국관이 동굴로 들어가니 세 개의 굴이 있었고 굴마다 문이 닫혀있었다.
첫 번째 굴은 서너 평 정도로 비어 있었는데 침상과 침구류가 있었다.
두 번째 굴(窟)도 첫 번째와 비슷했는데 식량 창고였다. 시렁을 매달아,
변하지 않는 건량과 말린 고기들이 보관되어 있었고, 귀퉁이에는 세 개의 항아리가 있었는데 그 중 하나를 열어보니 등잔 기름이 담긴

항아리였다.

국관은 마지막으로 세 번째 굴을 열어보다 깜짝 놀라고 말았다. 앞의 굴(窟)과 달리 매우 컸고, 진기한 보물과 물건이 가득한 창고였다.

국관은 아름다운 보석과 진기한 물건들을 이것저것 집어 들고 살펴보다 노인의 정체를 짐작하고 크게 놀랐다. 노인은 국관이 어린 시절 귀에 못이 박히도록 들어온 강호의 전설적인 도굴왕 비마(匪魔)였다.

그는 위나라 사람으로 중원과 구이원을 가리지 않고 오직 각지의 왕이나 가한, 족장, 권문세가(權門勢家)의 무덤만 파헤치는 도굴꾼이었다.

그는 도굴이 곧 취미요 직업이요 뽐내는 자랑이었다. 그가 도굴왕(王)이라는 별호를 갖게 된 이유는, 위(魏)에서 있었던 사건 때문이었다.

왕(王) 못지않게 떵떵거리며 살던 한 대부가 죽자, 비마는 무덤과 2리 반(半) 거리에 백여 평의 집을 짓고 땅굴을 파, 쥐도 새도 모르게 각종 희귀한 부장품(副葬品)을 하나도 남기지 않고 모두 쓸어갔다.

위(魏) 조정은 도둑을 잡기위해 관부를 총동원하였으나, 햇볕에 녹은 눈처럼 흔적을 찾을 수 없었기에, 도굴왕이라는 별호가 붙은 것이다.


비마는 자기에 대한 경계가 심해지고 현상금까지 붙어 도굴이 힘들

어지자 구이원으로 넘어와 큰 고인돌을 찾아다니며 도굴하였는데 십년 전,
헝가이 고원의 어느 깊은 계곡에서 가달마황의 부하 화륜마왕(火輪魔王)의 무덤을 발견하고 도굴하다, 때마침 화륜마왕의 제(祭)를 올리러 온 흑무와 흑선들에게 잡혀 가달성으로 끌려갔다. 그 후 각팔마룡의 수하가 되어 그가 필요로 하는 물건들을 도굴(盜掘)을 통해 바쳤다.
그리고 괴조는 가달성 총관「사달」의 지시로 비마를 돕는 흑림의 새였다.
비마동은, 비마(匪魔)가 도굴한 물건을 감추어 두는 창고였던 것이다.
사람이 살지 않는 황야의 절벽 꼭대기에 장물(贓物)을 숨겨 놓았을 줄 누가 짐작이나 했겠는가.
국관은 보물을 쓸어가고 싶었으나 방법이 없었다. '주머니가 없으면 다 그림의 떡이로군.' 하며 가져갈만한 걸 고르기 시작했다. 잠시 후,
물건들 사이로 먼지가 잔뜩 쌓인 검이 눈에 들어와 먼지를 닦고 보니 추수(秋水)와 같은 검광(劍光)이 번득이는 보검이었다. 국관이 놀라
"오!"
하며 만져보다, 천웅검 일초 웅검분영(熊劍分影: 웅검이 그림자를 베다)을 펼치자 서릿발 같은 검기가 훅 하고 호(弧)를 그리며 밀려갔다.
검 자루에는 비룡(飛龍)이라고 적혀 있었다. 그야말로 용이 나는 필체였다. 이 검은 용가국(國) 초대 가한의 보검으로, 고인돌에 부장품

으로 넣어둔 것을 비마가 훔쳐 숨겨놓은 것이었다. 국관은 크게 기뻐했다.

'당분간 내가 사용하고, 후일 용가(龍加)에 갈 기회가 되면 돌려주리라.'

이어 한쪽 구석에서 양가죽 책을 발견했는데, 녹도문으로 '치우장(蚩尤掌)'이라 적혀 있었다.

"앗! 치우천황의 장법(掌法)!"

'칠대선문에서 발견했다면 엎어지며 삼배(三拜)를 올릴 보물을 비마가!'

비마가 녹도문을 알았다면 거품을 물고 기뻐했을 것이나, 배달국의 글을 모르는 데다, 워낙 물욕(物慾)에 눈이 멀어 책의 모서리만 봐도 고개를 돌리는 위인인지라, 천하의 보물을 알아보지 못한 것이다.

국관은 책을 품속에 집어넣었다. 그리고 안을 더 살펴보고 부피가 작은 금 조각을 두둑이 챙겨 동굴 밖으로 나왔다. 밖은 어느새 기온이 뚝 떨어지고 바람이 휭휭 불고 있었다. 국관은 어두워지기 전에 내려갈 생각으로 괴조가 있을 만한 곳을 찾아보았으나 보이지 않았다.

'새가 와야 내려가는데, 어디 갔을까. 주머니 안에 들어가 휘파람을 불어보자.'

하며 주머니에 들어가 휘파람을 불고 주둥이를 묶은 후, 기다렸으나 아무리 기다려도 괴조는 나타나지 않았다. 날은 점점 더 어두워지고 배도 고팠다.

국관은 괴조를 포기하고 동굴로 돌아가 건량을 먹은 후, 치우장법을 보기 시작했다.

단, 일초의 장법에 불과했으나 시작을 느낄 수 없는 기이한 궤적의 장법이었다.

동이 틀 무렵 치우장(掌)의 요결을 어느 정도 이해한 국관이 진시(辰時: 아침 7시 반)에 '새야, 제발 와 다오.' 하며 휘파람을 길게 불자,

잠시 후 괴조(怪鳥)가 나타나, 가죽주머니를 절벽 아래 내려놓고 휙 사라졌다. 국관이 끈을 풀고 밖으로 나와 위를 올려다보다, 주머니를 바위틈에 넣고 절벽 위에서 본 성(城)이 있는 동남쪽으로 달렸다.

## 중립지대 구탈(毆脫)


절벽에서 볼 때는 성이 가깝게 보였으나 가도 가도 끝없는 수백 리 사막이었고, 시도 때도 없이 부는 모래 바람이 괴로웠다. 가는 도중 폭풍에 날아갈 뻔도 했으나, 암석 지대의 장승같은 바위를 붙잡고 버텼다.

사막을 벗어나자 황량한 들판이 나타났고, 신시(申時: 오후 3시 반)를 넘겨 절벽 위에서 본 성(城)에 도착했는데, 말이 성이지 목책도 없고 산(山)과 언덕을 성벽으로 하여, 여기저기 움막을 짓고 살고 있었다.

비탈이나 벼랑에는 혈거(穴居: 동굴 집)도 보였으나, 번화가로 보이는 곳에 늘어선 상가와 주택들이 여느 작은 성 못지않은 인구를 짐작하게 했다.

길목의 언덕에 수백 년 된 시커먼 나무가 솟아 있었는데, 높은 가지에

「구탈」이라고 적힌, 가로 네 자, 세로 한 자 정도의 다 썩어 문드러진 목판(木版)이 빛바랜 노끈에 매달려 바람에 덜렁거리고 있었다.

이를 본 국관은 깜짝 놀랐다. 법사님께 지리를 배울 때 구탈이라는 곳을 들어 잘 알고 있었다.

'동호와 흉노가, 서로 침범하지 않는 「중립 지대」로, 국경(國境)의 버려진 사막과 황무지 칠백 리로, 그야말로 무법(無法)천지이며 갈가마귀와 올빼미 같은 자들이 몰려 사는 곳이라고 들어온 구탈이라니…'

국관은 경계심을 끌어올렸다.

당시 구이원에는 중립지대인 이런 지역이 구탈 말고도 다른 곳에 하나 더 있었다.

바로 연나라와 조선 접경 난하 서쪽의 '상하(上下)운장'이라는 곳이다.

훗날, 위만이 연나라에서 이곳으로 도주해 호시탐탐 기회를 엿보다 번조선의 왕위를 찬탈했는데, 바로 위만조선(衛滿朝鮮)이다. 구탈은 동호, 흉노 어느 쪽도 관여하지 않다 보니 두 나라뿐 아니라 열국(列國)이나

중원의 조(趙), 진, 연, 한(韓)의 범죄자와 탈영병까지 몰려와 사는 국제도시가 되어 있었다.

팻말을 지나자, 오른편 버드나무 아래 열네 다섯쯤의 계집아이가 탁자에 물을 놓고 장사를 하고 있었다. 옆에 있는 말구유에도 물이 가득 담겨 있었다.

소녀의 얼굴과 옷은 지저분했다. 머리 모양을 보니 진나라에게 망한 조나라의 소녀 유민 같았다. 소녀는 혼자 공기놀이를 하고 있었다. 국관이

"애야, 물 한 바가지 주고, 말에게 먹일 물 좀 다오."

아이는 국관을 한 번 흘깃 보더니, 못 들은 척 공기놀이를 계속했

다.
자기 말을 못 들었나 싶어, 국관이 다시 한 번 큰 소리로 말했다.
"물 한바가지만 다오."
그제야 아이가 대답했으나 여전히 공기놀이를 하면서였다.
"파는 물이 아니에요. 대신, 나하고 내기를 해요. 이기면 물을 드릴게요."
국관은 아이의 말이 무슨 뜻인지 몰라 반문했다.
"무슨 말이니?"
"오빠, 귀머거리예요? 나하고 내기를 해서 이기면 물을 드릴게요."
국관은 자기 귀를 의심했다.
"내기?"
아이가 일어서서 비웃듯이 말했다.
"공기 할 줄 몰라요?"
국관이 기가 막혔다.
"만일 내가 이기면?"
"아저씨 마실 물과 말 먹일 물을 드리죠."
"내가 지면?"
아이가 국관의 행색을 살펴보다 허리에 찬 검을 보고 눈빛이 반짝였다.
"허리의 검을 주셔요."
"뭐? 검을?"
"네"
국관은 기가 차고 화가 났으나, 상대가 아이라 화를 낼 수도 없었다.
마을까지 들어가려면 거리가 있어 보였다. 이 소녀를 어찌 할까 생각하다, 어린 아이쯤이야 하며 선뜻 대답했다.
"그래, 하자"
했고
"정말요?"
"응"
"그럼, 여기 앉으셔요."
아이가 규칙을 설명했다. 먼저 천점을 내는 사람이 승자가 되는 놀이였다.
소녀가 건네준 공기돌 다섯 개를 받아보니 뜻밖에도 검은 옥이었는데 그것도 모두 서역의 호탄산 옥(玉)이었다.
"오빠가 먼저 해."
"네가 먼저 해라"
"호호, 후회할 걸?"
국관의 손에서 돌을 잡아챈 아이가 숨도 쉬지 않고 시작했는데 돌을 갖고 노는 실력이 보통이 아니었다. 손에 끈이라도 달린 듯 떨어지지 않았고 언제 끝날지 모를 지경이었다. 순간 국관은 후회가 되었다.
'앗! 내가 성급했다. 잘못하면 아이에게 비룡검을 빼앗길 수도 있겠는데?'
어어? 하는 사이 무려 육백오십 점을 낸 아이가 공기돌을 넘겨주었다.
국관이 정신을 집중하고 돌을 천천히 던지며 잡기 시작했다. 워낙 오랜만이라 몇 번 놓칠 뻔 했으나,
암기 다루듯 조심스럽게 손을 놀리며 점수를 쌓아갔다. 국관의 어설픈 모습을 보고 비웃던 계집애는 국관이 오백팔십 점을 넘어가자.

긴장하기 시작했다. 아이는 평소, 구탈 칠백 리 안에서 공기로 자기를 이길 자는 없을 것으로 자신해왔다.
이윽고 육백 사십을 넘어서자 심술이 난 소녀가 입으로 바람을 불었다. 돌이 옆으로 밀리자 국관의 손이 그물처럼 움직이며 돌을 잡아챘다.
"반칙이다"
"반칙 규정은 없었어요."
하며
좌우와 가운데로 바람을 불자, 국관이 횡(橫)으로 병풍을 치듯 왼손을 움직여, 소녀의 삼로구풍(三路口風: 세 방향의 입 바람)을 차단했다.
'계집애가 이리도 영악하다니. 규정 운운하는 아이와 다투어봤자, 나만 너그럽지 않은 사내로 낙인 찍혀 손가락질을 받을 게 뻔하다.'
내공을 일으키면 이기지 못할 아이가 아니었으나, 여아(女兒)를 상대로 마혜의 수제자(首弟子)가 웅가의 무공을 쓸 수는 없는 일이었다.
결국 아이의 끈질긴 방해로 국관은 칠백 점에서 돌을 넘겨주게 되었다.
국관이 초조한 표정으로
"자, 네 차례다."
하고
돌을 넘겨주자 소녀가 국관을 보고 싱긋 웃었다. 이미 육백 오십을 득점했으니 소녀가 이길 것은 뻔했다. 씻지 않은 얼굴에 새하얀 이가 드러나는 순간, 공기돌이 허공을 날기 시작했고 손은 아예 보이지 않았다.

국관이
'이리 놔두면 보검을 빼앗길 터. 그렇다면 나도 반칙을 쓸 수밖에 없다.'
하며, 입으로 바람을 불려하자, 소녀가 앉은 채로 일어서며 왼발로 국관의 안면을 비껴 찼다.
국관이 흠칫 피해내자
"팔백삼십칠, 팔백삼십팔!"
소리가 들렸다.
심성(心性)이 고운 국관이 어떡하나 갈등하는 사이, 시간이 더 흐르자
"구백육십일, 구백육십이!"
하며
널뛰듯 숫자가 올라갔고, 국관은 가슴이 타들어가며 아이에게 말려든 걸 후회했으나
문득 아무리 계집아이라 하나 반칙을 넘어 발차기까지 하는 아이를 용서하는 것은 인(仁)이 아니라는 생각에, 바깥쪽에 솟은 돌을 향해 바람을 불고,
소녀가 국관의 입을 차는 순간 전광석화처럼 이동하며 왼 허벅지를 찼다.
"악!"
하고 소녀가 비틀거리자, 국관은 얼굴 앞에서 떨어지는 아이의 오른발을 잡아챘다. 지저분한 바지 속에서 백옥 같은 하얀 피부가 드러났다.
"어머!"
아이의 얼굴이 빨개지며 소리쳤다.

"무슨 짓이에요! 명색이 선협이라는 자가 여인의 발이나 잡고 늘어지다니!"

국관은 「여인」 운운에 손을 놓을 뻔했으나, 마음을 독하게 먹고 혈(穴)을 점했다.

"훗, 이럴 때만 여인이냐? 내 차례다. 얌전히 구경이나 하고 있어라."

그리고 땅에 떨어진 돌을 들고 놀이를 재개했다. 소녀는 꼼짝 없이 국관이 차곡차곡 점수를 쌓아가는 것을 지켜보며 온갖 욕을 퍼부었다.

"늑대가 물어갈 놈, 염병할 놈, 반드시 네 다리를 잘라 뱀에게 던져 줄 거다!"

국관은 순식간에 모자란 점수 삼백 점을 채우고 공깃돌을 내려놓았다.

"내가 이겼다. 약속대로 물 한 바가지 마시고 말에게도 좀 먹여야겠다."

며 물을 마시고 말에게도 먹인 후, 뿔이 잔뜩 난 소녀에게 물었다.
"나는 대웅성의 국관이다. 너는 어디에서 왔으며 이름이 무어냐?"
소녀는 분해하며 쏘아붙였다.
"난, 조나라 상산(常山)의 안교라고 한다. 아녀자의 발을 훔쳐보고 만지는 것이 너희 군자국(國) 남자들이 아침저녁으로 행하는 짓이더냐?"

국관은, 강호를 수십 년 뒹군 것 같은 안교의 말솜씨에 기가 찼으나,

소녀의 발을 잡고 속살을 본 것은 사실인지라 미안한 마음이 들기도 했다.

'이 아이는 구탈에서 먹고 살다 야수(野獸)처럼 거칠어졌고, 이곳에 처음 오는 어리숙한 사람들을 상대로 등을 치고 살아왔을 것이다.'
마침, 거친 들판에 해가 떨어지며 마을 전체가 노을에 물들고 있었다.
'음산한 이 땅에도 노을이...'
그는 안교와 시비 할 필요가 없다고 생각하며 금 조각을 꺼내 탁자에 올려놓았다.
"물 값이다. 이만하면 당분간 물장사를 안 해도 될 거다. 나는 이만 가마."
국관이 몸을 날려 말에 올라탔다.
"야, 국관. 혈도는?"
"이미 풀렸을 게다!"
안교가 금 조각을 들고, 멀어져가는 국관의 뒷모습을 멍하니 바라보았다.
국관은 서문객잔이라는 곳에 들었다. 널찍하게 돌담이 쳐진 건물로 마구간도 있었다.
주인은 원승(怨蠅)이라는 자로, 이마와 턱이 나오고 눈은 깊이 들어가 있었으며, 말씨가 중원의 조나 한(韓)의 유민 같았다. 그는 주문보다
국관이 지닌 검(劍)에 관심이 많아 보였는데, 국관은 모르는 척 하고 음식과 술 한 병을 시키고 방에 들어와 술을 한 잔 막 들이키려 했다.
이때, 뒤의 창틈으로 가느다란 목소리가 들려왔다.
"술을 먹지 마셔요."
머리털이 쭈뼛해진 국관이 잔을 내려놓고 살며시 창문을 여니 안교

가 몸을 숨기고 있었다. 국관이 손짓하자, 안교가 창을 넘어 들어왔다.
"무슨 일이냐?"
사실, 내기에서 지고 씩씩거리던 안교는 시간이 지나 화가 가라앉자,
손을 부러뜨려도 할 말이 없는 상황에서 금 조각을 주고 간 국관의 너그러움에 감동을 느끼며 난생 처음으로 「미안한 마음」이라는 게 생겼다.
구탈에서는 겪어보지 못한 너무도 신선한 충격으로, 무예는 뛰어날지 모르나 저 착하고 바보 같은 국관이 무법천지(無法天地)의 구탈에서 모진 해를 당할까 걱정이 되어, 자기도 모르게 따라왔던 것이다.
"오라버니가 죽을 것 같아서 따라왔어요. 구탈은 살인, 강간, 도박, 매춘 등 세상에 있을 법한 나쁜 일은 다 일어나는 곳이에요. 여기에선 힘 있는 자만이 살아남아요. 내가 건재한 것도 나름 한 가닥 하는 무예 때문이고, 나도 이곳에 처음 온 사람들을 털어먹고 살아요."
국관은, 욕을 하던 안교가 오라버니라고 하자 거북했으나 일단은 넘어갔다.
"음식에 독이 있단 말이냐?"
"객잔 주인은 위(魏)나라의 탈영병으로 고수예요. 이곳은 그의 졸개들이 많이 살고, 음험한 여관이에요. 가축 대신 사람을 죽여 만두 속으로 써요.
돼지 잡는 칼에 도마를 방패로 쓰는데, 수백 년 된 나무의 옹이로 도마를 만들어 칼이 빗맞으면 미끄러지고, 정확하게 맞으면 옹이에

박혀 빠지지 않는 탓에 상대가 당황하는 순간 목숨을 빼앗아버려요."

이어 품에서 은침을 꺼내 술잔에 넣자, 침이 파랗게 변했다. 맹독이었다.

"여기는 사막이나 황야의 벌레, 풀에서 독(毒)을 쉽게 구해요. 한 번 중독되면 대부분이 죽고, 관가(官家)가 없으니 잡혀갈 일도 없답니다."

국관은 기가 막혔다.

'하루 밤만 자고 가려 했는데 먹을 것도 없는 곳에 들어왔으니, 내 참.'

"국관 오라버니, 이렇게 해요. 북동쪽 언덕에 있는 고비객잔으로 가요. 주인은 역징(力徵)이라는 동호 사람이고, 부인 소옥은 조나라 한단의 여인인데, 좋은 분들이에요. 길목에서 기다리고 있을 테니 그리로 오셔요."

하고 창밖으로 사라지자, 국관은 안교를 믿어보기로 하고, 주방으로 갔다.

부엌에서 식칼을 갈고 있던 주인이 국관을 보고 능글맞게 실실 웃었다.

"식사는 하셨소이까? 아니면 시킬 일이라도 있소?"

국관은 핑계를 대고 나가려다, 천연덕스러운 주인의 얼굴에 화가 났다.

"아니오, 좋은 객잔이 아닌 것 같아 나가려고 하오. 방값이 얼마요?"

국관의 삐딱한 말에 주인이 칼을 들고 일어섰다. 얼굴이 붉으락푸르락 했다.

"흥, 허락 없이 나갈 수 없다. 네, 가진 걸 모두 내놓지 않으면, 목이 떨어질 것이다!"

국관은 금 한 조각을 문 입구의 계산대에 올려놓고 타이르듯 말했다.

"이거면 충분할 거요. 더 이상 욕심을 내면 몸이 성치 않을 것이오."

금을 본 원승이

'이런 놈은 자주 볼 수 없다. 우리 객잔은 구탈에서 제일 외진 곳이라 더욱 그렇지.'

하며

"흐흐, 옷을 모두 벗어라!"

하고 다가서자,

국관이

"나쁜 놈!" 하고 물러섰다.

이에

"얏!"

하고 도마를 들고 식칼로 찍으며 달려들자 국관이 웅보(熊步)를 밟으며 피했다.

"아, 곰 새끼였구나."

보법을 알아본 원승이 식칼을 휘두르자 억센 바람이 탁자를 흔들었다.

소와 말을 단칼에 죽이는 백정의 수법에, 흉악범들의 도법(刀法)이 이것저것 더해진 칼질이었으나,

지금 국관이 들고 있는 검(劍)이 쇠를 자르는 보검일 것으로는 짐작

하지 못했다. 이십 합이 지나자, 식칼이 여기저기 파이다 칼끝이 잘려나갔고「옹이 도마」마저 삼분지일이 잘려 나갔다. 원승이 뛰어나다 하나 비룡검(劍)을 상대로 자신의 무예를 온전히 발휘할 수준은 아니었다.

패색이 짙어진 원승이 궁여지책 끝에 도마를 던지며 식칼로 국관의 안면을 찍어가는 순간, 천웅참마(天熊斬魔: 하늘의 곰이 마왕을 벰)의 궤적을 그린 검이, 좌우 연타를 날리는 곰처럼 식칼을 비껴 치며 목을 쳤다.

"큭, 툭"

원승의 목이 허망하게 바닥을 구르자, 객잔을 나온 국관이 고비객잔으로 향했다.

날은 이미 캄캄했다. 구탈의 달빛은 여느 성과 똑같이 아름다웠으나, 과객(過客)의 등을 치는 안교와 서문객잔을 떠올리며 고개를 저었다. 언덕 아래에서 서성이며 기다리고 있던 안교가 국관을 반겼다.

"시간이 좀 걸렸는데, 별 일 없었나요?"

"원승을 없앴다."

안교가 놀랐다.

"네에? 그 짧은 시간에 도축검객을요?"

원승의 별호가 도축검객인 모양이었다. 사람을 짐승 죽이듯 한 탓이리라.

안교는 내기 할 때 국관이 많이 양보했음을 알고 서늘해진 가슴을 쓸어내렸다. 고비객잔은 구탈에서 가장 큰 객잔으로 구탈의 외곽 산 밑에 있었다.

나무 한 그루 없는 구탈이었으나, 천산북로(天山北路)로 바로 연결

되고 동호, 흉노와 진, 조, 대나라로 통하는 길목에 있어 단골도 많았으며, 삼백 년 전부터 이 자리를 지키고 있었다는 객잔으로 구탈보다 오래된 객잔이었다.
그런데 언제부턴가 역징(力徵)이라는 사람이 주인행세를 하고 있었다.
그는 동호의 자몽성(城) 밖 자몽천(川) 부근에서 푸줏간을 하다, 사람을 죽인 후, 이곳으로 도망쳐 고비객잔의 일을 도와주던 자였다.
역징은 어쩌다 조나라 출신의 미인 소옥(素玉)을 데리고 살았는데, 소옥의 외모와 음식 솜씨가 널리 소문이 나서 손님이 더욱 많아졌다.
「서문객잔」과는 달리 고비객잔은 2층이었고 주위에 큰 나무들이 자라고 있었다.
두 사람이 객잔 문을 열고 들어서자
"안교가 이 늦은 시간에 웬일이니?"
하며, 한 여인이 두 사람을 번갈아 보며 반겼다.
국관이 안을 둘러보니 1층은 식당과 객실, 2층은 모두 다 객실이었다.
안교가 소개를 했다.
"언니, 웅가국 대웅성에서 오신 국관 오라버니예요. 오라버니, 여기 안주인 소옥님이셔요."

## 소옥

소옥은 아름다운 여인이었으나 겉모습과는 달리 기구한 인생을 살아온 사람이었다.
한단(邯鄲: 전국시대 조나라 도성/ 중국 하북성 남서부) 미빈루(眉嚬樓)의 기녀 소옥은 뛰어난 미모와 노래 솜씨로 인기가 많아 돈을 많이 모았다.

「 주렴을 걷으면 보이려나
　보석 같은 눈
　꽃 같은 입술

　어쩌다
　찌푸린 아미(蛾眉)
　새 울고 꽃도 지니

　촛불에
　그림자 한 번 볼까

아아
허..
탄식하다
한 잔
두 잔
화주(火酒)만 들이 붓네 」


소옥을 보기 위해 줄을 선 사내들의 노래까지 유행할 정도였으나, 정작, 소옥은 많고 많은 남자 중에, 건달 위자(僞資)를 좋아했다. 위자는
"나는 위나라 사람이며 이곳에 장사 차(次) 왔다."
고 거짓말을 했다.
모두가 위자가 건달이라는 사실을 알고 있었으나, 소옥만 몰랐고 또 소문을 들은 후에도 믿지 않았다. 소옥은 미남에, 노래 잘 하고 돈 잘 쓰며 말 잘하고 화통한 성격의 위자에게 그만, 몸도 마음도 다 빼앗기고 말았다.
언젠가, 굵은 촛불이 타오르는 밤 위자는 이불 속에서 소옥의 귀에 달콤하게 속삭였다.
"당신을 여기에서 빼내 함께 살고 싶어."
소옥은 눈물을 흘리며 감격했다.
"그 날이 오기를 기다리겠어요."
동료 기녀들은 혀를 찼다.
"이 난세에 제 정신 가진 놈이 남아 있겠나! 젊은 사람들은 전쟁터

에 끌려가 대부분 죽었고, 불구나 조금 이상한 놈들만 살아남았는데.
아, 우리 소옥이 불쌍하네! 저 간교(奸巧)한 한량의 혓바닥을 믿다니!"
사실
위자는 백수건달이었으나, 이곳저곳에서 돈을 빌려 가진 자처럼 행세를 해왔던 것이다.
소옥은, 기루(妓樓)에서 나오면 알콩달콩 행복하게 살자는 말을 철석같이 믿고, 기녀로 모은 전 재산을 위자에게 장사 자금으로 빌려주었다.
그러나 위자는 그 돈을 도박으로 탕진하고, 본색을 들킬 것 같자 먼저 선수를 쳤다.
"내일, 언니들에게 장(場: 시장)에 다녀온다 하고 미빈루(樓)를 빠져나오시오. 우리 위나라로 갑시다."
소옥은 느닷없는 말에 깜짝 놀랐다.
"언니들한테 인사도 안하고 떠나요?"
"아니,
얼마 전, 포주에게 돈을 지불 하겠다 하니 소옥은 좋아하는 손님이 많아 내줄 수 없다 하더군. 그리고 더 이상 미빈루에 오지 말라고 하기에, 결단을 내리고 서두르는 거요."
소옥도 주인 왕박(王朴)이 얼마나 지독한 포주인지 잘 알고 있었다. 사실 기녀들 중, 자기를 찾는 손님이 제일 많으니, 틀림없이 그랬을 것이었다.
소옥도 이곳을 빠져나가는 게 쉽지는 않으리라고 짐작하고 있었기에 입술을 깨물며 결심했다.

"알았어요."
"어지간한 물건은 의심받지 않게 그대로 놔두고 나오시오."
다음날
사시(巳時: 아침 9시 반), 소옥은 옷을 사러간다 핑계를 대고 값나가는 패물만 챙겨 미빈루를 빠져 나왔다. 그리고 시장으로 냅다 달려갔다.
위자는 벌써, 외곽에 마차 한 대를 대기해 놓고 있었다. 둘은 만나자마자 손을 잡고 깡충거리며 기뻐하다 한단성을 떠났다. 위나라를 향해 종일 달리고 달리다 저녁 무렵 어느 한적한 객점에 들어 밤을 보냈다.
두 사람은 다음날 아침 일찍 서둘러 출발했다. 정오쯤 되자 위자는 속도를 줄였다
"조에서 멀어지고 위(魏)의 지경이 멀지 않았소 지금부턴 속도를 줄여도 될 것 같소."
그리고
길가의 주점에 들어가 요기를 한 후 다시 출발했다. 한 시진 반(- 3시간)이 지나
마차가 백양나무가 무성한 곳으로 들어섰다. 숲에 들어선지 이각(- 30분)이 지나자 마차가 갑자기 정지했다. 소옥이 내다보며 위자에게 물었다.
"벌써, 위나라에 왔나요?"
"아니, 만날 사람이 있소. 잠깐만 기다리시오."
밖으로 검은 마차가 보였고, 눈매가 매서운 사내 둘이 타고 있었다. 누굴 만난다는 말을 듣지 못했던 소옥은 좀 이상한 생각이 들었으나,

위나라에서의 생활을 꿈꾸며 차분하게 기다렸다. 위자가 뭐라 속삭이는 말에,
"흐흐. 수고했소. 당신은 이 말을 타고 가시오. 여기부터 우리가 몰고 가리다."
말하는 소리가 들리며, 곧 말이 달리는 소리가 들렸다. 이상한 느낌이 든 소옥이 밖을 내다보자, 위자가 한단 방향으로 내달리고 있었다.
소옥이 놀라 마차에서 뛰어내렸다. 이어 위자를 쫓아가며 소리쳤다.
"어디 가셔요!"
그러나 위자는 뒤 한번 돌아보지 않고 채찍을 가하며 멀어져갔다. 소옥이 가슴이 철렁 내려앉는 순간, 한 사내가 쫓아와 마혈을 찍었다.
사내가 소옥을 안아 마차에 태웠다. 소옥은 꼼짝 할 수 없는 상태에서 사내들이 하는 말을 들을 수밖에 없었다.
"위자는 이제 잊어라. 너는 우리와 함께 진나라 함양으로 갈 것이다."
그토록 믿었던 위자가 진나라 함양의 포주에게 자기를 팔아버린 모양이었다.
'속았다! 아, 내 처량한 신세여!'
소옥은 원통한 마음에 하염없이 울었다. 기녀를 다른 나라에 팔아넘기는 자들의 얘기를 들어왔던 소옥은 막상 그 처지가 되자 기가 막혔다. 두 놈은 진나라로 가는 도중에 매일 밤, 소옥을 끌어안고 잤다.
"한단 제일 미녀라더니, 과연 그렇군! 그러나. 위자 같은 위인을 믿다니."

분했으나, 이대로 죽을 수는 없었다. 소옥은 하늘을 원망하며 이를 갈았다.

이들은 얼마 후 함양의 어느 기루에 소옥을 팔아넘기고 사라졌다. 당시 함양은 전국시대 말, 최강국의 도성답게 인구도 많고 나날이 번창하고 있었다.

다른 나라를 정복하고 잡아온 노예들에게 일을 시켜 돈을 벌어들였고,

각종 상업이 발달하여 시장(市場)은 늘 발 디딜 틈이 없었다. 소옥이 팔려온 기루는 「칠엽루(七葉樓)」로, 이름 그대로 칠국의 미인들을 모아 조(趙), 위(魏), 한(韓), 연(燕), 초(楚), 제(齊), 진(秦)의 화방(花房)을 만들어 놓고 손님들 취향대로 골라서 흥청망청 놀다가게 하였다.

초화방은 초의 기녀가 초의 노래를 부르고, 조화방은 조의 기녀가 조의 노래를 부르며 놀았으니, 화류계가 먼저 천하통일을 이룬 셈이었다.

"우리 기루는 각국의 절색이 다 모여 있으니 마음껏 즐기도록 하시오."

총관은 마요편(馬妖鞭)이라는 자로 소옥이 오자마자 하룻밤을 뒹굴고 나서 말했다.

"정말, 좋은 아이가 들어왔구나. 상품(上品)으로 분류하고 조화방에 넣어라."

소옥은 첫날부터 손님을 받았다.

기루주인은 영비(嬴匪)라는 자로 영(嬴)씨는 진나라의 왕성(王姓)이었다.

진왕의 이름이 영정(嬴政)이니, 그는 막강한 배경을 가지고 있었던

것이다. 그는 탐욕이 많은 자로 여자를 좋아했고 진기한 보물을 수집하는 취미도 있었으며, 흑도 제일의 흑갈방(幇)과 손을 잡고 있는 밤의 제왕이었다.
"백주(白晝: 대낮)는 왕이 다스리고 있으나, 함양의 밤은 내가 다스리고 있다!"
고 거들먹거렸다.
소옥은 진나라 함양에서 기녀 생활을 다시 시작했다. 영비와 마요편에게 순종하며 「나를 짓밟은 위자, 잊지 않으리」라는 글을 써놓고, 아침에 읽고 자기 전에 또 한 번 읽으며 피의 복수(復讐)를 다짐했다.


「 함양의 하늘에도
　　한단의
　　달이 뜨네요

　　눈물도 마른 나
　　밤마다
　　고향 생각에
　　소쩍새 울음
　　서러워
　　울컥 하는 입을
　　막아요
　　……
　　소쩍

소쩍 소쩍 소쩍 」


어느 날, 소옥은 기루에 온 조나라 군관 출신 허괄을 만나 자기의 기구한 처지를 이야기하고 도와달라고 청했다.
그는 본래 포로였으나, 진(秦)의 무장(武將) 「환의」가 그의 뛰어난 무예를 보고 군(軍)에 편입시킨 자였다. 그는 소옥의 처지를 듣고 매우 가슴 아파했다.
"망국의 백성들이 모두 노예같이 살고 있는데 저 같은 천한 기생이 어찌 사람답게 살길 바라겠습니까. 그러나 위자를 죽이지 않고는 죽어도 눈을 감을 수 없을 겁니다. 이곳에서 모은 돈을 다 드릴 테니, 부디 사람을 사서라도 이곳에서 도망을 칠 수 있도록 도와주십시오."
허괄은 진(秦)에 종사하고 있으나, 조나라 충신의 후손이었다. 그의 부친 허력은 명장 조사를 도와 한(韓)나라를 침공한 진(秦)을 물리친 적이 있었다.
"알았네. 하지만 나는 군문(軍門)에 속해있어 행동이 그리 자유롭지는 못하니, 사람을 찾아 부탁해보겠네."
허괄은 소옥이 내놓은 패물(佩物) 보따리를 덥석 집어 들고 돌아섰다.
"다시 오겠네."
그러나 다시 오겠다던 그는 다시 오지 않았다. 소옥은 또 속았구나. 하며 자신을 나무랐다.
'유흥 차(次), 기루를 찾은 군관에게 모든 것을 맡겨버리다니. 나는

정말 바보야.'

세월이 지나 허괄과의 약속을 다 잊어갈 때, 조나라 상인 셋이 소옥을 찾았다. 소옥이 조나라 여인의 복색(服色)으로 인사를 하고 자리에 앉았다.

"소녀, 소옥이라 하옵니다."

소옥을 본 상인 하나가

"과연 조나라 여인이군. 함양에 와서 고향의 절색(絶色)을 보다니!"

다른 사람이 말했다.

"암, 진나라 오랑캐들이 어찌 우리 조(趙)의 격조 높은 품격을 따르겠는가!"

처음부터 조용히 웃고만 있던 몸집이 작고 까무잡잡한 상인이었다.

"나는 주무라는 사람으로, 허괄의 부탁을 받고 왔네. 우린 강호에서 한단삼걸로 통하지. 이 나라 저 나라 다니며 동가숙서가식(東家宿西家食)하고 있네. 함양에 왔다가 허괄에게 이야기를 들었네. 자기가 직접 할 수 없으니 자네를 함양에서 꼭 탈출시켜 달라고 거듭 당부를 하더군."

소옥은 놀랐다.

그동안 허괄을 원망했었는데 적당한 사람을 찾고 있었던 것이다. 소옥은 고향의 협객(俠客)들이라는 말에 더욱 감격하며 눈물을 쏟았다.

"고맙습니다. 흑흑, 저 같은 여자를 도와주시겠다고 나서 주시니 정말 고맙습니다. 흑흑흑.."

눈물을 물처럼 쏟는 소옥에게 주무가 말했다.

"울지 말고, 술 한 잔씩 따라 주지 않겠나. 고향의 노래를 듣고 싶군."

소옥이 눈물을 훔치고 마음을 가라앉힌 후, 한단삼걸에게 술을 가득 따라 올렸다.
그리고 한단의 미빈루에서 즐겨 부르던 노래 두 곡을 연이어 불렀다.
삼걸(三傑)은 술을 마시며 노래에 취해 저절로 눈을 감았다. 주무가 말했다.
"아, 얼마 만에 들어보는 고향의 노래인가!"
노래가 끝나자 주무가 술을 한 잔 더 마시고 소옥에게 물었다.
"자네는 영비가 어떤 자인지 아는가?"
"기루의 주인으로만 알고 있습니다."
"기루?
아냐, 아니야. 기루의 주인만이 아니고 진왕과 같은 부족이며 흑갈방(幇) 방주의 사촌이기도 하네.
흑갈방은 소양왕 때 우(右)승상「저리질」이 천하통일의 방안으로 만든 비밀조직인데, 무림을 장악하고 더 나아가 육국(六國)의 대신들을 뇌물로 매수하지 못할 경우 쥐도 새도 모르게 죽이는 살수 집단이지."
소옥도 흑갈방을 알고 있었는데 그들이 뒤를 봐주고 있다는 말에 힘이 빠졌다.
'이럴 수가. 망국의 협객 셋이 이 호랑이 굴에서 나를 탈출시킬 수 있을까?'
소옥의 근심어린 표정에 소신이 말했다.
"걱정 말게. 우리가 반드시 구해주겠네."
"그러나 너무 위험하오니.."
"방법을 찾아볼 터이니 자네는 언제든 떠날 수 있는 준비를 하고 있게."
"알겠습니다. 이제, 저의 이야기는 그만하셔요. 제가 고향 노래를 몇 곡 더 부를 테니 들어보셔요."
삼걸은 술을 마시고 놀다 돌아갔다. 또 다시 여러 날이 지나, 손님을 가장한 한단삼걸 중 둘째 「대민」이 찾아왔다. 소옥이 반갑게 맞이했다.
"오늘은 우리 계획을 전하러 왔네. 술은 의심받지 않을 정도만 마시겠네."
소옥은 조화방(趙花房) 가운데 가장 은밀한 방으로 대민을 안내했다.
"이 방은 소리가 바깥으로 새어나가지 않습니다. 안심하시고 말씀하셔요."
"친구들을 통해 칠엽루에 대해서 알아봤는데, 놀라운 것은 진의 관료나 장군들에게 비첩을 공급해주고 그들의 비호를 받고 있으며 확실하진 않으나, 왕궁의 궁녀 상당수도 영비가 추천한 여인들이라 하네.
이놈이 어리고 고운 여인들을 납치하거나 사들이는 것이 그런 까닭이었더군. 자네가 위자에게 속아 끌려온 것 역시 같은 이유였을 게야."
소옥은 영비의 간악함에 치를 떨었다.
"아! 여자들이 이곳에 잠깐 있다 사라지는 것이 바로."
"그리고 칠엽루는 살수와 군인들의 순찰이 엄밀해서 탈출하기가 쉽지 않네."
"그럼.."
"우리는 자네가 성 밖으로 나올 때를 기다려 빼돌리기로 했네."

소옥은
'어떻게 밖으로 나갈 수 있나?'
생각해봤으나, 자신이 없었다.
"......?"
대민이 소옥을 흘깃 보며 말했다.
"염려 말게. 며칠 후 영씨(氏)부족 잔치가 열리는데, 진왕(秦王) 영정도 참석한다더군."
"잔치요? 어디서 열리나요?"
소옥이 묻자
"영씨는 진왕의 출신부족이지. 일 년에 한 차례 영씨 어른들을 모시는 잔치가 있는데 금년엔 동북 방향 백리(里) 거리에 있는, 영씨부(府)를 관리하는 저택에서 열린다 하네. 칠엽루(樓)의 영비도 참석하는데
진왕이 칠엽루에서 제일 예쁜 기녀 삼십 명을 데려오라고 영(令)을 내렸다는군."
소옥은 그제야 머리속이 환해졌다.
"어떻게든 그 일행에 들어가야겠군요."
"음. 우리는 함양성 밖 육십 리 지점의 효자림(林)이라는 숲에서 자네를 기다리겠네."
대민은 세부계획을 전해주고 거나하게 술이 취한 척 비틀거리며 기루를 빠져나갔다.


진왕(秦王) 영정은 모든 것을 마음대로 할 수 있는 지존의 위치에

있었으나, 영씨 장로들과 부족들만큼은 깍듯하게 예우를 하고 있었다.
그래서 잔치의 여흥을 돋우기 위해 칠엽루 영비에게 미인들을 데려오라고 지시하였다. 진왕이 참석하는 자리라, 한 치의 소홀함도 있어서는 안 될 일이었다.
영비는, 칠엽루의 이백 여(餘) 여인 중 미인이면서 노래, 악기, 춤, 기예, 만담(漫談) 등을 잘하는 기녀를 고르다 보니, 조나라 한단 출신이 여럿 포함되었고 자연스럽게 소옥도 그 속에 들어갈 수 있었다.
영비(瀛匪)는 잔치 이틀 전, 기녀들을 마차에 태우고 영씨부(府)로 출발했다.
성(城)에서 백 리는 가야 하므로 미리 출발한 것이다. 행렬은 매우 화려 했다. 미인들의 꽃마차가 사십 대나 되었고, 무사 사십에 마부가 사십
그리고 흑갈방의 고수 위수삼악(渭水三惡/위수- 감숙성에서 황하로 흐르는 강)이 마차를 호위했다.
삼악은 위수에서 악명을 떨치는 자들로 사람들은 그들의 그림자만 봐도 무서워했다.
첫째 궁가는 대도(大刀), 둘째 성길은 화극, 셋째 오치는 철퇴를 잘 썼다.
선두에서, 미인들이 탄 마차를 이끌고 칠엽루를 나선 영비는 기분이 상쾌했다.
어깨를 으쓱거리고 들창코처럼 약간 뒤집힌 코를 킁킁 대면서 콧구멍에 손가락을 넣어 후비곤 했다. 기분이 좋을 때 곧잘 하는 버릇이었다.

그래, 중원(中原) 천지에 누가 이렇게 각국의 미인을 골고루 갖고 있겠는가.
소년 시절부터 늘, 이런 멋진 장면을 꿈꾸며 부지런히 살아왔었다.
'여인들의 왕!'
마차가 저자 거리를 지나가자, 이를 구경하는 사람들로 인산인해를 이루었다.
영비가 악장에게 명했다.
"함양성(城)을 벗어날 때까지, 음악을 연주해 사람들을 즐겁게 해주어라"
악장이 박(拍: 시작과 끝을 알리는 타악기)을 치자, 악대(樂隊)의 연주가 시작됐다.
사람들은 음악과 함께 칠국(七國: 조, 위, 한, 연, 초, 제, 진)의 미인들을 보면서 자국(自國)의 강력한 힘을 자랑스러워하며 한껏 즐거워했다.
성 밖으로 나온 영비는 악단을 후미의 마차에 모두 태우고, 부지런히 마차를 몰았다.
오늘 오십 리는 가고 객잔에서 하룻밤을 묵은 후, 아침 일찍 출발해야 영씨부(府)에 도착할 것이다. 진왕이 모레 정오(正午: 낮 12시 반)에 온다 했으니, 미리 도착해서 연회 준비를 차질 없이 마쳐야만 했다.
쉬지 않고 달려 효자림(林)이라는 숲에 들어선지 이각(- 30분)이 지났을 때,
선두에서 길을 열던 무사(武士)가 급히 달려와 영비에게 보고를 했다.
"루주(樓主)님, 길이 돌과 나무들로 막혀있습니다."

영비는 기분이 확 상했다.
"얼른 치워라."
"그런데.. 간단히 치울 수 있는 상태가 아닙니다. 어떤 놈이 일부러 막은 것 같습니다."
영비는 발끈했다.
"어느 놈이 감히!"
"일단 길을 트도록 하겠습니다."
"갈 길이 바쁘니, 빨리 치워라!"
"예!"
무사가 물러가자, 영비가 나서 위수삼악(渭水三惡)에게 부탁을 했다.
"누가 길을 막았다 합니다. 도적 떼 같으니, 호걸들께서 좀 살펴 주시오."
"흐흐흐흐, 죽고 싶으면 무슨 짓인들 못하겠습니까? 호랑이 코털을 건드리는 격이지요. 루주님, 염려하지 마십시오. 우리가 알아서 해결..."
삼악의 첫째 궁가가 호언장담하는 순간, 쌔액 하는 파공음과 함께 날아든 불화살이 행렬의 나무상자에 박혔고, 화살 깃이 부르르 떠는 가운데 기름을 얼마나 뿌려 놓았는지 삽시간에 불길이 옮겨 붙었다.
"훅"
"펑!"
"…"
"앗"
"악"
"헉"

"악!"

여자들이 비명을 지르자, 불쑥 나타난 도적 백여 명이 마차의 호위 무사들과 마부들을 공격했다. 선두에 선 자들은 바로 한단삼걸이었다.

이어, 삼악과 한단삼걸이 달라붙었고 영비는 도적의 두령으로 보이는 자와 마주섰다.

"나는 칠엽루(七葉樓)의 영비다. 무슨 이유로 죽음을 자초하는 게냐?"

"영비, 네놈이 못된 뚜쟁이라는 건 모두가 알고 있다. 나는 이목 장군의 부관 종등(鍾燈)이다. 오늘 불쌍한 여인들을 위해 네 목을 칠 것이니라."

영비는, 길을 막은 자들이 녹림에 숨어든 조(趙)의 패잔병이라는 말에

"이놈!"

하고 공격했으나 종등은 용장(勇將)으로, 기녀들에게나 군림하는 영비 따위의 적수가 아니었다.

칠엽루의 모두가 무기를 들고 저항했으나 상대는 몇 날을 굶은 늑대 무리 같았다.

나라를 멸망시키고 처녀를 잡아 매춘으로 돈을 벌면서 오늘은 호화롭게 나팔까지 불면서 행차하는 모습에 복수심이 솟구친 종등의 부하들은 칠엽루의 무사와 마부들을 눈곱만큼의 자비도 없이 죽여 갔다.

기녀들이 비명을 질러댔으나, 소옥은 한단삼걸을 보고 더할 수 없이 감격했다.

'아, 나를 위해..'

소옥은 밖을 주시하며 한단삼걸과 위수삼악, 종등과 영비 그리고 종등의 부하들과 칠엽루 무사, 마부들이 싸우는 걸 초조하게 지켜보았다.
삼악은 영비를 보호하라는 흑갈방주의 명을 받았으나 한단삼걸에게 붙잡혀 도와 줄 수 없었다.
얼마 못가 영비가 종등의 검에 쓰러지고, 칠엽루의 무사와 마부가 도륙을 당하자
'사정이 더럽게 되었다. 도적 떼가 너무도 많다.' 하고 도망치려했다.
한 번 기세가 꺾이자 전세는 일시에 기울어졌다. 주무의 검(劍)에 삼악(三惡)의 궁가가 죽자, 소신의 검에 둘째 성길이 목이 잘리고, 대민에게 막내 오치마저 쓰러지며 위수(渭水)의 악마들은 세상에서 사라졌다.
한단삼걸과 종등이 칠엽루의 마차를 여니 꽃 같은 미녀 삼십 명과 잔치 재료 및 부족 장로들 그리고 금은보화와 각종 선물이 가득했다.
주무가
"여러분, 너무 놀라지 마시오. 우리는 조나라 사람들이오. 노자(路資)를 나누어 드릴 터이니, 각자 가고 싶은 곳으로 가도록 하시오."
하고
기녀들에게 돈을 나누어주었다. 기녀들은 납치되거나 팔려온 사람들이 대부분이었기에, 모두 뛸 듯이 기뻐하며 가고 싶은 곳으로 떠나갔다.
소옥이 인사를 올렸다.
"나리, 정말 고맙습니다."

"할 일을 했을 뿐이외다."
"드릴 말씀이 있습니다. 전, 돌아갈 곳이 없습니다. 보잘 것 없는 년이오나, 협객님들을 따라 나라의 부흥을 도울 일이 혹 없을는지요?"
대민이 천천히 고개를 저었다.
"우리는 진과 투쟁을 하느라 일정한 거처가 없소. 노자를 줄 터이니. 흉노의 구탈로 가서 지난 일은 모두 잊고 새 삶을 살도록 하시오."
"구탈이요?"
"그렇소. 흉노와 동호 사이에 있는 구탈은 누구의 영토도 아니오. 한단은 진나라 병사들이 우글거리고 중원은 전란(戰亂)과 진의 횡포로 지낼 곳이 못되오. 그리고 위자에 대한 복수는 잊어버리시오."
종등은 칠엽루의 마차와 재물, 말, 무기 등을 모두 가지고 산채로 돌아갔고
소옥은 그 길로 구탈에 들어와 고비객잔에서 일을 하게 되었고 역징과 혼인을 했다.


소옥은 국관을 반갑게 맞이했다.
"소협, 어서 오세요."
"방을 준비해주시고 양고기와 술 한 병 부탁합니다."
"네."
하고 안교를 보며
"네게 오라버니가.."

"그렇게 됐어요."
하며
국관을 향해 한 눈을 찡긋했다. 눈치 빠른 소옥이 웃으며 주방으로 들어갔다.
국관은 기가 막혔으나 그녀의 도움이 필요할 것 같아 더 이상 아무 말도 하지 않았다.
'쩝,
하는 수 없지. 서문객잔에서 안교 아니었으면 큰일이 났을 것이다.'
이어
음식이 들어와, 안교에게 함께 먹자고 하자마자 안교가 후다닥 앉으며 국관이 수저를 들기도 전에 먹기 시작했다. 가만 보니 식사를 오랫동안 못한 것 같았다. 국관은 안쓰러운 눈으로 지켜보다 음식을 더 시켰다.
"양고기 두 근, 야채 한 접시 더 주세요."
어느 정도 배를 채운 듯, 속도가 늦어진 안교로부터 구탈에 대한 이야기를 들었다. 구탈은 밖에서 듣던 것 보다 훨씬 험한 곳이었다. 안교는 자기 신세를 이야기했다.
"여긴, 기막힌 사연이 있는 사람들이 모여 사는 곳이에요. 저는 조(趙)의 상산에서 살았어요. 아빠, 오빠, 동생 모두 군(軍)에 끌려가 죽었어요.
엄마와 난, 쌀을 사려고 빌린 돈을 못 갚아 노예로 팔렸고, 거기서 도망을 쳤는데 엄마는 중간에 병들어 죽고 나만 이곳으로 오게 되었어요."
듣고 보니 기가 막혔다.
중원(中原)은 수백 년 전쟁으로 많은 백성들이 죽어갔고, 오랜 세월

태평했던 조선(朝鮮)도 지금 혼란 속으로 빠져들고 있지 않은가.
'장차, 우리 조선도 오가(五加)가 합심해 새로운 시대를 열어가야 할 텐데'
하며 국관이
"네 무공은 누구에게 배운 것이냐?"
고 물었다.
"엄마가 돌아가신 후 유랑하다, 요산(山)의 어느 구덩이 속에서 산적들의 공격을 받아 부상을 입고 신음하는 여(女)도인을 구해 주었어요.
그녀는 구이원 북쪽 끝 정령국(國) 사람이라고 했는데, 내가 어느 정도 무예(武藝)을 익히자 이름도 알려주지 않고 떠나버렸어요."
이어 안교가 물었다.
"오빠 어딜 가시는 중이예요? 여기 얼마나 머무실 건가요?"
"사제가 아파서 약을 구해 돌아가는 중이었어. 연(燕)과 동호의 전쟁으로 길을 돌아가려다 이곳을 지나게 되었지. 내일 바로 떠나야 해."
바로 떠난다는 국관의 말에 안교는 몹시 서운했다.
"오라버니 같은 분은 처음 봤어요. 오라버니가 진짜 제 오라버니면 얼마나 좋을까요? 허락 없이 오라버니라 불러 미안해요, 오라버니. 괜찮죠?"
국관은 「오라버니」가 다섯 번이나 들어간 안교의 말에 픽- 하고 웃었다.
"지금 오라버니라고 부르면서, 뭔 소리냐?"
"네, 오라버니의 허락을 받고 싶어서 그래요."
이윽고, 맹랑했던 안교의 진실한 마음을 느낀 국관이 부드럽게 대답했다.
"그래, 허락하마."
"와, 만세!"
소옥이 달려 나와
"무슨 일 있니?"
"호호, 아녜요."
이때, 객잔의 문을 열고 들어서는 남자를 가리키며
"객잔 주인, 역징님이셔요."
라 하는 안교를 보고, 역징이 물었다.
"네가 웬일이냐?"
"우리 오라버니를 모시고 왔어요."
국관이 일어나 인사했다.
"웅가의 국관입니다. 하루 밤 묵게 되었습니다."
"역징이라 하오."
이어, 역징이 소옥을 보며 말했다.
"여보, 조금 전 도박장에서 들은 소식인데 서문객잔의 원승이 죽었다네."
"뭐요? 그 무서운 자를 누가 죽였을까요?"
하자,
안교가 자랑스럽게 말했다.
"후훗, 우리 오라버니에요."
역징과 소옥이 놀라자, 국관이 서문객잔에서 있었던 일을 들려주었다.
역징이 심각하게 말했다.
"소협이 그자를 죽인 것은 잘한 일이나 두령 자리를 놓고 한바탕 싸움이 벌어질 것이오. 조, 위, 한(韓)의 유민들이 많은 서문 쪽을 원숭이 장악하고 있었는데, 이제 동서남북 네 곳의 균형이 깨져 매우 소란스러워 질 것이오. 내일, 객잔을 나선 후를 조심해야 할 거요."
역징의 말이 신경 쓰였으나 어쩔 수 없는 일이었다.
국관은 이런 저런 이야기를 나누다 객실에 들었다. 다음날 일찍, 객잔을 나섰다. 안교는 국관이 떠나는 걸 본다며 새벽부터 기다리고 있었다.
숙박비를 지불한 국관이 말괄량이 안교의 손에 금 조각을 한 움큼 쥐어주었다.
"바르게 살아야한다. 얼마 안 되지만, 성 앞에서 강도짓은 안 해도 될 게다."
안교는 자기의 잘못을 덮어주는 국관의 온정(溫情)에 눈물을 글썽였다.
"오라버니. 나.. 마을 끝까지 전송할 거예요. 그래도 되죠?"
"그러나 역징님의 말대로 위험하니, 마을 밖으로는 나오면 안 된다."
"언제 다시 이곳에 오셔요."
"중요한 임무를 수행하고 있어 언제일지 기약하기 어려우나, 널 보러 오겠다."
국관이 안교와 얘기를 나누며 가게와 술집이 즐비한 거리를 지나고 있을 때,
조나라 풍(風)의 간판들이 다닥다닥 걸린 건물들 사이에서 왈패로 보이는 네 명의 사내가 소리를 빽빽 질러대며 걸어 나오고 있었다.
"너.. 오랜만이다!"

국관이 보니, 철퇴를 든 애꾸눈과 그 뒤를 세 남자가 따르고 있었다.
안교가 말했다.
"상대 마셔요. '시라소니' 패거리예요."
국관이 못들은 척 지나가려 하자, 시라소니 패거리가 국관을 가로막았다.
"이놈, 서라."
"나를 아오?"
"왜 모르나?"
"어찌 아오?"
"네놈이 전에, 내 눈을 빌려가지 않았더냐. 네 면상에 박혀있는 내 눈을 찾으러 왔다."
듣도 보도 못한 억지였다. 이런 자가 있다는 걸 세상의 누가 믿겠는가.
"눈을 빼서 주고받다니, 어찌 그런 일이 있을 수 있단 말이오?"
"왜? 네가 지금 눈을 빼주면, 즉시 내 눈구멍에 박아 넣으마."
국관이 픽 웃었다.
"못하겠다면 어찌 하겠소?"
"눈알 대신 돈을 내던가."
"이제 보니 강도로군. 길을 비키지 않으면 한 놈도 살아남지 못할 것이다."
"큭크"
"캑캑"
그들이 우는 소린지 웃는 소린지 모를 괴성(怪聲)을 내자, 국관이 안교에게 고삐를 넘겨주며 물러서도록 눈짓을 했다.

"넌 절대 나서지 마라."
애꾸 왼쪽의 덩치 둘이
"말이 많다!"
하며 칼을 휘둘렀다.
발도(拔刀)과 동시에 이는 파공음이 제법 칼을 다루어 본 자들이었으나
순간,
질풍처럼 칼을 자르고 횡격(橫擊: 옆으로 침)으로 옆에 선 자를 양분한 국관이 애꾸에게 벽산(劈山: 산을 쪼갬)의 일장(一掌)을 날리는 동시에 육박하며 분영(分影: 그림자를 베다)의 쾌검(快劍)을 내리그었다.
담비가 날고 신양이 달리듯 빠른 몸놀림과 삭풍이 이는 검술(劍術)이었다.
쇠칼을 자른 비룡검이 부하의 허리를 끊고 머리로 훅 떨어지자 애꾸가 소스라치게 놀라며 피했으나 서걱 소리와 함께 어깨가 잘려나갔다.
어린 외양을 보고 방심했다고는 하나, 쇠를 자르는 검으로 상대의 발에 실린 무게를 읽으며 쇄도하는 국관을 당해낼 수는 없었다. 사실,
국관의 무예는 전과 달리 크게 발전해 있었다. 치우천황의 장법을 아직 익히지는 못했으나,
치우장에 설명되어 있는 주(註)를 보고, 적들의 눈과 목소리 그리고 사지(四肢)의 움직임을 포착하기 위해 분투한 결과가 오늘 나타난 것이다.
칼을 잘린 자와 애꾸가 기겁을 하며 도망쳤으나 성큼, 쫓아간 국관

의 검(劍)에 모로 쓰러졌다.

안교는 국관의 무예에 넋을 잃었다. 국관은 기분이 씁쓸했다.

"아침부터 살생을 했구나."

안교가 말했다.

"그들은 악중악(惡中惡)이에요. 저들에게 얼마나 많은 사람들이 죽어갔는데요."

이어 국관이 말에 올라타며 말했다.

"이제 나는 가마. 교아야, 바르게 살아라. 다시 만날 날이 있을 게다. 이럇!"

하고

동북쪽으로 말을 달렸다. 안교는 멀어져가는 국관을 하염없이 바라보았다. 어려서부터 험하게 살아오며 역징 외에 사람다운 남자를 보지 못한 안교는,

강도였던 자기를 용서하고 따뜻한 정을 베풀어준 국관에게 표현하기 어려운 감정을 느끼고 있었다. 멋진 남자이면서도 너무나 어른스러웠고,

오라버니로 대하고는 있으나 뭔가 아쉽고 서운한 안교는 국관의 모습이 완전히 사라지자 꿈을 깬 듯 놀라며 어디론가 황급히 몸을 날렸다.

## 추마산, 철연방(鐵燕幇)

국관이 떠난 지 벌써 스무 날이 지났다. 한 달 기한으로 떠났으니 돌아오려면 열흘이나 남았는데 이정의 병세는 급속도로 나빠졌다. 혼수상태로 있는 시간이 점점 길어졌다. 온평은 나날이 초조해지고 있었다.
'아, 아직 열흘이나 남았는데 이대로라면 이정이 버티지 못할 것 같다. 그럼, 나도 호월의 손에 죽게 될 터. 운명으로 받아들일 수밖에..'
상태가 하루하루 악화되어 가자, 매일 어딘가를 다녀오던 호월이 자리를 뜨지 않고 굳게 지켰다. 딸의 마지막을 지켜보려는 것 같았으나,
수시로 온평을 노려보며 말했다.
"호호호, 어찌 네 사형은 오지 않는 게냐! 이놈, 기도나 잘 하고 있거라."
그러나 온평은
'한 번 죽지 두 번 죽나. 까짓 거 죽어주면 될 것 아니냐.' 며 마음

을 턱 놓고 지냈다. 이틀 뒤 저녁, 아스라이 대평원의 곰이 울부짖는 소리가 들려왔다.

"우우우---워어엉!"

온평이 튀어 오르며

"사형!"

하고 외치자 호월이 말했다.

"네 사형이 아니다. 국관은 내가 안다. 저자의 내공은 상당한 수준이다."

"선자님, 아니에요. 분명, 웅가 고유(固有)의 천웅후(天熊吼: 곰의 포효)입니다."

소리가 점점 커지며 동굴로 다가오자, 호월선자는 고개를 갸우뚱하며 일어섰다. 잠시 후 국관이 동굴 안으로 들어섰다. 국관을 본 온평이

"사형!"

하고 외치자, 국관은 이정을 본 후 호월에게 다가갔다. 호월이 물었다.

"가져왔느냐?"

국관이 옥병을 꺼내 호월에게 내밀었다. 선자는 두 눈이 휘둥그레졌다.

"녹선단을 한 병이나? 탁곱이 순순히 내어주더냐?"

"어서 따님에게 먹이십시오."

호월선자가 녹선단을 처방해 먹였으나 이정은 바로 깨어나지 않았다.

하루 하고도 반나절이 지나서야 검은 피를 울컥울컥 한 되나 토해낸 후 의식이 돌아왔다.

"어머니"

"정아야"

호월이 이정을 끌어안고 눈물을 흘렸다. 그 날 이후 이정은 급격히 좋아지며 열흘이 지나자 자리에서 일어나 걸어 다닐 수 있게 되었다.

국관은 호월과 온평에게 탁곱의 일과 구탈에서 있었던 이야기를 해주었다.

그러나 도굴왕 비마를 본 사실과 기연으로 치우삼장의 요결을 얻은 것은 말하지 않고, 사막의 폭풍을 피하다 비룡검을 주웠다고 말했다.

그러나 호월은 뭔가 감추고 있다 생각하고 국관을 보고 또 보았으니,

이정이 빠르게 건강을 회복해가자 모든 걸 다 잊은 듯 입가에 웃음이 떠나지 않았다. 이에 국관과 온평이 떠나려 하자 호월은 돌변했다.

"너희들은 이정이 가라고 해야만 떠날 수 있다!"

국관이 화를 꾹 참으며 사정했다.

"저휜 약속을 지켰습니다. 이제 명도전(明刀錢) 칠억 만 냥을 찾으러 가야만 합니다. 백성들이 죽어갑니다. 그동안 너무 지체되었습니다."

호월은 차갑게 대꾸했다.

"그들이 죽든 말든 상관없다."

이정이 말했다.

"어머니, 그들을 보내주셔요"

"너는 정말 착하구나. 놈들의 발에 쇠사슬을 채워 네 노비로 삼으면

- 311 -

딱 좋을 것 같은데."
하고 입맛을 다시다
"그래, 그만 가도 좋다. 아! 그러나 너희에게 신세를 졌으니 나도 조금은 갚고 싶구나."
가도 좋다는 말에 쾌재를 부르다 이어지는 신세 운운(云云)에 국관은 머리가 아찔했다.
'무슨 보답을 한다고. 으... 빨리만 보내주면 될 걸.'
간이 오그라든 국관이 태연한 척
"별말씀을요"
하고 돌아설 때, 뜻밖의 소리가 들렸다.
"명도전의 행방을 조금 알지."
두 사람이
"정말요?"
하고 동시에 돌아섰다.
"네가 탁곱을 만나러 가는 동안, 밖에서 일을 보다 우연히 듣게 되었다"
"누가 훔쳐갔습니까?"
"철연방(幇)이니라."
"철연방?"
"강호의 정세를 모르는구나. 철연방은 연나라 도적들로 악중악(惡中惡)이니라. 최근 구이원 서남부 지역에서 조직을 확대해 가고 있지."
온평이 국관을 돌아보며 물었다.
"그들이 왜 우리 조선의 돈을 훔쳐가나요?"
"명도전은 연(燕), 제, 대(代), 진(秦) 등 중원 북부까지 통용되는 국제 화폐다. 제, 연, 조(趙)와 인접한 구이원의 국가들은 하나의 통상 무역권이다."
온평이 물었다.
"철연방은 어디에 있나요?"
"음, 추마산(山)의 흑풍곡(黑風谷)에 있다는 소문을 들었다."
국관이 물었다.
"흑풍곡은 추마산 어디쯤 있습니까?"
"모른다. 왕검성의 탄비장(彈琵莊) 장주가 관련 있다던데.."
온평이 중얼거렸다.
"탄비장? 비파를 팅기는.. 혹 악기점인가요?"
"악기점(店)? 가보지 않아 모르나, 그리 아름다운 곳은 아닐 게다. 너희가 허비한 시간이 미안해서 알려주는 것이다. 그농안 고마웠다."
뜻밖의 말에 국관, 온평은 호월이 처음부터 따뜻한 사람이었던 것처럼 느껴졌다.
온평이 이정을 보며
"아가씨, 다시는 아프지 말고 어머니 모시고 어디서나 행복하게 사시오."
하고 나가려 하자 이정이 울먹이는 소리로 다급하게 불러 세웠다.
"오라버니!
그간 즐겁고 고마웠어요. 흑흑흑, 오라버니와 계속 함께하고 싶어, 다시 아팠으면 하는 생각도 해봤어요. 몸이 다 나으면 오라버니를 뵈러 가도 될까요?"
너무도 슬픈 목소리에, 국관은 불안했다. 호월을 보니 아니나 다를까 호의적이었던 안색이 이렇게 저렇게 십여 번을 뒤바뀌고 있었다.

뭔가 골똘히 생각하고 있는 모습에 국관은 또 다시 붙잡힐까 두근거렸으나
"동생, 다시 만나게 될 그 날을 손꼽아 기다리겠소."
하며
돌아서는 온평을 따라 동굴 밖으로 걸음을 옮겼다. 눈물을 떨구던 이정이
"어머! 오라버니, 정말요?"
하고 묻자
"물론이오. 강호에서 만나면 더 없이 반가울 것이오."
하고 메아리치는 온평의 다정(多情)한 목소리에 이정이 활짝 웃었다.
호월은 조금 전, 눈에 넣어도 아프지 않을 딸과 온평을 보면서, 딸아이의 짝사랑에 약속이고 뭐고 온평을 콱 잡아가둘까 갈등하였으나,
조금 전 의외의 호감어린 온평의 말에서 딸에 대한 진정을 느꼈다. 결코
자기의 손아귀에서 벗어나기 위한 사탕발림은 아니었으며, 온평은 외유내강의 인물로 죽으면 죽었지 마음에 없는 말을 할 사내는 아니었다.
'저들을 독하게 대해 미안한 마음이 없지 않으나, 이정이 어디 한군데 빠지는 곳이 있더냐. 저 기특한 녀석이 내 딸을 좋아만 해준다면...'

사흘 후, 국관과 온평은 왕검성에 도착했다. 성곽은 천험의 요지에 자리 잡고 있었다.
왕검성은 조선의 황도 장당경보다 더 컸다. 많은 부족이 왕래하여 상업이 발달하고 시장은 가게마다 각종 물산(物産)이 가득 쌓여 있었다.
항구는, 조선 열국은 물론 중원의 연, 제, 초, 오, 월과 왜의 상선들도 수없이 오고갔다.
탄비장은 유명한 점포라 쉽게 찾을 수 있었는데, 짐을 실은 마차들이 쉴 새 없이 들락거렸고, 담장이 높아 안은 보이지 않았다. 위치를 확인한
두 사람은 탄비장 건너 대각에 위치한 식당에서 식사를 하며 들락거리는 마차와 수레들을 지켜보았으나 이상한 점은 아무것도 발견할 수 없었다.
국관이 식당 주인에게 물었다
"저 탄비장은 장사를 아주 크게 하는군요. 수레가 끝없이 들락거리는 걸 보니."
"탄비장은 백금, 문피(紋皮: 무늬 있는 가죽), 비단, 옥돌, 자기 등을 거래하는 거상입니다."
"장주는 누굽니까?"
"황서라는 분입니다."
국관은 몇 가지 더 물어보고 온평에게 말했다.
"아무래도 시간이 오래 걸릴 것 같다. 객잔을 잡고 밤에 살펴봐야겠다."
둘은 성을 구경하다
탄비장과 가까운 남월객잔(攬月客棧: 달을 잡는 객잔/ 달이 머무는 객

잔)에 들었다. 겉보기와 다르게 호화로운 객잔이었다. 온평이 눈을 동그랗게 뜨고
"이 객잔은 우리에게 좀…"
이라 하자 국관은
"걱정마라. 돈은 충분하다. 독문(毒門)에 다녀오다 눈먼 돈이 생겼다."
고 하며 방에 든 후, 음산(陰山)에 다녀오며 겪은 도굴왕 비마(匪魔)에 얽힌 이야기를 해주었다.
"기연이군요."
"사제, 치우장법을 같이 익히자."
온평은 반색했다.
"고마워요, 사형"
둘은 해시(亥時: 오후 9시 반)가 다가오자 탄비장을 찾아갔다. 거리는 행인 하나 없이 어두웠고, 탄비장은 굳게 닫혀 있었다. 국관이 말했다.
"너는 숨어서 기다려라."
잠입하기 딱 좋은 칠흑 같은 밤이었다. 국관이 야묘처럼 담을 넘어 어둠 속으로 사라졌다. 이를 본 온평이
'아! 사형의 경신술이 상당히 발전했다. 이 얼마나 다행스러운 일이냐.'
하는 사이 국관 역시, 담을 타고 넘으며 자신의 내공이 더 높아졌음을 느꼈다.
치우장법의 이치를 연구하는 사이 내공이 자연스럽게 깊어졌고, 그동안 이해하지 못했던 사문(師門)의 무공도 하나 둘 깨우쳐가고 있었다.

온평은 사형이 사라지자, 탄비장을 관찰할 수 있는 곳을 찾아 몸을 숨겼다.



마당 정면으로 건물이 보이고 왼편으로 창고가 있었다. 반대편으로는 마굿간이 있었다.
건물 뒤로 후원 깊이 내실이 있었는데 불이 꺼져 있었고, 조금 떨어진 작은 숲에서 불빛이 새어나오고 있어 그곳으로 몸을 날렸다. 숲에는
안가(安家) 같은 가옥이 하나 있었다. 문은 열려 있었으나 발이 내려져 있어 소리 없이 다가가 들여다보았다. 붉은 전포의 중년 사내를 중심으로 좌우에 단단한 체형의 남자 둘이 앉아 있었다. 붉은 전포의 가슴 부위에는 눈이 빨간 제비가 주둥이를 벌리고 있었다. 국관은
'제비(燕).. 혹 철연방? 음, 좀 더 지켜보자.'
며 숨을 죽였다.
중년인은 사각형 머리에 코끝이 날카롭고 턱에는 누렇고 굵은 수염이 자라 있었다. 부리부리한 두 눈은 왕방울처럼 튀어나와 희번덕거렸다.
왼편에 앉은 자는 부유한 상인처럼 보였으나 그의 얼굴에는 두려움이 가득했다.
국관은 이자가 바로 탄비장 장주가 아닌가 생각했다. 중년인의 우측으로 칼을 문 족제비 같이 생긴 무사가 있었는데 호위무사인 듯했다.

이때, 중년인이 상인을 다그치자, 입에서 자갈 구르는 소리가 터져 나왔다.

"황서! 연(燕)에 계신 사백 전삭(田削)님으로부터 방주님께 전갈이 왔다. 지시한 자금을 빨리 보내라는 명령이다. 지금 연의 사정이 매우 급한 것 같다.

대왕께서 진(秦)과 싸우기 위해 병사들을 징병하고 있는데 이 모든 것이 돈이 있어야 되는 일, 너는 연(燕) 제일의 사기꾼으로, 너 하고 싶은 대로 강도, 살인, 사기, 강간, 노름을 할 수 있도록 돈을 대주고 고수까지 파견해 거들어 주고 있는데 목표의 반도 채우지 못하다니!

진충보국의 기회에 부응하지 못하는 네가 어찌 사내라 할 수 있겠느냐.

일은 안하면서, 하루가 멀다 하고 계집을 바꿔가며 불철주야(不撤晝夜) 술독에 얼굴을 처박고 지내는 네가 과연 정신이 있는 놈이더냐!"

하며 소매 속의 왼손을 뽑자, 부채만 한 손이 붉은 기운을 뿜어내기 시작했고 이를 본 황서의 얼굴이 흙빛으로 바뀌며 부르르 몸을 떨었다.

황서는 방(幇)의 4대 당주 가운데 눈앞의 악흔(惡痕)이 가장 잔혹하다는 사실을 잘 알고 있었으며 그의 눈 밖에 나고 살아난 자를 아직까지 보지 못했다.


악흔(惡痕)은 어릴 적부터 왼손이 기형적으로 큰 짝손으로, 아버지

에게 매일 작대기로 맞으며 지냈는데 어느 날, 맞지 않으려 허둥대다
왼손으로 아버지의 머리를 툭 건드리게 되었고, 그때 한쪽 눈알이 빠진 아버지가 자길 죽이려 하자, 어머니가 말리는 틈에 도망쳐 강호(江湖)를 유랑하다 철연방주 전비(田卑)의 밑에 든 자였다. 그는 한 때,
아버지를 다치게 한 자기의 왼손을 원망하며 자르려고도 하였으나 '무능력한 외팔이가 되기보다 이 손에 맞는 기발한 장법을 연마해서 나도 출세(出世)라는 걸 한 번 해보자. 안 되면 그때 잘라도 늦지 않다.'
며 방주의 무예(武藝)를 배운 후, 남다른 각오와 불굴의 의지로 노력한 끝에「짝손독장(毒掌)」이라는 절장(絶掌)을 만들어낸 자(者)였다.
오른손의 검으로 적을 현혹하다 짝손독장으로 불의의 일격을 가하는 그의 수법은 이미 널리 알려져 있었으나, 너무도 빠르고 난폭한지라 알고 있어도 대비하기가 쉽지 않은 괴이절륜한 독장(毒掌)이었다.
황서는, 악흔의 짝손을 보자 까무라치듯 바닥에 쿵- 하고 머리를 박았다.
"당주님, 그..그렇지 않습니다. 비록 못난 놈이오나 온 힘을 쏟고 있습니다.
자나 깨나 어찌해야 조선 놈들을 벗겨 먹을 수 있을까 연구하고 있으며,
용력(勇力)을 지니신 방주님께 파리 같이 미약한 힘이나마 도움이 되었으면 하는 마음으로 하루하루를 보내고 있습니다. 너무도 송구

하오나 뼈를 갈아서라도 방주님, 당주님의 은혜에 보답하고자 하는 충정만큼은
365일 조금도 변함이 없으며, 그 누구보다 깊고 푸르다고 장담할 수 있나이다.
저의 가슴속엔 오직 방주님과 당주님의 명령뿐이오니 부디 믿어주소서."
황서가 절규하듯 변명을 토해내자, 붉은 독(毒)안개가 포말(泡沫)처럼 가라앉으며, 부풀어 오르던 악흔(惡痕)의 짝손으로 스며들었다.
"그리고
큰돈을 만들려면 부호들의 집만 털어서는 시끄러워지기만 할 뿐이며, 소문 때문에 칠대선문이나 번조선 군영(軍營)의 추격을 받게 됩니다.
결국,
열국의 돈을 계속 털어야 하는데 「웅가의 명도전」 탈취 이후 그들이 경계를 강화하였기에, 전국에 심어놓은 세작과 장사치로부터 정보를 수집하며 다시없을 또 한 번의 기회를 호시탐탐 노리고 있었나이다."
황서의 간곡한 변(辨)이 통했는지 악흔이 짝손을 다시 전포 안으로 넣었다.
"음, 좋다. 그러나 네 방식은 좀, 소심하고 갑갑하다. 그 정보들을 추마산(山)에 바로바로 보고하면 내가 수하들을 보내 직접 처리하겠다."
큰 짐을 덜게 된 황서가 감격에 겨운 얼굴로 악흔(惡痕)을 올려다보며
"당주님의 드높은 지략(智略)으로 이루시지 못할 일이 없을 줄 아오

나,
약한 놈들이 떼 지어 다닌다고.. 대단치 않은 것들이지만, 뻑 하면 무리를 짓는 못난 선객(仙客)들을 조금은 경계하셔야 할 줄 아옵니다."
"선객? 내, 지금껏 그럴 듯한 도사는 한 명도 보지 못했다. 모두 십 초 안에 자빠지며 하루살이 같은 목숨을 내게 구걸하더구나, 흐흐흐흐..흐, 으?"
코웃음 치던 악흔의 몸에서 돌연, 섬광이 번득였다. 악흔이 밖으로 비수를 던지고 몸을 날렸으나, 바람만 휭 하고 개미 새끼 한 마리, 보이지 않았다.
'흥! 어느 놈이 나의 이목을 피할 수 있겠는가. 오늘은 내가 좀 예민했군.'
황서와 족제비도 뒤따라 나왔으나, 잠시 후 이들이 돌아가자 국관이 나타났다.
'무서운 자(者), 웃음소리의 굴곡(屈曲)을 포착하지 못했다면 발각되고 말았을 것이다. 음...'
자리로 돌아간 황서가 뭔가 생각난 듯
"아! 당주님, 좋은 물건이 하나 있습니다. 왕검성 일토산(山)의 웅녀전(殿)에 「황금웅녀상」이 있습니다. 번조선 초대 가한 치두남이 만든 실물 크기의 좌상(坐像)인데, 이것 하나만으로도 충분한 자금이 될 겁니다."
악흔의 눈썹이 꿈틀거렸다.
"음, 그래?"
"네, 왕검성 사람이면 누구나 알고 있는 사실입니다."
"흐흐흐흐흐, 그것 참 반가운 소식이다. 왜, 진즉 보고하지 않았느냐?"
"열국의 도관에는 고수와 선랑들이 많이 있습니다. 왕검성의 소도를 세운 치두남은 중원에서도 군신(軍神)으로 추앙하는 「치우」의 후손으로,
무예를 익힌 자들이 웅녀상을 지키도록 했고 그 결과 오늘날까지도 일토산의 도사들은 다른 곳보다 무예가 뛰어난 구석이 있습니다."
"흐흐, 황서야. 염려하지 마라. 걱정은 기특하나, 네가 걱정할 일이 아니다.
산(山)으로 돌아가 방주님께 먼저 말씀 드릴 터이니, 너는 빨리 신전소도의 모든 정보를 서면으로 소상(昭詳)하게 보고하도록 하라."
"그곳에 우리 탄비장의 신세를 진 사람들이 많이 있습니다. 어렵지 않습니다."
"오, 그래?"
악흔의 입이 동굴처럼 벌어졌다. 그리고 고개를 끄덕이며 자리에서 일어났다.
국관이 몸을 숨기자, 악흔이 족제비를 데리고 어둠 속으로 사라졌다.
황서는 악흔이 사라지자, 박살날 뻔했던 머리를 어루만지며 휴- 하고 한숨을 내쉬었다.
'놈을 족쳐볼까? 아니, 안 되지. 저놈보다 철연방을 뿌리 채 뽑지 않으면 문제가 근본적으로 해결되지 않을 게다. 일단은 돌아가야겠다.'
고
생각한 국관이 객잔으로 돌아와 탄비장주와 악흔의 일을 온평에게 들려주고, 다음날 일토산의 소도로 향했다. 어제 본 것을 알려줄 작

정이었다.

일토산은 성 동쪽에 있었고 지경이 수백 리에 달했다. 숲은 우거지고 계곡은 깊었다.

소도는 산자락에 자리 잡고 있었는데 길옆으로 수백 개의 솟대가 서 있었다. 정문을 들어서자 이십여 개의 도관과 전각들이 줄지어 있었다. 두 사람은 대선각(閣)으로 가 산현선사(山玄仙師)를 만나 뵈었다.

국관은 마혜선사의 제자들로 그동안 국고 도난사건을 추적하다 우연히 철연방의 계획을 알게 되었다고 말씀을 드렸다. 산현은 내내 심각했다.

"알려줘서 고맙네. 마혜가 뛰어난 제자들을 두었구먼. 회의를 소집해야겠네. 자네들은 쉬도록 하게. 미제(未濟)와 기제, 밖에 있느냐?"

"네"

"예"

청아한 소리가 들리며 두 명의 도동이 산현선사 앞으로 달려왔다. 둘 다 열 살 정도 된 소년이었다. 소년들의 볼이 복숭아처럼 예뻤다.

"미제야, 상의할 일이 있으니 웅각(雄閣)의 대각종(鐘)을 울려 원로와 정사, 선인들을 삼신당(三神堂)에 모으라고 호법장로에게 전하라"

대각종(鐘)이 울리는 걸 한 번도 보지 못한 미제가 눈을 크게 뜨며 "네!"

하고 달려 나갔다.

"기제야, 너는 두 분을 객사(客舍)로 모시도록 해라."

기제가

"명을 받들겠습니다."
하고
"저를 따라 오십시오."
하며 앞장을 섰다. 생면부지의 소년들이었으나 너무 귀여워서 동생들 같았다.
국관과 온평은 어릴 적 소도에서 지내던 생각이 났다. 지금 두 도동처럼 대웅성 소도에서 도인들의 수발을 들며 지냈던 기억이 살아났다.
온평이 도동을 보고 물었다.
"기제라고 했지?"
기제가 돌아보며
"네."
"이곳에서 지낸지 얼마나 됐니?"
"선객님, 아기 때부터 여기 있었어요. 그러니까 이곳이 바로 제 집이에요."
"아, 그렇군"
도착한 곳은 선적지(仙蹟地)를 순례하는 도인들을 위해 만든 객사였다.
그때
"궁!"
하고 종소리가 일토산(山) 수백 리에 울려 퍼졌다. 소리가 얼마나 장엄한지 멈추어 서서 귀를 기울이며 다음에 이어질 소리를 기다렸다.
"궁!"
소리가 다시 들리자 온평이 기제에게 물었다.

"대각종(鐘) 소리니?"

기제가 끄덕였다.

"네, 큰 행사나 매우 중요한 일이 있을 때에만 치는 종(鐘)이에요."

"종소리가 너무 좋다."

"그런데, 선객님, 대웅성 신전에도 종이 있나요?"

"종은 없고 북이 있어."

"북이요?"

"응, 북해(北海)에서 괴수를 잡은 웅가의 가한 한 분이 괴수의 가죽으로 북을 만들었는데, 그 소리가 괴수의 포효 같아서 마귀들도 무서워했고, 도인들은 항마고(降魔鼓: 악마를 굴복시키는 북)라고 불렀다."

"와! 정말요?"

기제가 눈을 반짝이며 온평과 국관을 번갈아 쳐다보자, 국관이 웃었다.

"그럼"

기제가 믿을 수 없다는 듯

"피이"

하고 혀를 쑥 내밀며 도망갔다. 다음날 아침, 산현선사가 두 사람을 불렀다.

"어제, 회의를 했네. 수행 나간 도인들을 불러들이고 경계를 철통같이 하기로 했네. 철연방의 무리들이 감히 웅녀상(像)을 훔쳐가지 못할 것이네. 그러니 소협들은 안심하고 이만 돌아가시게. 지금부터는 우리가 알아서 하겠네."

국관이 말했다.

"다행입니다. 소도를 넘보다니요. 그런데 한 가지 여쭤볼 게 있습니다."
"무엇이오?"
"저희는 추마산으로 갈 겁니다. 그런데 혹, 추마산의 흑풍곡이 어디쯤인지 아십니까?"
산현이 곤혹스러운 표정으로 대답했다.
"흑풍곡? 아, 처음 들어보네. 우리 번조선에 과연 그런 곳이 있었는지 짐작조차 할 수 없군. 다만, 과거에 산하를 돌아본 적이 있는데 이곳에서 서(西)로 이백 리를 가면 산악이 나오네. 원시림이 정말 대단하지. 철연방이 숨어 있을 만한 곳은 그 지역밖엔 없을 것이라는 생각이네."
국관과 온평이 왕검성 서쪽으로 말을 달려 삼십 리를 벗어나자 인적 없는 황무지가 나타났고, 다시 백 리를 가자 산림이 무성한 야산이 이어지며 표고가 서서히 높아졌다. 둘은 해질 녘이 되어 적당한 동굴을 찾아 들어갔다.
다음날 아침, 가까운 개천에 간 두 사람은 깜짝 놀랐다. 개천의 상류에서 흑색(黑色)의 깃털이 무수히 떠내려 오고 있었다. 너무도 흉측했다.
"이게 뭘까?"
"새털이에요."
"새?"
"까마귀 같아요."
"왜, 깃털만 떠내려 오지? 집단 폐사라도 했나. 자살했을 리는 없고."

"………"
온평은 평소 새에 대해 관심이 많았다.
"까마귀들 서식지에 무슨 일이 있는지 개천을 따라 올라가 볼까요?"
국관이 대답했다.
"사제, 우리 일도 바쁜데 까마귀 걱정까지 해야 하나? 그냥 가자!"
온평이 문득 물속으로 손을 넣어 뭔가를 집어 들었다. 까마귀 사체였다.
"까마귀가 무더기로 죽은 건 괴이한 일입니다. 얘는 머리가 잘렸군요."
국관이 다가왔다.
"예리한 칼로 자른 것 같군."
"미물이라 하나 어찌 이..?"
말을 잇지 못하는 온평을 보며 국관이 말했다.
"우리, 올라가 보자."
개천을 따라 한 시진을 올라가니 좌우로 음침하고 고요한 숲이 펼쳐졌고 떠내려 오는 깃털도 거의 보이지 않았다. 계곡으로 계속 들어가다 한 언덕을 넘어서자 앞서가던 온평이 수신호를 하며 몸을 숨겼다.
국관도 따라 숨으며 온평이 가리키는 쪽을 보았다. 언덕 아래 분지(盆地)의 나무들 사이로 사람들이 보였는데 사십 명은 족히 되어보였다.
두령인 듯한 자의 말소리가 들려왔다.
"자, 빨리 끝내고 가자."
"네... 거의 끝나갑니다."

"까마귀 머리는 새장에 넣어 주고.. 아! 까육은 잘 챙겼느냐?"
"네!"
국관은 무슨 소린지 알 수 없었으나, 온평이 놀란 표정으로 국관을 돌아보았다.
한참 뒤 무리들이 모두 떠나고, 국관과 온평은 분지로 내려가 보았다.
그곳엔 수십 개의 커다란 새장이 지어져 있었다. 새장에 있는 것은 제비들이었는데 수천 마리는 되어 보였다. 뭔가를 먹고 있던 제비들이 두 사람을 보고 동작을 멈추었다. 보통의 제비들과 달리 눈이 빨갰다.
국관은
"사제, 악혼의 전포에 그려진 제비도 눈이 빨갰어. 이 제비들은 철연방과 관련이 있을 것 같다."
고 말했다.
온평이 먹이통을 보고
"제비들이 먹고 있는 게 까마귀 머리통이에요. 아까 그자들은 제비를 사육하고 있습니다. 그런데 몸통은? 아! 몸통이 「까육」이겠군요."
국관이 말했다.
"까마귀 머리를 주는 걸 보니, 제비들을 흉악한 일에 이용할 것 같다. 그런데 까마귀는 어디에서 잡아올까?"
"산조(山鳥)선사님께 듣기를 까마귀는 초원에 많고 개처럼 잡식성인데 돼지고기를 매우 좋아한답니다. 그와 비슷한 것으로 유인했을 겁니다."
"눈이 왜 모두 빨간색일까?"

"사형, 독(毒)을 먹이는 것 아닐까요?"
"독?"
"저 구석에 독사들이 죽어 있어요."
"음, 제비들을 독제비로 만드는군. 이곳은 분명 철연방(幫)과 관계가 있다. 놈들을 따라 가보자."
두 사람은 철연방도로 보이는 자들이 간 방향으로 따라가기 시작했다.
2각(- 30분)을 가자 어두운 계곡 앞에 흑풍곡(黑風谷)이라고 쓴 나무 표식이 있었고, 2리를 더 들어가니 통나무로 만든 건물 수십 채가 보였다.
도적 떼나 일개 방파의 규모를 넘어 전쟁을 치르는 군영 정도의 외관에,
말 탄 무사들과 수레가 수시로 들락거리고 있었고 목책으로 둘러쳐진 사방의 망루(望樓)마다 무사들이 삼엄하게 경계를 서고 있었다. 그들 모두 연(燕)나라의 복장을 하고 있었으며 천 명은 넘어 보였다. 국관은 저 안에 얼마나 많은 고수들이 있을지 짐작할 수 없었다.
'오늘은 안 되겠다. 도적들의 세(勢)가 저리 강한데, 나와 사제 둘로는..'
온평이 말했다.
"아예, 조선 땅에 뿌리를 박고 강도, 살인, 약탈을 자행하고 있군요."
"도대체 조정은.."
"번조선도 오가와 마찬가지군요. 권력과 백성들의 고혈을 짜는 데에만 정신이 팔려있으니."

"그 얘긴 다음에.. 당장 부딪쳐보고 싶지만 호월의 경고도 있었으니 일단 돌아가자."

두 사람은 무거운 마음으로 객잔으로 돌아왔다. 어떻게 하나 고민하던 국관이 온평에게 말했다.

"오늘 탄비장의 황서를 붙잡아 흑풍곡에 대한 정보를 최대한 알아내는 게 좋겠다. 뭔가 저들의 약점을 찾은 후에 본채를 도모하자."

"네."

두 사람은 자시(子時: 오후 11시 반)가 되기를 기다리다 탄비장의 담을 넘었다.

지난 번, 구조를 보아둔 터라 으슥한 곳을 이동하며 어렵지 않게 침투했다.

오늘은 밤늦도록 일을 하는지 본채에도 불이 켜져 있었다. 안가(安家)에서 흘러나오는 불빛을 본 국관이 온평을 이끌고 안가로 다가갔다.

저번엔 보이지 않던 두 명의 장한이 입구를 지키고 있었다. 국관이 온평과 함께 비수를 꺼내고, 손가락을 하나 둘 셋 펴는 순간 두 개의 비수(匕首)가 어둠을 가르며 번을 서는 사내들의 목을 향해 날았다.

"후훅!"

"큭"

"칵"

사내들이 목을 감싸며 그 자리에서 절명했다.

국관과 온평이 빠르게 근접하며 동정을 엿본 후, 문을 열고 들어갔다.

대청은 환하게 밝혀져 있었으나 아무도 없었다. 국관이 고개를 갸우뚱 할 때, 온평이 가리키는 곳을 보니 바닥이 장방형으로 열려있었다.
밑으로 이어진 계단을 한참을 깊이 내려가자 발을 딱 벌리고 선, 노랑머리의 작은 여자를 발견했다.
그런데 그녀의 앞에서, 두 사내가 어느 여인을 채찍으로 때리고 있었다.
"짝!"
"찍!"
"악!"
얼마나 맞았는지 여인은 거의 초죽음이 되어 있었다.
"흐흐. 자미, 맛이 어떠냐? 앞으로 우리 철연방의 일에 협조하겠느냐?"
"나더러 나라를 배신하라는 말이냐. 도(道)를 모르는 잡것들이나 쉽게 하는 짓이겠지. 어서 죽여라!"
"질긴 것!
그렇게는 안 되지. 이곳이 왜 탄비장(彈琵莊)인지 아느냐? 그 뜻을 알면 소원대로 빨리 죽여주겠다."
"오랑캐가 지은 이름이 별 것 있겠느냐?"
"후후,
넌 오늘 죽을 것이니 알려주마. 탄비공(功)은 선비니 선인이니 하는 것들을 길들이기 위해 우리 방주님이 창안하신 고문기술이며 그 누구도 살아난 자가 없느니라.
나, 왜악녀(矮惡女: 작은 악녀)가 송곳으로 근육을 파헤친 후, 뼈를 긁으며 비파를 연주하면
너는 더 없이 고통스러운 비명을 지르며 네 하찮은 백골(白骨)이 들

락거리는 고통으로 죽었다 깨어나기를 무한 반복할 것이다. 탄비장은 바로 탄비공에서 나온 이름이니라. 나를 거쳐 간 선객(仙客)들은 모두 해골 비파에 맞추어 정신 나간 노래를 부르다 저승으로 갔느니라."

"죽일 놈들! 그동안 소리 없이 증발한 사람들이 다 네놈들 짓이었구나. 너희는 천벌을 받을 것이다."
왜악녀가 목소리를 내리깔았다.
"호호호,
다시 한 번 묻겠다. 태아궁(太阿宮)의 설계도는 어디에 있느냐. 그것만 내놓으면 널 특별히 철연방에 받아주고 특별대우를 해줄 것이다.
돈도 마음대로 쓸 수 있고, 원한다면 사내들도 상(賞)으로 내려 줄 것이니 네가 원하는 만큼 즐길 수 있을 것이다. 흐흐흐흐, 어떠냐?"
국관과 온평은
저들의 의도를 짐작했다. 번조선 태아궁의 설계도를 찾고 있는 것이다. 번조선 태아궁의 영보각(閣)은 금척궁과 마찬가지로, 배달국(國)과 초대 단군 때부터 내려오는 보물들이 보관되어 있는 곳이었다.
왜악녀의 협박에 굴하지 않는 자미(紫美)가 비장한 표정으로 말했다.
"그런 중요한 물건을 내 어찌 알겠느냐. 나를 고문해도 헛일이니라."
"말귀를 전혀 알아듣지 못하는군. 얘들아. 이년의 너덜거리는 옷을 모두 벗기고 목판 위에 눕혀라. 지금부터 탄비공(功)을 전개할 것이다."
이때, 한 놈이 왜악녀의 눈치를 보다 두 손을 모으고 비굴하게 말했다.
"존경하는 선녀님, 말씀드리기 죄송하오나 저년의 얼굴만은 좀.."
하고 굽신 거렸다.
"그래야 저희들도 재미를, 이런 년은 연(燕)에서는 결코 찾아볼 수 없습니다. 이왕 죽일 바에 저희에게 기회를 좀 주시면 그 은혜는 잊지 않..."
하는 찰나
"뭐라!"
소리와 함께 왜악녀의 채찍이 날았다. 뱀처럼 날아간 채찍이 놈의 머리통에 떨어졌다.
"짝!"
"악! 잘못했습니다!"
매를 부른 놈이 바닥을 굴렀다. 왜악녀가 이를 빠득 갈며 채찍질을 했다.
악녀 역시, 고문이 끝난 후 놈들에게 넘겨 충성심을 고양시키려는 마음이 있었으나,
「이런 년은 연나라에서 찾아볼 수 없다」는 말에 그만 화가 폭발한 것이다.
말 한 마디에 천 냥 빚을 갚는다 했거늘, 색욕에 눈이 멀어 기본 예의도 지키지 않는 무지한 놈 아닌가. 조선 여인의 우아함을 누구보다 잘 알고 있었으나, 자기 또한 연나라 여자이며 고운 미모의 여인들만 보면 늘 마음이 편치 않아 한숨 쉬며 괴로워했는데, 내 속도 모르고
약간의 배려심도 없이 번들거리는 욕구를 거침없이 드러내다니. 못 들은 척 넘어가기 어려웠다. 자미에게 홀린 녀석들이 자기를 못 났

다고 말하는 것처럼 들렸다.
"얏!"
"짝-짝-짝-짝-짝.."
채찍이 살을 파고들자
"윽"
"악-윽-큭-윽-큭-악-윽.."
두 놈이 이리 구르고 저리 뒹굴며 고통스러운 비명(悲鳴)을 질러댔다.
"으악!"
"에고, 잘못했습니다."
하며
재빨리 자미의 좌우에 서서 양 방향으로 옷을 찢으려는 순간 갑자기 두 도적들이 고꾸라졌다.
"억!"
"헉!"
악녀가 놀라 돌아보니 웬 젊은 놈들이 하얗게 날이 선 검을 들고 있었다.
"너희들은 누구냐?"
"너를 없애러 온 사람이다!"
"뭐?"
분노한 악녀가 왼손을 홱 뿌리자 검은 그림자가 쐐액- 하고 날았다.
그러나 국관이 비룡검을 휘두르자
"척"
하고 두 조각으로 잘라진 암기가 바닥에 떨어졌다. 나누어진 모양으로 보아 주둥이가 번쩍이는 제비 모양의 암기였다. 철연방의 철연자였다.

국관에 의해 철연자가 절단되자, 놀란 악녀(惡女)가 땅을 내려친 채찍의 반동으로 날아들며, 국관의 머리를 노리고 대각으로 후려쳤다. 후욱 하고 세찬 바람이 일었으나, 국관이 바위를 치우는 곰처럼 악녀의 채찍을 쳐내는 동시에 온평이 천웅검법으로 왜악녀를 몰아붙였다. 탄비장주나 그 패거리가 오기 전에 속전속결로 정리해야만 했다.

"창창창창창.."

순식간에 이십여 초를 치고받은 악녀는 하찮게 본 것들의 검술에 힘이 들어

'철연자를 자른 저 빌어먹을 검(劍) 때문에 채찍을 쓰기 쉽지 않다. 억센 웅가검법을 보검으로 펼치고 있으니. 일단은 피하는 게 상책일 것 같다.'

며 내뺄 궁리를 했다.

그러나 악녀가 움츠러드는 사이 탁탑일장(托塔一掌: 탑을 미는 일장)을 지르며 소웅축슬(小熊蹴膝: 작은 곰이 무릎을 차다)로 치고 들어간 온평이

절목(折木: 나무를 자름)의 수법으로 채찍을 비껴 치며 벼락이 치듯 천웅쇄혼(天熊鎖魂: 하늘의 곰이 혼을 가둠)의 검술(劍術)을 펼쳤다. 일순,

검이 만들어낸 현란한 그림자가 먹구름이 해를 가리듯 악녀의 눈을 현혹했고 사나운 검풍이 훅훅 들이닥치며 악녀를 구석으로 몰아갔다.

모두 어어? 하는 사이에 벌어진 일이었다. 비룡검을 피하며 실과

바늘 같은 둘의 합격술에 뒷걸음질 치던 악녀가 물러설 공간이 점점 좁아지자, 눈을 부릅뜬 채 이판사판으로 채찍을 휘둘렀다. 망신도 이런 망신이 없었다. 아무도 없어서 다행이지 누가 보기라도 하면 수십 년 쌓아올린 명예가 잠깐 사이 진흙처럼 뭉그러질 판이었다.
그러나 목숨을 건 악녀에게 밀리던 국관의 좌장(左掌)이 돌연 기이한 각도로 연기처럼 움직이며, 채찍을 든 악녀의 팔을 후려쳤다. 지금까지 전개해온 수법과 판이하게 다른 무서운 장법(掌法)이었다.
"악!"
하고 악녀가 채찍을 놓치자, 온평이 온힘을 다해 웅심권(拳)을 내질렀다.
"퍽!"
"큭"
하며 주저앉는 악녀의 목을 비룡검이 치고 지나갔다. 국관의 괴이한 장(掌)을 생각하는 듯 눈을 감지 못한 머리가 툭 떨어지며 바닥을 굴렀다.
비룡검을 신경 쓰다, 시작과 궤적을 포착하기 어려운 국관의 장(掌)에 당하고 만 것이다. 비마의 동굴에서 습득한 일초의 치우장법이었다.
온평이 자미의 밧줄을 풀어주었다. 그녀는 놀라운 상황을 지켜보고 있었다.
국관이 도적의 옷을 벗겨 여인의 몸에 걸쳐주었다. 옷을 걸치고 헝클어진 머리카락을 빗어 넘기자 이십 전후의 수려(秀麗)한 미모가 드러났다.
"우리는 웅가(熊加)의 국관, 온평이라고 합니다. 소저는 누구십니까?"

"고맙습니다. 저는 무려선문의 자미라고 합니다. 인월(印月)선사님의 명(命)으로 철연방의 정보를 수집하다 저 악녀에게 잡혀 끌려왔습니다."

온평이

"신녀님, 아까 악녀가 말한 태아궁(宮)의 설계도는 무슨 소립니까?"

"네, 그래서 이자들이 나를 알고 있었다는 생각을 했습니다. 돌아가신 제 아버지는 초대(初代) 단제 때 황궁을 세우신 「성조대신」의 전인(傳人)으로, 왕검성 태아궁의 설계도를 소지하고 계셨었는데, 그 사실을 어떻게 알았는지, 철연방(幇)의 도적들이 내게서 빼앗으려 한 겁니다."

온평이 또 물었다.

"설계도를 왜 뺏으려 할까요. 도둑질 할 작정이면 그냥 칼을 들고 태아궁 담을 타고 넘으면 될 일이지. 굳이 설계도까지 필요한 것인지?"

"그렇지 않아요. 태아궁(宮)은 경비도 삼엄하고 특히 영보각(靈寶閣)은 기문둔갑을 이용한 진법과 각종 무서운 기관이 설치되어 있답니다."

"영보각엔 어떤 보물이 있습니까?"

"푸른 옥에 새긴 천부경과 치우천황 당시 팔십일 형제들이 사용하던 무기와 온갖 병을 치유하는 옥(玉) 그리고 성(城) 한 개를 살 수 있는 야명주 같은 보물들이 많이 있다고 하는데. 자세히는 모릅니다."

이때, 국관이 끼어들었다.

"우선, 나가야 합니다. 신녀님, 지금 본채에 누가 있는지 아십니까?"
국관의 말에 정신이 든 듯, 자미는 매우 미안해했다.
"이곳에 올 때 미혼 약(藥)에 당해서 아무것도 알 수 없었습니다."
"검을 들 수 있겠습니까?"
"네, 죽기를 각오하고 싸우겠습니다."
자미가 바닥에 떨어진 도적의 칼을 들고 악녀(惡女)의 허리춤에서 가죽주머니를 찾아냈는데, 철연방(幇)의 암기 철연자가 가득 들어있었다.
"사실, 우리는 황서를 잡으려다 신녀(神女)님을 구한 겁니다."
하고
국관이 밖으로 나갔다. 밤공기가 차가웠다. 한바탕 싸움이 있었으나 지하 깊은 곳에서의 격투라, 아무도 듣지 못한 듯 고요했고, 멀리 들리는 부엉이 소리가 탄비장을 깊고 어두운 적막 속으로 몰아가고 있었다.
세 사람은 숨을 들이쉰 후 본관으로 달려갔다. 국관과 온평이 안을 들여다보니 황서가 상단(商團)의 행수(行首: 우두머리) 복장을 한 네 사람과 술을 마시고 있었다. 황서 외 나머지는 모두 모르는 자들이었다.
자세히 보니 그들은 상인의 복장만 걸쳤지 하나같이 난폭한 흑도의 무사들이었다.
"아직까지 설계도가 숨겨진 장소를 알아내지 못하는 까닭을 모르겠다. 장소를 알아야, 너희 사행수(四行首)가 설계도를 가지러 출동할 것 아니냐?
그리고 설계도가 있어야 태아궁을 습격할 계획을 세우지 않겠느냐.

연행수, 네가 한 번 가봐라."
이들은 왜악녀가 가져올 소식을 기다리고 있었다. 연행수가 말했다.
"장주님,
기다려보시죠. 악녀님이 누굽니까. 예쁜 여자라면 치를 떠는 분 아닙니까. 계집은 탄비공(功)에 오줌을 지렸을 것이고 악녀님은 고것을 달래며 설계도가 숨겨진 곳을 알아내실 겁니다. 살살 달래는 거야, 악녀님 전공 아닙니까?"
연행수 말에 나머지가 낄낄거렸다.
"조선의 여인들이 우리 연(燕)의 계집들보다 훨씬 곱고 아름다우니, 왜악녀가 자미라는 계집에게 폭 빠져있을 수도 있지 않겠습니까?"
자미는 모욕감에 치를 떨었다. 붉은 입술을 피가 나도록 꼭 깨물었다.
그때 "팍!" 소리가 들렸다. 황서가 들고 있던 잔으로 탁자를 내려친 것이다.
국관은 황서가 단순한 장사꾼이 아니고 무공이 상당하다는 걸 알았다.
행수들이 움찔하자, 황서가 일갈(一喝)했다.
"죽고 싶은 게냐! 악녀님이 들었다면 너희 목은 붙어있지 못할 게야. 연행수(行首), 살펴보고 오너라."
"넵!"
하고 연행수가 살았다는 얼굴로 벌떡 일어서자, 국관 등이 창고 뒤로 숨었다.
이어 연행수가 나와 창고 옆을 지나가는 순간 자미가 철연자를 날렸다.
"헉"

연행수가 쓰러지자, 국관이 말했다.
"안에 아직 넷이 있다. 부하들이 몰려오기 전에 빨리 제압해야 한다."
온평과 자미가 고개를 끄덕였다. 다시 본관으로 가보니 그들은 여전히, 상단(商團)을 끌고 조선을 휩쓸며 저지른 짓들을 자랑하고 있었다.
자미가 국관에게 말했다.
"시야를 열어주시면, 철연자를 던지겠습니다."
국관이 끄덕인 후 문을 열고 저벅저벅 걸어 들어갔다. 침착한 걸음에
황서는 연행수가 돌아온 줄 알고 술을 들이키다 국관을 발견하고 소리쳤다.
"엉? 누구냐!"
"앗"
세 행수가 놀라는 순간 국관이 한쪽으로 몸을 비켜서자 네 개의 철연자가 훅훅 날아왔다.
자신들의 암기였으나, 불의(不意)의 기습에 행수(行首) 둘이 자빠지자
"연자불래(燕子不來: 제비가 돌아오지 않음)!"
라는
외침과 함께 다섯 개의 철연자가 상중하(上中下)와 좌우를 파고들었다.
황서는 익숙하지 않은 철연자의 궤적에 당황하면서도 대뜸 곤두박질치며 피했으나 행수(行首)는 허둥대다 속수무책으로 목젖이 끊어졌다.

목숨을 빼앗겠다는 「연자불래」를 끝으로 탄비장의 삼행수가 나란히 저승길로 들어섰다.

이어, 자미를 알아본 황서가 크게 노하며 국관에게 칼을 휘둘렀고 국관이

"어딜!"

하고 절목(折木: 나무를 자름)의 검초로 받아치자 하얀 검광(劍光)이 사방으로 흩어지며 황서의 칼이 반 토막으로 줄어들었다. 이어, 나동그라지는 황서의 옆구리로 언제 펼쳤는지 모를 기이한 궤적의 내경(內勁: 내공의 기운)이 몽둥이가 거목(巨木)을 패듯 들이닥쳤다.

"퍽!"

"윽!"

하고 황서가 고꾸라지자 마혈을 짚은 국관이

"우린, 웅가의 국관과 온평이다. 네놈들이 도둑질한 명도전 칠억 만 냥(兩)을 찾으러 왔다.

왜악녀는 죽었다. 이실직고하면 빨리 죽여주고 그렇지 않으면 탄비공(功)보다 독한 혈조공(血爪功)으로, 죽는 것보다 못한 몸을 만들어 주겠다."

황서는 죄를 짓고 사형 당하기 전, 철연방주의 눈에 들어 목숨을 건지고 장물아비 두령이 된 자였다.

탄비장은, 철연방이 조선에서 도둑질한 장물(贓物: 도둑질한 물건)을 상단(商團)을 운영하는 척 하며 돈으로 바꿔 연나라에 보내주고 있었다.

황서는 더럭 겁이 났다.

그는, 악녀를 죽인 놈이 자신하는 혈조공이라면 얼마나 무자비한 고문이겠는가를 직감했다. 황서는 겁 많은 여느 사기꾼들과 마찬가지

로, 국관이 묻는 말에 술술 대답했다.
"웅가의 칠억 만 냥은 어디에 있나?"
"네! 추마산 흑풍곡의 철연방(幇) 산채에 보관되어 있소."
"거긴 무사들이 얼마나 있느냐?"
"사십오 명에, 노예가 일백이오."
"철연방에 대해 자세히 말해봐라"
"철연방은 고수들이 구름처럼 많소. 전비 방주(幇主) 휘하에 좌우호법, 6장로(長老), 4당주, 6악(惡) 그리고 49향주와 이천 살수(殺手)가 있소이다."
국관, 온평, 자미는 크게 놀랐다.
'중원의 도적들이 이렇게 세(勢)가 커졌는데 아무도 모르고 있었다니. 썩은 관리들만 있다더니, 칠대선문은 또 뭘 하고 있었다는 말인가!'
"모두 흑풍곡에 있느냐?"
"사방에 지부가 있고 각자의 일이 있거늘, 모두 본채에 몰려 있을 리 있겠소?"
하며 웃자, 국관이 황서의 옆구리를 찼다.
"윽!"
"흑풍곡에 있는 자들은 누군가?"
"방주님과 좌우호법, 6장로 그리고 살수 오백이오."
"오백? 모두 연에서 들어 왔느냐?"
"아니오.
옛날, 진개 대장군이 동호국(國)의 모백 가한에게 죽고 연(燕)으로 돌아가지 못한 병사들과 연의 죄수들을 모아 살수로 키우고 있소이다.

"너희 철연방(幇)이 조선 땅에 들어온 게 그리 오래 되었다는 것이냐?"
"그렇소"
"음"
철연방은 조선이 반드시 없애야 할 종기 같은 존재가 아닌가. 명도전 칠억 만 냥을 찾는 것만이 전부는 아니라고 국관은 생각했다. 온평이 물었다.
"제비들을 어째서 사육하며, 까마귀 골과 눈알을 먹이는 이유는 무엇이오?"
황서가 웃으며
"추마산에 가본 모양이군. 자세히는 모르나 까마귀 골과 눈, 뱀독을 먹이면 제비가 비할 데 없이 사나운 독제비로 변한다고 들었소. 제비에게 물리면 바로 죽게 되며 약도 없다 하오. 흐흐흐, 물리지들 마시오."
"까마귀를 관리하는 자는 누구냐?"
"연나라 사람이 아니고, 방주와 가까운 흑선(黑仙)이 있다고 들었소."
"흑선?"
"당신은 그자를 봤나?"
"보지 못했소. 방주와 제비를 사육하는 자들 외에는 본 사람이 없을 것이오."
국관이 생각난 듯
"네놈들은 왕검성의 황금웅녀상(像)을 훔치러 언제 갈 것이냐?"
황서가 놀라며
"어찌 그걸 아오?"

국관은 웃었다.
"후후후후, 우리 오가(五加)의 귀신같은 정보력을 무시하지 마라."
국관의 말에 황서가 조금 기가 죽었다.
"나는 모르오. 곧 실행에 옮길 것이오."
"탄비장엔 재물이 얼마나 있나?"
"왕궁에 돈이 떨어졌다고 연락이 와서 닷새 전 이곳의 재물을 대부분을 배로 실어 보냈소. 그래서 여기는 당분간 쓸 비용만 남아있소이다."
대강 물어본 국관이
"황서, 약속대로 편히 죽여주겠소."
라고 하자
황서의 표정이 돌변했다.
"소협, 미천한 나를 살려서 이용하면 당신 나라에 도움이 되지 않겠소이까?"
"아니오, 신국(神國)에 악을 뿌린 벌을 받아야만 하오. 잘 가시오."
황서가
"이놈!"
하고 부르짖는 순간,
비룡검이 벼락같이 움직이자 황서의 머리가 아쉬운 듯 허망한 눈으로 툭 떨어졌다.
탄비장주를 없앤 국관과 온평, 자미는 건물들과 창고에 불을 질렀다.
탄비장이 차가운 바람을 타고 악업을 쌓은 만큼 밤이 새도록 타들어갔다.

제 8권 명도전(明刀錢) 전쟁. 계속

고조선 역사포털 소설
'구이원 [고조선]' 으로의
시공간 이동

http://blog.naver.com/bhnah

제 1권 동 호
제 2권 흉 노
제 3권 해모수
제 4권 창해신검 여훙
제 5권 백두성문
제 6권 조선 디아스포라
**제 7권 아바간성의 두 영웅**

고조선 역사대하소설
# 구이원(九夷原) 제 7권 - 아바간성의 두 영웅(英雄)

초판 1쇄  2023년 12월 26일

| | |
|---|---|
| 지은이 | 무곡성(武曲星) |
| 발행인 | 나현 |
| 총괄/기획 | 경쟁우위전략연구소장 강성근 |
| 마케팅 | 강성근 |
| 디자인 | 안준원 |

| | |
|---|---|
| 발행처 | 삼현미디어 |
| 등록번호 | 841-96-01359 |
| 주소 | 고양시 덕양구 원흥1로 11, 1206-407호 |
| 팩스 | 0504-045-0718 |
| 이메일 | kmna1111@naver.com |
| 가격 | 16,500원 |
| ISBN | 979-11-983798-0-1 (04810) |

무곡성(武曲星) 2023, Printed in Korea.
- 이 책은 저작권법에 따라 보호받는 저작물이므로 무단전재와 무단복제를 금지하며, 책 내용의 일부 또는 전부를 이용하려면 저작권자와 삼현미디어의 서면 동의를 받아야 합니다.
- 파본이나 잘못된 책은 구입처에서 교환해드립니다.